# 조선 사람
히라야마 히데오

# 조선 사람
# 히라야마 히데오

이준호 장편소설

다섬
책방

## 차 례

# 1

풍향과 풍속을 알려주는 바람 주머니가 축 늘어져 있다. 전투기를 점검하던 지상근무자들이 물러난다. 예열을 위해 시동을 걸어둔 프로펠러가 맹렬히 돌아간다. 엔진 소리에 귀를 기울인다. 한 치의 오차도 허용치 않는 부속품들은 일사불란하다. 동체를 손바닥으로 쓸어본다. 격렬한 진동에 세포 하나하나가 깨어난다. 혈관을 도는 피의 흐름이 빨라진다. 도색이 벗겨진 부분이 손바닥에 이질감을 남긴다. 날개를 딛고 올라가 조종석에 앉는다. 계기반의 바늘들은 정상 위치에 있다. 조종석 덮개를 닫자 마음이 편안해진다. 허리를 움직여 편한 자세를 잡는다. 조종간을 잡는다. 손아귀에 쏙 들어오지만 딱딱하고 생경하다. 맨손으로 잡는 게 참 오랜만이다. 이젠 비행 장갑을 통해 전달되는 느낌이 더 익숙하다.

지상근무자의 유도신호를 따라 활주로 끝에서 대기한다.

내 순서가 되어 이륙속도까지 출력을 높인다. 활주로가 붙잡고 있던 바퀴를 놓아준다. 전투기가 둥실 떠오른다. 이 맛에 조종을 한다고 해도 과언이 아니다. 조종사들에게 2식 단좌 전투기는 이착륙이 까다롭기로 악명이 높지만 나는 아니다. 기종 전환 전에 탔던 97식보다 2식이 더 편하고 안정감이 있다. 2식은 인입식 이착륙 장치를 갖추고 있다. 97식에서 1식이나 2식으로 갈아탄 조종사들이 착륙할 때의 습관대로 바퀴를 내리지 않는 사고가 빈번했다. 우리 부대의 일부가 작년에 기종 전환을 하면서 실시한 훈련에서도 사고가 있었다.

B-25와 P-40의 연합부대가 한커우 남쪽 상공에 출현했다. 다른 부대와의 합동작전이다. 현재는 양쯔강 연안의 방공이 우리 부대의 주요 임무다. 대륙타통작전으로 알려진 이치고[一號] 작전을 앞두고 양쯔강을 통한 수송이 급증했다. 적기들은 수시로 나타나 아군 수송 선단을 위협한다. 출격 전에 들은 바로는 미군기들의 폭격 목표는 양쯔강 남쪽 연안의 제철소다. 닷새 전에 내습했을 때도 제철소와 여러 곳을 공격했다. 구름이 나타난다. 몇 개의 구름층을 통과했지만 이번에는 꽤 두껍다. 시계가 제로 상태가 된다. 고도와 속도, 방향을 변경하면 충돌 위험이 있다. 맹목(盲目)비행을 한다. 구름에 싸인 조종실은 아무에게도 간섭받지 않는 절대

고독의 공간이다. 눈을 감는다. 귀를 덮은 항공모를 통해 들려오는 엔진 소리만이 내가 살아 있다는 유일한 증거다. 한겨울에 솜이불을 덮고 어머니의 자장가를 듣는 것처럼 편안하다. 가끔씩 조선으로 기수를 돌리는 충동에 휩싸이기도 한다. 고창에는 다다를 수 없다는 건 안다. 날다 날다 연료가 부족하면 추락해 대본영(大本營)*의 미귀환기 목록에 오를 것이다. 그러면 미리 유서와 함께 봉투에 넣어둔 손톱과 머리카락을 받은 히라야마 상은 기뻐하겠지.

적기가 나타난다면 싸워야겠지만 일부러 찾아다닐 이유는 없다. 적들도 나와 같은 생각일 것이다. 싸워야 할 대상은 얼마든지 있다. 비행을 방해하는 악천후, 제멋대로인 고참들, 원활하지 않은 보급, 불합리한 명령 체계 등등. 흰 별(미군)이나 청천백일(국민당군)을 단 항공기뿐 아니라 모든 것들이 적이다. 아군도 나의 적이고, 나도 나의 적이다. 몇 번의 공중전에서 나는 미군기 두 대를 격추했다. 공식적으로 인정되지는 않았다. 전과를 보고하는 과정에서 다른 조종사에게 전과를 빼앗겼다. 이의를 제기하지는 않았다. 전과 따위는 나에게 아무런 의미도 없다.

*  전쟁, 혹은 사변 중에 설치한 일본 육군 및 해군의 최고 통수 기관. 천황의 명령을 대본영 명령으로 발하는 최고사령부의 기능을 가진 기관.

제철소 상공은 비어 있다. 구름이 잘게 찢은 미농지처럼 떠 있다. 그것들은 전투기들의 프로펠러와 굉음에 갈가리 찢긴 허공의 잔해물 같다. 중대장을 따라 기수를 돌린다. 귀환해서 들으니 다른 부대는 P-40 두 대를 격추하는 전과를 올렸다. 우리가 먼저 도착했다면 적기들과 교전을 벌여야 했을 것이다. 다행이라 생각하면서도 한편으로는 아쉽다. 적들은 공격과 퇴각을 반복하고, 우리는 출격과 귀환을 반복한다.

얼마 뒤에 이동 명령을 받은 우리 부대는 본대에 합류해 황허강 북쪽으로 전개했다. 황사 바람이 자주 부는 곳이다. 심할 때는 시계가 10미터도 나오지 않는다. 지상근무자들이 정밀 부품들의 집합체인 항공기 점검에 애를 먹는다. 공기 여과기도 자주 갈아야 한다. 정찰기 부대와 지상군 협력부대가 우리 부대와 함께 전개했다. 정찰기 조종사 중엔 육군 항공학교 동기도 있다. 함경도 원산 출신인 그와는 몇 년 만에 재회했다. 소속 부대가 달라 자주 만나지는 않지만 동기가 있다는 것만으로도 든든하다.

우리 부대에 부여된 임무는 황허강 연안과 근처 도시의 방공이다. 그중에서도 황허철교는 대륙타통작전에 투입될 주력 부대의 진격로이기에 중요하다. 길이가 3킬로미터에 달하는 황허철교는 지나군(支那軍)*이 파괴했으나 철도제6연대가 복구하고 있다. 복구가 완료되면 황허철교는 병력뿐 아니라 전차도 통행이 가능해진다. 황허철교를 경비하는 부대는 고사포와 대공기관포, 조공등(照空燈)** 등으로 무장하고 있다. 근처 도시들에는 전파경계기(電波警戒機)*** 부대가 전개해 있다. 대본영이 작년부터 계획한 대륙타통작전은 지나사변(支那事變)**** 개전 이래 최대 규모의 전격전이 될 전망이다.

　함성이 울려 퍼진다. 장비와 인원이 제대로 갖춰지지 않았지만 열기만은 뜨겁다. 공중근무자와 지상근무자 간의 야구 시합이다. 나는 수비에 나선 우리 팀의 1루수를 맡고 있다. 심판이 시합을 중단시킨다. 우리는 활주로 가장자리로 몰려가 도열한다. 조종사와 승무원 들이 99식 쌍경(99식 쌍발경폭격기)에 탑승한다. 그들은 작전 수행을 위해 우리 비행장에 잠시 머물렀다. 폭격기들의 프로펠러가 폭음을 내며 회전한다. 연기와 연료 냄새가 퍼진다. 선두기를 필두로 출

*　　일본군이 중국군을 지칭하던 말.
**　　탐조등.
***　레이더.
****　일본이 중일전쟁을 지칭하던 말.

격하는 폭격기들을 손이나 모자를 흔들어 배웅한다. 조종사와 승무원 들도 손을 흔들어 답한다. 예전에는 기름 냄새만 맡아도 긴장되고 설렜는데 이젠 아무런 감응이 없다. 임무 완수나 무사 귀환을 비는 마음도 예전만큼 절실하지 않다. 폭격기들이 남서쪽으로 기수를 잡는다. 아스라이 멀어져 가는 저들 중 누군가에게는 마지막 비행이 될 것이다.

누군가 내 어깨를 두드린다. 중대장의 당번병이다. 나를 찾는다는 전갈이다. 수더분하고 너그러운 성격인 중대장이 부르니 별로 긴장은 되지 않는다. 그래도 용건은 궁금하다. 지난 며칠간의 내 행동들을 복기하며 책잡힐 일이 있는지 자기 검열에 빠진다. 머릿속을 아무리 탈탈 털어도 특별한 기억은 없다. 혼자만 불려 갈 만큼 중대한 실수는 더더욱. 중대장실 앞에서 복장을 바로잡는다. 노크를 하자 들어오라는 중대장의 목소리가 들린다. 고개를 들고 허리만 약간 숙이는 육군식 인사를 하고 차렷 자세를 취한다. 집무를 보던 중대장이 서류철을 보며 묻는다.

"인사기록부에 거주지가 군산부로 돼 있는데 변동 사항 있나?"

"없습니다."

"일주일 후에 내지(일본)의 육군기술연구소에 출장이 있다. 그때 군산을 경유할 것이다. 미우라 중위와 동행하도록."

질문 있나?"

"없습니다."

나는 부동자세로 대답한다.

"유동적이지만 계획대로라면 군산에서 48시간의 여유가 있을 거다. 가족을 만나고 오도록. 이상이다."

"예."

인사를 하고 돌아선다. 중대장의 말은 간단하고 명료하다. 뜻밖이면서도 얼떨떨하다. 왜 나인지 궁금하지만 물을 수도 없고, 물어서도 안 된다. 내 조종 기량 평가는 갑을병정 중에 을이다. 하사관 중에 갑은 드물지만 을은 흔하다. 그렇다면 집이 군산인 것만 남는데, 그것만으로는 설득력이 부족하다.

그 일 때문인가.

일주일 전, 다른 비행장을 내습한 적기들과 벌어진 공중 전에서 중대장의 요기(僚機)*였던 가토 조장이 격추되었다. 나는 얼결에 적기에게 꼬리가 잡힌 중대장을 구했다. 안면에 가벼운 부상을 입은 중대장은 활주로에 동체착륙 했다.

가족 얼굴이 아련하다. 편지는 검열이 심하다. 내용에 부대 상황이나 위치, 날짜 같은 건 쓰면 안 되므로 간단히 안부

---

*    동료 비행기를 지원하는 비행기.

나 묻는 정도다. 하지만 그런 제약이 없어진다 해도 나는 조선어로 편지를 쓸 수가 없다. 나는 조선인이지만 호적상으로는 일본인이다. 살아서 볼 수나 있을까 싶었는데 가슴이 설렌다. 승희도 볼 수 있을 것이다. 육군기술연구소는 도쿄 서쪽의 다치카와에 있다.

수송기를 바꿔 탄다. 다음 비행장까지 가는 수송기와 시간이 맞으면 몇 시간이면 되지만 꼬박 하루를 대기하기도 한다. 베이징 서쪽의 비행장에서는 미우라 중위의 심한 복통과 고열로 출발이 지연되었다. 전염병이어서 계획에 차질이 생길까 걱정했는데 다행히 식중독이라는 진단이 나왔다. 이런 돌발 상황까지 계산에 넣은 터라 일정이 빠듯하지는 않다. 적 항공대의 비행장과는 먼 지역이어서 적기는 그림자도 없다. 항공연료를 운송하는 수송기에 탔을 때는 최악이었다. 엔진 소리와 진동은 만성이 돼서 견딜 만하지만 연료 냄새 때문에 멀미로 고생했다. 조종사라면 익숙한 냄새였으나 머리가 지끈거리고 속이 울렁거렸다. 몸에 밴 냄새는 잘 빠지지도 않았다. 목욕을 해도 소용없었다. 조종을 할 때는 몰랐는데 승객으로 수송기를 타고 가는 건 고역이다. 몸이 회복되지 않은 미우라 중위는 초주검이 된다. 얼마나 부대꼈는지 살이 빠져 광대가 불거졌고 눈은 데꾼하다.

# 2

슬픈 꿈이라도 꾼 걸까.

가슴이 먹먹해지며 울컥하는 심정이 된다. 꿈의 내용은 기억나지 않는다. 눈을 뜨고 주위를 둘러본다. 미우라 중위는 창백한 얼굴로 곤히 잠들었다. 동승한 장교와 군속 들은 대화를 나누거나 창문 너머로 눈길을 주고 있다. 창밖을 내다본다. 한 가닥 물줄기가 산과 들을 가로지른다.

압록강.

조선 상공에 진입했다. 도착 예상 시각에서 10분이 이르다. 꿈 때문이 아니라 이것이었다. 허공에 그어둔 국경선을 본 것도, 누가 일러준 것도 아니건만 고국의 땅을 기억하는 내 몸이 경이롭기까지 하다.

수송기가 신의주비행장 활주로에 육중한 몸체를 내려놓는다. 사다리를 내려서다 심호흡을 한다. 공기 맛이 다르다. 규모와 성격에 따라 약간의 차이가 있긴 하지만 비행장은 어디나 비슷한 배치와 구조인데, 신의주비행장은 왠지 달라 보인다. 비행장 주변의 잡초도 다르고 구름 모양도 특이하다. 지나에서 보던 것들과 같지만 달라야 한다. 억지인 건 알지만 내 억지에 너그러워지기로 한다. 나와 같은 말을 쓰고, 같은 조상을 둔 사람들이 사는 곳이기에 달라야 하는 것이다. 용무를 마친 미우라 중위는 의무실에서 안정을 취하며 수액을 맞는다. 우리가 타고 온 수송기는 경성까지만 간다. 군산으로 가는 수송기는 경성에서 갈아타야 한다.

미우라 중위의 용태가 변수이긴 하나 늦어져도 하루나 이틀일 것이다. 더 늦어지면 전체 일정이 틀어진다. 만약 오늘이 지나도 상태가 호전되지 않으면 대책을 강구해야 한다. 부대에 보고하고 사관사(士官舍)에 짐을 풀자 피로가 몰려온다. 씻어야 한다는 생각과 달리 침상이 내 몸을 놓아주지 않는다. 잠깐 잔 것 같은데 눈을 뜨니 아침이다. 양말과 군복도 벗지 않은 채다. 꿈도 없이 잤다. 딱딱한 수송기 좌석에서 시달린 몸은 개운하지만 엉덩이는 아직도 뻐근하다.

비가 오고 있다. 수송기가 못 뜰 만큼의 폭우는 아니지만 비행 승인 여부는 해당 부대 본부의 소관이니 모를 일이다. 두 손을 모아 낙숫물을 받아 마신다. 빗물을 마시는 게 참 오랜만이다. 지나에서는 황사 때문에 마실 수가 없다. 위벽을 자극하는 청량함이 등줄기를 타고 몸 구석구석으로 퍼진다.

　의무실 침구를 정리해 둔 미우라 중위가 군복 상의의 단추를 채우고 있다. 말끔히 면도한 얼굴에는 생기가 돈다. 쾌활한 말투와 환한 웃음 때문에 그렇게 느끼는 건지도. 미우라 중위는 밥 한 그릇을 다 비운다. 기력이 돌아왔으니 이동하는 데는 지장이 없다. 악천후로 인한 출발 지연이나 연기도 없다. 시찰 나온 육군항공본부 관계자들이 경성에서 급한 회의가 잡혀 오전 중으로 돌아가야 한다. 그들의 전용기가 엔진 결함으로 수리에 들어갔으나 교체 부품이 없어 우리와 동승하게 되었다.

　고위 장교들과 같은 공간에 있으니 주눅이 든다. 내 목숨쯤은 서류 한 장으로 좌지우지할 요직에 있는 자들이다. 저들이 지도 위에 몇 센티미터를 그으면 실제로는 수백 킬로미터를 날아가야 한다. 작전을 입안하면 무모한 줄 알면서도 출격해야 한다. 사비를 들여 맞춰 입은 군복에는 주름 하나 없다. 광택이 나는 가죽 장화 속의 발에서는 고린내도 나지 않을 것 같다. 그들이 모여 앉은 곳에서는 은은한 소나무 향이 난다. 인사 발령에서 선배를 제치고 진급한 동기를 성토하는 중이다. 눈매가 날카롭고 콧수염을 기른 소좌가 진급에서 누락된 선배와 동향이라고 한다. 어디를 가든 사람 사는 방식이 비슷하다는 생각에 속으로 쓴웃음을 짓는다.

누군가의 말끝에 웃음이 터진다. 기내를 방자하게 돌아다니는 웃음소리가 군대 조직 내에서의 내 위치를 새삼 깨닫게 한다. 계급이 아니라 신분의 문제다. 계급은 이동이 가능하나 신분은 불변이다. 나는 죽을 때까지 저들의 신분이 될 수 없다. 웃음소리에 더 구석 자리로 떠밀리는 기분이다.

졸다 깨다 하다 보니 수송기가 기수를 낮추고 있다. 경성에서 군산까지는 200킬로미터 내외일 것이다. 시속 200킬로미터로만 비행해도 잠깐이다. 눈알이 얼얼하다. 가족을 만난다고 들뜬 데다 커피까지 마셨더니 거의 밤을 새웠다. 지고리(치커리)로 만들어 커피 맛만 낸 게 아니라 미제 네스카페. 경성까지 동승했던 장교들 중 하나가 내지로 가는 목적을 묻더니 수고가 많다며 준 것이다.

장교 둘과 함께 내린다. 격납고 안에서 아카톰보가 정비를 받고 있다. 반가워서 걸음을 멈춘다. 훈련생 시절, 비행 훈련을 하며 교관에게 조종간으로 머리를 숱하게 맞았다. 아카톰보는 복좌식 복엽기다. 유사시에 대비해 앞뒤 조종간이 연결되어 있다. 실수를 하면 뒷좌석의 교관은 즉각 탈부착이 가능한 조종간을 빼 들었다. 정식 명칭이 있지만 주황색으로 칠한 모양이 고추잠자리 같아 그렇게 불렸다. 연료 창고와 격납고, 통제실, 숙소 등의 부속 설비가 활주로 주변에 늘어서 있다. 소방차와 트럭을 넣어둔 차고도 보인다. 본부에 들러 신고를 하고 나오다 사람이 좋아 뵈는 군속에게 묻는다.

"집에 가려고 하는데 자전거를 빌릴 수 있을까요?"

"마침 두 시간 뒤에 군산역으로 장교들을 데리러 갈 예정이니 편승하면 될 걸세."

"귀대 때 차편이 마땅찮아서요."

"시내에서 여기까지 도보로 세 시간 남짓이면 될 텐데."

"발목이 안 좋아서 그럽니다. 부탁드리겠습니다."

절박한 심정이 되어 깍듯하게 허리를 숙인다. 전장에서도 연료가 부족한 실정이다. 기차나 버스가 있을지도 의문이지만, 있다 해도 운행 횟수가 줄어 시간을 맞추기 어려울 것이다. 군속이 선뜻 자신의 자전거를 빌려주겠다고 한다. 나는 코가 땅에 닿게 인사를 한다.

자전거는 영외거주자인 군속의 근거리 출퇴근용이라 정비가 소홀하다. 뒷바퀴에서 삐걱대는 소음이 심하고 안장은 흔들린다. 이 상태로 먼 거리를 가는 건 무리다. 정비병에게 맡기자 내가 확인한 문제는 물론 다른 부분까지 점검해 주고 기름칠도 해준다. 슈호[酒保]*에서 사케와 군것질거리를

* 　군 매점.

산다. 그것들을 가방에 넣어 짐받이에 단단히 묶는다.

정문을 통과한다. 이종사촌인 우진이 형이 생각난다. 군산 비행장을 건설할 당시, 전북지역의 여러 중학교 학생들이 학도근로대로 동원되었다. 강제로 동원된 데다 식사와 잠자리가 형편없어 불만이 많았다. 특히 협력에 소극적이던 고창고보 학생들은 급기야 일본군들과 투석전까지 벌였다. 평안북도 정주의 오산학교와 전라북도 고창의 고창고등보통학교는 대표적인 민족 사학이었다. 이 학교들은 민족의식과 항일정신이 유독 강했다. 그래서 나온 말이 '북오산, 남고창'이었다. 우진이 형이 바로 고창고보 출신이었다. 졸업을 앞둔 어느 날 형은 온다 간다 말도 없이 사라졌다. 큰이모는 만나는 사람마다 붙잡고 신세 한탄을 늘어놓았다. 형이 역마살 때문에 가출했다고, 용한 만신이 써준 부적을 몸에 지니게 했지만 팔자는 어쩔 수 없는 모양이라고. 다분히 연극적인 큰이모의 연기는 졸지에 생때같은 자식을 잃은 어미의 애달픈 사연을 그럭저럭 담아냈다. 하지만 형이 집을 나간 이유를 모르는 사람은 없었다. 친척들 사이에서도 형을 화제로 삼는 건 금기였다. 시험을 거부하는 등의 사건에 연루되어 일찌감치 경찰서의 요주의 인물 명단에 올랐던 것이다. 만주에 있다는 형이 가끔씩 안부를 전해오는 눈치지만 큰이모는 입도 뻥긋하지 않았다. 고등계 형사들이 찾아오면 큰이모는 되레

왜장치며 난리를 피웠다. 점쟁이가 벌써 객사했다고 해서 없는 자식으로 친 지 오래다, 왜 걸핏하면 찾아와서 사람 속을 뒤집느냐 하며. 그 기세가 어찌나 거칠고 사나웠는지 형사들은 그 자식에 그 어미라고 혀를 내둘렀다.

세계가 넓다는 걸 처음 알려준 건 형이었다. 마당에서 팽이를 돌리며 놀고 있는데 형이 찾아왔다. 내가 학교에 들어가기 전이고, 집에는 나만 있었다. 달려가 형에게 매달렸다. 형은 동서고금의 많은 이야기들을 알고 있었다. 재물 대신에 이야기가 계속 나오는 화수분이라도 가졌는지 듣고 있으면 시간 가는 줄 몰랐다. 빌려 갔던 농기구를 부엌 벽에 세워둔 형이 재미있는 걸 보여주겠다며 발로 마당을 쓸었다. 나는 뭘 보여주려는가 싶어 눈을 빛냈다. 마당을 평평하게 고른 형이 팽이채를 거꾸로 세워 뭔가를 그리기 시작했다. 그리면서 선의 길이와 방향을 수정하기도 하고, 선을 넓히거나 좁혀 면적을 조정하기도 했다. 점들의 위치를 바꾸기도 했다. 이윽고 형이 허리를 폈을 때 마당에는 도형들이 불규칙하게 흩어져 있었다. 이게 뭐냐고 묻자 형은 세계지도라며 한 곳을 가리켰다. 여기가 우리가 사는 조선이야. 조선은 콕 찍은 점에 불과했다. 중국이나 소련은 말할 것도 없고, 일본보다도 작았다. 왜 이렇게 작으냐고 투덜거리자 형이 다시 조선 위쪽에 동그라미를 쳤다. 팽이채로 거기를 꾹꾹 찍으면서 말했다. 예전엔 여기도 조선 땅이었대. 우리가 되찾자꾸나. 형이 만주에 있는 걸 알게 되었을 때 나는 절로 고개가 끄덕거려졌다. 형은 있어야 할 곳에 간 거라는 생각이 들었다.

처음 만난 사람에게 가까운 포구를 묻는다. 신작로 양쪽으로 논이 펼쳐진다. 철조망 안에서 경계를 서던 초병이 거수경례를 보내와 받아준다. 솔수펑이 너머 언덕바지에 낮게 엎디어 있는 초가들이 정겹다. 길을 잘못 들어 낭비하는 시간을 줄여야 한다. 행인들에게 자주 길을 물어 포구를 확인한다. 얼마 달리지 않았는데 허벅지와 장딴지가 뻐근하다. 하체를 쓸 일이 없는 탓이다. 체력을 길러야겠다. 발판을 밟을 때마다 체인은 같은 자리를 회전하지만 바퀴는 전진한다. 고향에 가까워진다고 생각하니 힘이 절로 솟는다.

포구에 도착한다. 바다에서 불어오는 바람에 비릿한 갯내가 실려 있다. 멀리 돛대 몇 개가 솟아 있다. 둥지 안의 알처럼 초가집이 옹기종기 모인 마을을 지난다. 포구에 다가갈수록 비린내가 강해진다. 포구에는 목선 몇 척이 정박해 있다. 바다는 잔잔하다. 어부들이 하역을 하고 있다. 궤짝마다 조기가 담겨 있다. 바쁜 사람들에게 말을 걸 엄두가 나지 않는다. 한쪽에서 삼베 수건을 머리에 묶은 노인이 그물을 손질하고 있다. 삐뚜름히 문 곰방대를 빨 때마다 내 쪽으로 연기가 날아온다. 뱃일을 해온 손은 솥뚜껑만 하고 상처투성이다. 손마디 굵기가 거의 내 두 배다. 거친 바닷바람과 강렬한 햇볕에 무방비로 노출된 피부는 진한 구릿빛이다.

"안녕하세요, 어르신."

노인이 고개를 든다.

"윗말 태식이인가?"

눈을 찡그린 노인이 곰방대를 입에서 떼고 묻는다.

"아닙니다. 전 고창 사람입니다."

"자넨 어디에서 싸우고 있나?"

노인이 고개를 끄덕이며 묻는다.

"지나입니다."

"우리 손자 놈은 남방전선에 있다는데 거긴 위험하지 않나?"

난감한 질문이다. 전장은 어디나 위험하다. 느리게 끔벅이는 노인의 눈곱 낀 눈이 내 대답을 재촉하고 있다. 이럴 때는 모르쇠도 한 방법이다.

"죄송합니다. 그쪽 소식은 저도 잘 모릅니다. 혹시 김제나 부안으로 가는 배편이 있을까요? 고창으로 가면 더 좋구요."

"지금은 조기 잡는 철이라 다들 바빠. 강아지 발이라도 빌려야 할 판이지."

노인이 말한다. 내 대답에 별다른 반응이 없다. 큰 기대를 하지 않았나 보다.

"그럼 배편을 주선해 주시면 사례는 하겠습니다. 휴가가 이틀뿐인데 왕복 시간을 빼면 빠듯해서요."

"그럴 거 없이 내가 건네주지."

노인이 선선히 대답한다.

"아이구, 감사합니다."

자전거를 빌릴 때부터 예감이 좋았다. 일단 바다만 건너면 거리가 대폭 줄어든다. 바닥에 곰방대를 턴 노인이 일어난다. 자전거를 끌고 뒤를 쫓는다. 노인이 계선주(繫船柱) 구실을 하는 팽나무 앞에서 멈춘다. 여러 척의 배가 묶여 있다. 발동기를 갖춘 통통배를 기대한 건 아니지만, 노인의 배가 너무 낡고 작아 실망스럽다. 바닥에 바닷물이 고여 있어 제 역할이나 할까 싶다.

"그거 이리 줘."

배에 올라탄 노인이 손을 내민다. 선택의 여지가 없다. 자전거를 건네준다. 파고가 높지 않은 걸 위안 삼는다. 소매를 걷어붙인 노인이 노를 저을 때마다 팔뚝에서 힘줄이 불끈거린다. 얼굴에는 힘든 기색이 전혀 없다. 삐걱대는 배는 물살을 헤치며 나아간다. 노인은 고기 잡을 때 부르는 노동요를 흥얼거린다. 뱃전에 앉아 가장자리를 꽉 잡고 있다가 노인이 배질에 능숙한 걸 보고 시나브로 손을 푼다.

"이거……."

"넣어둬. 양친한테 고깃간에서 돼지고기라도 끊어다 드려."

노인의 손에 지폐를 억지로 쥐여준다. 오는 도중에 이틀 뒤, 오전에 이곳으로 나와달라고 부탁해 두었다. 고맙기도 하거니와 돈을 받아야 책임감에서라도 약속을 지킬 것이다. 뱃머리를 돌리는 노인에게 손나팔을 만들어 다시 약속 날짜와 시간을 외친다. 노인이 노를 저으며 고개를 주억거린다. 날씨가 궂어 배가 오지 못하면 육로로 우회해야 한다. 그 시간까지 넉넉하게 계산해 약속을 잡았다.

# 3

엉덩이를 들고 발판을 밟는다. 거리가 줄수록 여유가 생기는 게 아니라 더 조급해진다. 내리막에서 미끄러졌지만 재빨리 제동을 걸어 중심을 잡는다. 돌이 많은 길에서는 속도를 줄인다. 바퀴가 터지기라도 하면 대책이 없다. 길은 대체로 평탄하다. 여러 갈래가 아니어서 길 찾기도 수월하다.

서낭당 나무가 있는 마을에서 물을 얻어 마신다. 허리가 많이 굽은 노파가 두 사발이나 들이켜는 내가 딱했는지 삶은 고구마 하나를 내민다. 먹을 걸 보자 허기가 진다. 퍽퍽한 밤고구마를 급히 삼키다 캑캑대며 가슴을 친다.

"에구, 남의 집 귀한 자손 잡겠네. 좀 천천히 먹지."

노파가 혀를 차며 등을 두드려준다. 삭정이 같은 손가락을 그러모은 주먹에는 힘이 실려 있지 않다. 그래도 고구마가 다 내려가는 느낌이다. 어머니가 떠올라 울컥한다. 많이 노쇠했을 것이다. 사레 때문인지, 어머니 때문인지 그렁한 눈물이 시야를 가린다.

"이제 괜찮습니다."

물을 마시자 진정된다. 노파가 고구마 하나를 더 준다. 사양하지만 호주머니에라도 넣어줄 기세여서 어쩔 수 없이 받는다.

"몸조심해."

사립문 바깥까지 따라 나온 노파가 내 손을 잡고 당부한다. 이가 빠진 탓에 볼과 입이 홀쭉해져 발음이 부정확하다. 그래도 전해지는 마음만은 확실하다.

"네, 할머니. 오래오래 사세요."

덕담과 함께 양갱 하나를 건넨다. 마을을 벗어나다 고개를 돌린다. 나를 지켜보던 노파가 어서 가라고 손을 까부른다. 고개를 숙여 보인다. 속이 든든하니 한결 기운이 난다. 바큇살이 경쾌하게 바람을 가른다. 어쩌면 고구마는 노파의 끼니였을 것이다. 모든 물자가 부족한 때고, 더군다나 춘궁기다. 노파의 인정을 두고두고 잊지 못할 것이다. 고구마 두 개가 아니라 아주 많은 걸 받은 듯하다. 맞은편에서 촌로가 오고 있다. 먼 길을 왔는지 지친 기색이 역력하다. 바짓자락에는 흙탕물이 말라붙어 있다. 큰 짐이 얹힌 지게가 구부정하게 숙인 그의 어깨를 짓누른다. 얼굴 전체에 촘촘히 잡힌 주름살을 잡아당기면 골마다 숨어 있던 고질화된 피로가 우수수 쏟아질 것만 같다. 지게 작대기에 의지해 힘겹게 발걸음을 떼놓는 그는 조선 짚신이 아니라 와라지[草鞋]*를 신고 있다. 조선인이 게다를 신는 건 별로 낯선 광경이 아니다. 인사를 하자 촌로가 희미하게 웃는다. 주름살이 더욱 깊어진다.

부안과 고창의 경계쯤에서 검문을 받자마자 일본군 행렬과 마주친다. 중대급 인원이다. 훈련을 마치고 귀대 중인 듯 땀과 흙먼지로 군복이 지저분하다. 자전거에서 내려 장교들에게 거수경례를 한다. 행렬이 지나갈 때까지 기다렸다 출발한다.

한참을 더 달려 마지막 관문인 고개를 넘는다. 뒷산의 품에 감싸인 고향 마을이 한눈에 들어온다. 마음은 벌써 가족을 만나고 있다. 속력을 낸다. 마을 어귀에서 자전거를 세운다. 느티나무에서 까치가 운다. 뽀얀 먼지가 앉은 자전거는 차체가 다른 색이 돼버렸다. 먼지를 먹어 목구멍이 칼칼하다. 군복과 군화를 턴다. 복장을 단정히 하고 손수건으로 얼굴을 닦는다. 자치기를 하던 아이들이 일제히 나를 바라본

---

* 일본의 전통 짚신. 끈을 발목에 묶는 형태다. 주로 장거리 여행이나 산행할 때 신는다.

다. 눈빛에는 호기심이 가득하면서도 낯선 방문객에게 선뜻 다가오지 못한다. 모르는 얼굴이 더 많다. 알 만한 아이들도 데면데면하다. 잠깐씩 다녀간 것을 제외하면 고향을 떠난 지 햇수로 7년이니 그럴 만도 하다.

툇마루에 앉은 어머니는 바느질에 고부라져 내가 온지도 모른다. 바늘을 굼뜨게 움직이는 모습을 보자 콧날이 시큰하다. 큼지막한 손에는 거칠고 험한 일을 해온 이력을 말해주듯 옹이가 박혔다.

"어머니!"

나도 모르게 목소리가 갈라져 나온다. 고개를 든 어머니가 눈을 꿈쩍꿈쩍하다 화들짝 놀라며 맨발로 달려온다.

"어이구, 웬일이냐. 소식도 없이."

"휴가 나왔어요."

"그래, 그래. 잘 왔다."

어머니가 내 등을 연신 쓸어내리며 눈물 바람을 한다. 선뜻 나를 알아보지 못한 건 눈앞의 나와 지나에 있는 나를 일치시키지 못해서다. 내가 집에 왔으리라고는 짐작도 못 한 것이다.

"건강은 어떠세요?"

"괜찮다, 괜찮아."

"돈 아깝다고 참지 마시고 아프시면 이걸로 꼭 병원에 다니세요. 필요한 것도 사시구요."

반으로 접은 봉투를 어머니 앞에 내려놓는다. 야전 우편국에서 미리 찾아둔 돈이다. 어머니에게는 생활비나 학비만 있을 뿐 당신을 위한 돈은 없다. 봉투를 열어본 어머니가 깜짝 놀란다.

"무슨 돈이 이리 많으냐. 아서라, 됐다 너 몸보신할 거나 사 먹거라."

"아닙니다. 저희 조종사들은 식사가 잘 나옵니다. 보급품도 넉넉하구요. 돈을 쓸 데도 없어요. 넣어두세요."

"오냐, 오냐. 고맙다."

"절 받으세요."

군모를 벗고 엎드리려 하자 어머니가 말린다.

"아니다, 됐다. 절은 아버지한테나 올려라."

"아버진 일 나가셨어요?"

신발이 없는 걸 알면서도 방 쪽을 본다.

"요즘은 동규랑 일본인 농장에 창고 고치러 다니신다. 동규가 일을 곧잘 한다고 좋아하신다. 나이 때문인지 요즘은 부쩍 근력이 떨어진 거 같다. 참, 양부모님은?"

"뵙고 왔어요."

당황했으나 내색하지 않으려고 애쓴다.

"별일 없으시지?"

"예, 형이랑 민순이는 잘 있죠?"

불편한 대화에서 벗어나려고 얼른 화제를 바꾼다. 어머니의 눈시울이 붉어지더니 그예 눈물이 고인다. 순간 별의별 불길한 생각들이 머리를 스쳐 간다. 침을 삼키고 어머니의 입을 주시한다. 치마 말기를 뒤집어 눈물을 훔친 어머니가 물코를 들이켜며 말을 잇는다.

"네 형은 작년에 군에 끌려갔다. 내가 면사무소 직원만 보면 가슴이 철렁한다. 체부(遞夫)*를 봐도 나쁜 소식을 가지고 왔을까 봐 불안하고. 장가도 못 가고 몽달귀가 되는 건 아닌지……."

어머니가 한숨을 쉬며 민순이는 근로봉사가 끝나면 올 거라며 덧붙인다. 1938년부터 육군특별지원병제가 실시되었다. 형의 입대는 지원이었을 텐데도 끌려갔다고 표현하는 것에서 어머니의 반발심과 상실감이 헤아려진다. 아마도 형식은 지원이지만 내용은 강압이나 강제였을 것이다. 장남은 장차 아버지를 대리할 사람으로 집안의 기둥이다. 보통학교에서도 생도의 보호자를 학부형(學父兄)이라고 지칭했다. 조종사들 중에도 장남이 꽤 있다. 장남을 징집하지 않는다는 건 옛말이었다. 솔로몬이나 필리핀 제도에서 고생하는 건

* 우편집배원.

아닌지. 전염병에 걸린 건 아닌지.

"어디 보자, 우리 아들 얼굴이 왜 이리 상했누."

내 턱을 잡고 이리저리 돌려보던 어머니가 언짢은 표정을 짓는다. 아들을 몇 년 만에 보는 어머니 눈에 그렇게 보일 뿐이다. 예전에 비해 체중도 늘고 뼈대도 굵어졌다. 작전에 나서면 늘 경계 태세를 유지하다 보니 눈매도 날카로워졌다. 거울에 비친 내가 이전과 너무 달라 놀랄 때가 많았다.

"얼굴이 타서 그래요. 높은 곳에 올라가면 햇볕이 강하거든요."

나는 뺨을 문지르며 쑥스럽게 웃는다.

"그나저나 이틀이랬니? 무슨 휴가가 그리 짧으냐. 그 먼 데서 여기까지 왔는데."

"정식 휴가가 아니라 내지에 들어가는 길에 잠시 들른 거예요. 일종의 특별휴가 같은 거예요."

길게 설명하면 복잡해질 거 같아 그렇게 말한다.

"그래도……. 아이구, 이러고 있을 때가 아니지. 우리 아들 뭐 먹고 싶누?"

갑자기 부산해진 어머니가 묻는다.

"어머니가 해주는 거 다요."

지금은 콩나물잡채가 제일 먹고 싶다. 말하지 않아도 상에 오를 것이다. 내가 좋아하는 줄 아니까. 어머니가 잔칫집에 일손을 보태러 간 날에는 자지 않고 기다렸다. 까막까막 졸다가 어머니의 발소리에 부리나케 마당으로 나가 보따리를 받아 들었다. 보따리에는 품삯 대신 받아 온 음식들이 들어 있었다. 가족이 개다리소반에 둘러앉아 먹는 콩나물잡채의 맛이란. 나는 당면이 들어간 잡채보다 콩나물로 만든 잡채가 좋았다. 고사리와 미나리, 겨자가 들어가 형이나 동생들은 입에도 대지 않는데 나는 맛있었다. 부모님은 내가 아무거나 잘 먹는다고 기특해했다.

"오냐, 오냐. 내 힘닿는 데까지 다 만들어주마. 오는 걸 미리 알았더라면 좋았을 텐데…….."

"음식은 조금만 하세요."

"그래, 그래."

어머니는 건성으로 대답하며 부엌으로 간다. 내 말을 듣지 않을 것이므로 더 말리지 않는다.

"저 잠깐 나갔다 올게요."

나는 군모를 쓴다.

"어딜?"

어머니가 얼굴만 내밀고 묻는다.

"근처 좀 돌아보려고요."

"먼 길 왔는데 힘들지 않겠니?"

"괜찮아요."

"그래, 늦지 않게 와라."
마당으로 내려서는 나에게 어머니가 당부한다.

# 4

마을을 벗어난다. 나무도 바위도 밭도 산도 예전 그 자리를 지키고 있다. 세상은 빠르게 변하는데 이곳만 시간이 정지해 있다. 나무도 내가 봤던 그 나무가 아니고, 바람도 내가 쐬던 그 바람이 아닐 테지만 나에게는 같아만 보인다. 그렇게 넓던 길이 이젠 좁다. 해가 뉘엿뉘엿 지고 있다. 어느 집에서인가 개가 짖는다. 어느덧 승희가 사는 마을이다. 나보다 세 살 아래니 시집을 갔을 수도 있다. 그렇다고 여기까지 와서 발길을 돌리는 것도 우습다. 집에서 나온 건 승희를 만나기 위해서다. 직접 찾아가는 건 꺼려진다. 나야 상관없지만 소문이라도 나면 승희가 난처해질 것이다. 이러지도 저러지도 못하고 있는데, 저쪽에서 오누이로 보이는 아이들이 손을 잡고 걸어온다.

"꼬마야, 이 마을에 김승희라는 사람 살지?"

아이들이 다가오기를 기다렸다 말을 건다. 여자아이가 겁

먹은 얼굴로 고개를 끄덕이며 한 걸음 물러난다. 과장된 친근함으로 환심을 사려던 나는 머쓱해지고 만다. 그래도 승희가 아직 마을에 있다니 마음이 놓인다. 남자아이가 제 누나 뒤로 숨는다.

"김승희 씨 좀 불러줄래? 신민규라고 하면 알 거야."

다시 고개를 끄덕인 여자아이가 동생의 손을 잡고 뛰어간다. 몽당치마 아래로 드러난 다리가 추워 보인다.

"신민규야, 신민규!"

소리치다 움찔해서 주위를 둘러본다. 목소리가 너무 컸다. 윗마을에 사는 승희가 학교에 가려면 우리 집을 거쳐야 했다. 승희는 등교 때마다 우리 집에 찾아왔다. 어머니는 계집애가 아침부터 남의 집에 발걸음 하는 게 아니라고 지청구를 했지만, 승희는 꿋꿋하게 찾아왔다. 오라버니, 오라버니 혀짜래기소리를 하며 나를 따르는 승희가 귀여운지 어머니는 되바라졌다고 흉을 보면서도 내버려두었다. 나도 싫지 않았다. 승희는 붙임성이 좋은 아이였다. 사람은 물론이고 짐승들도 승희를 잘 따랐다. 마을에서 알아주는 사나운 개들도 승희가 다가가면 짖기를 멈췄다. 나중에 오라버니의 각시가 될 테냐? 어머니가 놀리듯 물으면 승희는 지체 없이 예, 하고 대답해 사람들을 웃게 만들었다. 그런데 발길이 뜸해지더니 어느 순간부터는 뚝 끊었다. 어쩌다 길에서 마주치면 살짝 고개를 숙여 보이고는 지나갔다. 어머니의 말로는 철이 들어 내외하는 거라고 했다. 군산으로 갈 때도 인사를 나누지 못했다. 이번이 아니면 얼굴 볼 기회가 영영 없을 수도 있다는 절박감이 들었다. 저녁때여서 굴뚝마다 연기가 올라온다.

멀리서 잰걸음으로 오던 승희가 나를 발견하고 평보로 걷는다. 내 앞까지 와서는 약간 비껴 선다. 머리를 한 갈래로 땋은 승희는 광목 치마저고리를 입었다. 옆얼굴은 하나도 변하지 않았다. 귓불이 발갛게 물들어 있다.

"오셨어요?"

승희가 고개를 푹 숙이고 묻는다. 목소리가 떨린다.

"잘 지냈어?"

"예."

승희가 다소곳이 대답한다.

"그냥…… 어떻게 지내는지 궁금했어."

불러내긴 했지만 할 말이 없어 우물쭈물한다. 아니, 말들이 서로 입 밖으로 나오겠다고 다투는 바람에 목구멍이 턱막히는 느낌이다.

"전 별일 없이 잘 지내요. 오라버니는 제대하신 건가요?"

"휴가 나왔어."

오라버니. 참으로 오랜만에 듣는다. 그 단어가 내 가슴에서 잔잔한 파문을 일으킨다.

"비행기 운전수가 됐다는 말은 들었어요."

조종사라고 정정해 주고 싶은 걸 참는다.

"그랬어?"

배시시 웃는 승희는 옷고름을 손가락으로 꼬고 있다. 사나운 소용돌이에 휘말린 듯한 아찔한 기운이 몸을 감싼다. 손만 뻗으면 닿을 거리에 승희가 있는데도 멀리서 그리워할 때보다 안타까움이 더하다. 그제야 깨닫는다. 나는 승희를 여자로서 그리워했구나. 왠지 울음이 쏟아지려 한다. 고개를 든다. 서쪽에 남아 있는 빛이 주번사관에게 닦달당한 생도처럼 서둘러 달아나고 있다. 잠에서 깨어난 박쥐들이 먹이를 찾아 날아다닌다.

"무사하셔서 다행이에요, 오라버니. 전쟁에 나가 죽거나 다친 사람들이 많아서……."

말끝을 흐리는 승희의 옆얼굴을 똑바로 본다. 날 생각했구나. 가슴이 뻐개지는 격정이 느껴진다. 더 있다가는 목젖에 간신히 걸려 있는 울음이 넘어올 것만 같다. 느린 가야금 산조처럼 끊길 듯 이어지는 대화를 끝내야 할 때다.

"얼굴 봤으니 됐다. 이거……."

가방에서 신발을 꺼내 내민다. 부대 근처의 도시로 외출 나갔다 사두었다. 둘레에 꽃이 수놓아진 신발을 보자 승희가 떠올랐다.

"어머나, 이뻐라!"

승희는 반색하면서도 머뭇거린다.

"괜찮아, 받아. 네 발에 맞을지 모르겠다. 너 주려고 지나에서 산 거야."

"고맙습니다, 오라버니."

승희가 신발을 들고 요모조모 뜯어본다.

"이만 가볼게. 잘 지내."

"저……."

승희가 돌아선 나를 잡아 세우더니 말을 잇는다.

"몸조심하시고 꼭 돌아오세요, 오라버니. 다치지도 마시고……."

"그러마. 너도 건강하게 지내라."

나는 겨우 대답한다. 살아올 수 있을까? 돌아와야 한다. 가족이 있고, 승희가 있다.

"신발 고마워요, 오라버니!"

승희가 소리친다. 물기 어린 목소리다. 승희는 그동안 못 부른 걸 벌충하듯 말끝마다 오라버니를 붙인다. 지푸라기를 한 움큼 쑤셔 박은 것처럼 목구멍이 막혀 대답 대신 손을 흔들어준다. 기어이 눈물이 주르륵 흐른다. 안장에서 일어나 속력을 낸다. 자전거가 양쪽으로 휘청댄다. 승희를 만난 건 기쁘고, 다시 못 볼 수도 있다 생각하니 슬프다. 다시 만나자고 말할 수 없는 것에 가슴이 아프다.

집 앞에서 눈물 자국을 지우고 헛기침을 해 잠긴 목청을 가다듬는다. 흐릿한 불빛이 새어 나오는 장지문에 그림자가 어른거린다. 간간이 웃음소리도 흘러나온다. 부엌에도 불이 밝혀져 있다. 석유는 비싸기도 하거니와 귀하니 남포등은 아니고 호롱불일 것이다. 그나마도 다른 날 같으면 아주까리기름을 아끼려고 이른 잠자리에 들었을 시간이다.


매콤한 김치찌개 냄새가 코를 파고든다. 기름 냄새와 비릿한 냄새도 섞여 있다. 그 냄새들만으로도 마음이 넉넉해진다. 군침이 돈다. 경성에서 출발 전에 먹은 뒤로 제대로 된 식사를 하지 못했다.

"저 왔습니다."

방 한쪽에서 아버지와 노인이 이야기를 나누고 있다. 먼 촌수여서 왕래가 뜸한 분인가 해 정중하게 고개를 숙인다. 노인이 곰방대를 빨며 고개를 끄덕인다. 어머니와 민순은 앉지도 않았는데 방 안이 꽉 찬다.

"왜 이렇게 늦었어? 어른들 기다리시는데."

어머니가 눈을 찌긋찌긋하며 짐짓 엄한 목소리로 꾸짖는다. 아버지의 입을 막으려고 선수를 친 것이다. 노인에겐 결례를 범한 나를 대신해 사과하는 의미도 담겨 있다.

"죄송합니다. 근처를 둘러보다 늦었습니다."

상에는 김치 두 종류와 부침개, 콩나물잡채, 조기구이 등이 차려져 있고, 찌개가 놓일 중앙은 비워져 있다. 노인의 곰방대에서 피어오른 연기가 방 안에 가득하다. 동규가 달려와 내 품에 안긴다. 속도를 줄이지 않고 뛰어들어 휘청했다 겨우 몸을 가눈다. 키도 크고 몸무게도 늘어 안고 있기가 버겁다. 목마를 태워주던 동규가 아니다. 동규의 까까머리를 쓰다듬는다. 늘 웃는 얼굴인 동규의 입이 더 헤벌쭉해진다. 나를 알아보는 게 신기하다. 어머니가 내려오라는데도 동규는 매미처럼 매달려서 떨어지지 않는다.

"오빠, 눈이 왜 그래?"

음식을 상으로 옮기던 민순이 내 턱 밑에 얼굴을 바짝 들이댄다.

"왜?"

나는 얼굴을 슬쩍 돌린다.

"울었어? 눈가가 빨가네."

"울긴……."

나는 얼버무리며 괜히 눈가를 비빈다. 성숙해진 민순은 제법 아가씨 태가 난다. 오랜만에 보는데도 부끄러워하거나 데면데면하게 굴지 않는다. 나를 대하는 태도가 며칠 만에 만난 것처럼 예사롭다.

"이리 와서 인사 올려라. 아랫마을 총대 어른이시다."

어머니가 사탕을 사 주겠다고 구슬려 나에게서 동규를 떼어낸다. 나는 군모를 벗고 절을 한다.

"네가 왔다고 씨암탉을 가져오셨다."

그새 소문이 난 모양이다. 절을 받은 총대 어른은 덕담을 한 뒤에 일어난다. 연로한데도 목소리가 칼칼하고 허리가 꼿꼿하다. 저녁을 함께하자는 아버지의 권유를 물리치고 총대 어른이 고무신을 신는다. 우리 가족은 뒷짐을 지고 가는 총대 어른에게 허리를 숙인다.

# 5

김치찌개와 닭국이 들어오고 상에 둘러앉는다. 잡곡이 섞이지 않은 쌀밥은 밥알마다 기름을 바른 듯 윤기가 흐른다.

"이런 날엔 술이 없으면 안 되지. 잔 받아라."

아버지가 사케병을 집어 든다.

"제가 먼저 올리겠습니다."

무릎을 꿇고 앉아 아버지의 잔에 사케를 채운다. 나도 아버지가 따라 주는 사케를 두 손으로 받는다. 구하기 어려웠을 텐데 음식을 갖추 장만했다. 자식을 먹이겠다고 이웃들에게 아쉬운 소리를 했을 어머니의 수고로움이 눈물겹다. 부족한 것들은 이웃 마을에서 구했을 것이다. 사람들은 자신의 아들이 휴가 온 것처럼 기뻐하며 선뜻 내주었을 것이다. 음식이 있고 가족이 있다. 민순의 우스갯소리에 웃음이 터진다. 다른 때 같으면 계집애가 조신하지 못하게 나선다고 핀잔을 주었을 어머니도 오늘만큼은 너그럽다. 콩나물잡채를 입 안 가득 넣고 씹는다. 김치찌개 국물을 급히 떠 넣다 입천장을 뎄다. 사케를 마시고 껍질에 털이 숭숭 박힌 돼지고기를 떠먹는다. 쫀득하면서도 고소한 비계와 부드러운 육질의 조화가 식감을 풍성하게 만든다. 양념들이 서로의 단점은 보완하고, 장점은 통합하여 극대화한 맛은 어머니만이 낼 수 있는 비법이다. 어머니는 정신없이 김치찌개 국물을 떠먹느라 콧등에 땀이 송골송골 맺힌 나를 흐뭇하게 바라본다.

"내일은 된장찌개 끓여주세요."

"오냐, 오냐. 많이 먹어라."

어머니가 손으로 발라낸 조기 살점을 내 밥에 올려준다. 음식들을 볼이 미어지게 씹고 있는데도 구수한 된장찌개 냄새가 코끝을 스쳐 간다. 보리로 만든 된장은 고향에서만 먹을 수 있는 별미다.

"김치찌개만 먹지 말고 다른 것도 좀 먹어라."

어머니가 반찬을 내 앞에 옮겨준다. 나는 건성으로 대답하며 김치찌개만 먹는다. 덴 입천장이 아린 것도, 혀가 알알한 것도 아랑곳하지 않는다.

육군항공학교에서 6개월이 되었을 즈음 향수병이 생겼다. 시기와 경중의 차이는 있으나 많은 생도들이 겪는 일이었다. 가족이 면회를 오거나 외출 때마다 집에 가는 일본인 생도들이 부러웠다. 조선에서 면회를 오는 경우도 더러 있었으나 우리 집 형편으로는 바랄 수 없는 일이었다. 히라야마 상이 찾아올 리도 없었다. 집이 현해탄 건너에 있다는 물리적 거리보다 심리적 거리가 더 멀었다. 교육과 훈련으로 군인의 꼴을 갖추고는 있으나 아직 보살핌이 필요한 나이였다. 성장기에 가족과 지내는 단계를 생략한지라 늘 결핍 속에서 지냈다. 김치찌개는 이러한 정신적 허기를 채워줄 보상물이었다. 어머니의 김치찌개가 먹고 싶어 잠이 오지 않았다. 된장찌개는 미소시루가 있지만 김치찌개는 김치가 없으니 대체가 불가능했다. 와사비를 속이 아리도록 먹었다가 배탈이 났지만 김치찌개를 먹고픈 마음은 사라지지 않았다. 신의주비행장에 도착해서는 경비부대의 조선인 병사에게 부탁했더니 근처 민가에서 보리밥과 서수레무침, 고추장을 얻어왔다. 재료들이 채 비벼지기도 전에 입에 욱여넣었다. 눈물까지 흘리며 허겁지겁 먹었다. 우리 집 뒷산에서 채취한 산나물들에 어머니가 만든 고추장을 넣은 비빔밥에 비견될 만한 맛이었다. 서수레가 명이의 이북 말이라는 건 조선인 병사가 알려주었다. 어떻게 불리건 어머니가 손으로 조물조물 무쳐주던 맛과 향이었다.

아버지는 야위었지만 정정한 편이다. 허약 체질도 아니다. 어머니 말처럼 걱정할 만큼 근력이 떨어진 것 같지는 않다. 오랜만에 만나는 내 눈이 더 정확할 것이다.

"우리 집안엔 무인의 피가 흐른다. 너도 알다시피 우리 시조가 신숭겸 장군님 아니시냐. 그러니 너도 잘할 거다."

아버지가 잔을 내려놓으며 말한다.

"예."

내가 아버지의 잔을 채운다. 그때 손길을 멈춘 어머니가 한숨을 섞어 혼잣말처럼 중얼거린다.

"상규가 있었으면 가족이 다 모이는 건데……."

"어머니……."

목소리를 낮춘 민순이 하지 말라는 듯 어머니의 팔뚝을 잡는다. 아나나 다를까, 아버지가 헛기침을 하며 단숨에 들이켠 술잔을 소리 나게 내려놓는다. 술기운에 얼굴이 불콰해져 더 언짢은 듯이 보인다.

"내가 주책이다. 이렇게 좋은 날……."

얼른 얼굴빛을 고친 어머니가 다시 조기 살점을 바른다. 전장에서 생사를 넘나들고 있을 형 생각에 갑자기 목이 멘다. 전투기를 조종하는 나와는 비교가 되지 않을 만큼 고생이 심할 것이다. 제발 무사하길. 내색은 않지만 아버지도 같은 마음일 것이다. 민순이 분위기를 바꿀 요량으로 학교 얘기를 꺼낸다. 나무랄 데가 없는 아이다. 우등생이고 성격도 명랑하다. 강단도 있다. 제 앞가림은 충분히 할 아이다.

집안의 유일한 걱정거리라면 동규다. 왼손으로 내 허리를 잡은 동규가 오른손으로는 서툰 젓가락질을 한다. 딱 붙어서 떨어지질 않는다. 내 손목시계에 잠깐 관심을 보이다 음식을 먹느라 정신이 없다. 콩나물잡채를 입으로 가져가는 동안 반은 흘린다. 어머니는 식탐을 내는 동규를 건사하느라 바쁘다. 입에 든 음식을 삼키기도 전에 또 집어넣는 동규는 어머니에게 원죄다.

"이놈아, 천천히 먹어라. 누가 안 뺏어 간다."

아버지가 나무란다. 예사로운 말투다. 예전 같으면 불호령이 떨어졌을 것이다. 나이가 들어 이해심이 깊어진 것인지, 포기한 것인지 모호하다. 동규를 대하는 아버지의 표정이나 행동으로는 알 수 없다. 아버지에게서 이해와 포기를 구분하는 일은 어둠 속에서 달아난 짐승이 노루인지 사슴인지 구분하는 것만큼이나 어렵다. 아무려나 좋은 쪽으로의 변화인 건 분명하다.

기어이 동규가 배가 아프다고 칭얼거린다. 어머니가 바늘로 동규의 손가락을 딴다. 바늘을 본 순간부터 엄살을 피우던 동규는 검붉은 피를 보자 떼굴떼굴 뒹군다. 아버지가 다 큰 녀석이, 하며 혀를 찬다. 어머니와 민순이 웃음을 터트린다. 지금의 이 광경이 오래 유지되었으면 좋겠다.

팔죽지를 흔드는 손길에 눈을 뜬다. 발소리를 내지 않고 바깥으로 나가는 어머니를 멍하니 쳐다본다. 어둠과 빛이 혼재된 방 안의 사물들은 크고 작은, 옅고 짙은 덩어리로만 분별된다. 눈앞의 광경이 현실인지 꿈속인지 모호하다. 두 손바닥으로 얼굴을 세게 문질러 잠기운을 떨쳐낸다. 동규와 아버지가 자고 있다. 비로소 집에 왔다는 데 생각이 미친다. 뒤미처 외가댁과 선운사에 다녀오기로 했던 것도 떠오른다. 목이 마르다. 누가 마셨는지 자리끼 사발은 비어 있다. 동규에게 이불을 덮어주고 나와 부엌으로 간다. 어제 김치찌개를 정신없이 먹었더니 물이 켠다. 세수를 하자 옆에서 기다리던 어머니가 수건을 건네준다. 쪽 찐 머리에 비녀를 꽂고 치마저고리를 입은 어머니는 이미 채비를 마쳤다. 어머니는 잠이 부족하거나 피곤한 기색이 없다. 새벽에 잠이 깨 손목시계를 보니 2시였다. 그때까지 부엌에서는 달그락거리는 소리가 들렸다. 어머니에게 그만 주무시라고 했더니 오냐, 오냐 하며 일을 계속했다. 달그락거리는 소리가 작아졌을 뿐이다.

어머니가 간단한 밥상을 차려 내온다. 새로 지은 밥에서 김이 모락모락 오른다. 입맛도 없고 속도 좋지 않으나 어머니의 정성을 생각해 수저를 든다. 어머니도 같이 먹자니까 벌써 먹었다며 숭늉을 떠다 준다. 우렁각시 설화는 조선에 사는 모든 어머니들의 삶이 원본이다. 그러니까 그 어머니들이 평생 겪는 일들 중 아주 작은 부분만 떼어내 각색한 이본인 것이다. 우렁각시가 인간이 아닌 건 적절한 설정이다. 어머니들이 가족에게 보이는 헌신과 희생은 가히 초인적이니까.

"출발합니다."

어머니는 음식 보따리를 잡지 않은 손을 내 허리에 두른다. 휘청거리며 출발한 자전거가 이내 중심을 잡는다. 찬 공기에 정신이 맑아진다. 삼베 두루마리를 끝없이 펼쳐놓은 듯한 길이 박명 속에 잠겨 있다. 길의 가장자리가 어둠에 지워져 흐릿하다.

"무겁지 않느냐?"

"전혀요."

어머니가 탔는데도 가방을 실었을 때와 별반 차이가 없다. 어머니가 가벼운 만큼 내 마음은 무겁다.

"어머니, 고기 좀 많이 드세요."

"오냐, 오냐."

"고기 사서 다른 가족 주지 말고 어머니만 몰래 드세요."

내 등을 때리며 웃던 어머니가 가족의 아침밥을 걱정한다. 민순에게 여러 번 당부했으면서도 못 미더워하는 어머니를 잠시나마 시름에서 벗어나게 하고 싶다. 내가 겪은 일

들을 꺼낸다. 어머니는 간간이 저런, 그랬구나, 어쩌면 좋다
니 하는 추임새를 넣는다. 병영에서 벌어지는 일에 무슨 재
미가 있고, 무슨 관심이 있을까. 내가 하는 이야기니 열심히
호응해 주는 것이다.

"저희 왔어요."

어머니가 사립문을 들어선다.

"아이구머니, 이게 누구야?"

마당을 쓸던 큰외숙모가 반색한다. 내 인사를 받은 큰외
숙모는 내 등을 연신 쓸어내린다.

"이젠 아주 헌헌장부구나."

"형들이랑 누나들은 다 잘 지내죠?"

"그럼, 수갑이는 지난달에 아들을 봤다."

수갑이 형은 큰외숙모의 막내아들이다. 허리가 구붓한 큰
외숙모는 머리칼이 반백이어서 본디 나이보다 더 늙어 보인
다. 열여덟에 시집와 서른하나에 홀로되어 여태껏 외할머니
를 모시고 있다. 큰외삼촌은 스물일곱에 세상을 떴다. 이종
사촌들은 제금나서 다 타지로 떠났다. 외가댁 식구들과 자
식들이 십시일반하고, 큰외숙모가 길쌈을 해서 살고 있다.
외할머니에게서 한시도 눈을 뗄 수가 없어 잠깐 마실 가는
것도 여의치 않다고 했다. 어머니가 음식 보따리를 툇마루
에 올려놓는다.

"어머니, 아가씨 오셨어요. 민규도 왔네요."

큰외숙모가 장지문을 열고 말한다. 아랫목에 한쪽 무릎을 세우고 앉아 있던 외할머니가 고개를 돌린다. 외할머니의 입성에서 큰외숙모의 깔끔한 성품이 그대로 드러난다. 외할아버지가 시간만 나면 쓸고 닦는 큰외숙모에게 복 달아난다고 지청구를 했을 정도였다. 큰외숙모는 음식 솜씨도 좋아 만들면 뭐든 맛있다.

"평안하셨어요?"

외할머니 앞에 앉으며 손을 잡는다. 외할머니는 나와 어머니를 번갈아 볼 뿐 대답이 없다. 탁한 눈은 내부를 드러내지도, 외계를 받아들이지도 못한다. 어머니에게 들어 알고는 있었으나 괜히 무안해져 다시 말한다.

"저 민규예요. 알아보시겠어요?"

"민…… 규……?"

외할머니가 쉰 목소리로 느릿느릿 말한다.

"그래요, 외손자 민규잖아요. 제 둘째 아들이요."

어머니가 옆에서 거든다.

"맞습니다. 민규예요."

나를 기억하는가 싶은 기꺼움과 정신이 돌아왔으면 하는 절실함에 다가앉는다. 초점을 되찾은 눈에 차츰 생기가 실린다 싶더니 어느 순간 외할머니가 내 손을 세게 잡는다.

"민규라고?"

좀 전과 달리 나직하나 또렷한 말투였다.

"예."

고갯짓으로 응원하며 외할머니의 입을 주시한다. 그런데 기대와 다른 말이 튀어나온다.

"홍근이냐?"

어찌할 바를 몰라 하는데 외할머니가 울음을 터트린다. 한여름의 소낙비처럼 갑작스럽고 세찬 눈물은 주름진 뺨을 타고 턱 끝에 모였다가 뚝뚝 떨어진다. 여위고 쇠약한 몸에 이토록 많은 눈물이 숨어 있다니 놀라울 따름이다.

"왜 이제 왔어? 왜?"

외할머니의 책망을 고스란히 받아낸다.

"요즘 들어 부쩍 찾으시네."

큰외숙모가 혼잣말처럼 중얼거리며 외할머니의 눈물을 훔쳐낸다. 외할머니를 달래 누이려 하지만 내 손을 놓지 않는다. 큰외숙모가 가져온 곶감을 본 외할머니는 그제야 고집을 꺾는다. 울음도 그친다. 곶감 두 개를 맛있게 먹고 난 외할머니는 요 위에 눕는다. 잠깐 격한 감정을 표출한 것만으로도 힘에 부치는지 낮게 코까지 곤다. 얼굴은 언제 그랬냐는 듯 평온하다. 할머니의 눈꼬리에 고인 눈물을 엄지로 닦아낸 어머니가 들뜬 이불 귀퉁이를 여며주고 일어난다.

큰외숙모가 밥을 짓겠다며 부엌으로 들어간다.

"저희 아침 먹고 왔어요."

어머니가 큰외숙모를 말린다.

"그래도 우리 민규한테 밥은 먹여야지."

"아니에요, 들를 데도 있고요. 가볼게요."

"그래도……."

애옥살림일망정 시렁 위의 대소쿠리들과 부뚜막에 엎어놓은 그릇들은 깨끗하고 가지런하다. 가마솥은 잘 닦여 있다. 천장 모서리에는 거미줄 하나 없다. 땔감인 솔가리가 조금밖에 없는 게 마음에 걸린다. 가까이 사는 아버지가 가끔씩 들러 땔감도 해놓고 집 안팎도 손본다지만, 알게 모르게 남정네 없는 표가 난다.

"외할머니 모시느라 고생이 많으세요. 살림에 보태세요."

부엌에 들어가 지폐들을 사기그릇 아래에 넣어둔다.

"고맙구나. 부디 몸 간수 잘 해라. 그나저나 밥도 한 끼 못 먹어서 어떡하니."

"다음에 올 땐 꾹꾹 눌러 담은 고봉밥으로 먹을게요. 오늘 것까지 두 그릇요."

미안한 마음을 농담으로 눙친다.

"그래, 그래."

큰외숙모는 손목 안쪽으로 연신 눈물을 찍어낸다. 나를

그냥 보내는 것도, 만나자마자 헤어지는 것도 다 아쉬운 것이리라. 마을 어귀까지 따라온 큰외숙모는 하염없이 손을 흔든다. 나도 큰외숙모가 보이지 않을 때까지 돌아보며 인사를 반복한다.

홍근은 큰외숙모의 남편, 그러니까 외할머니의 큰아들이다. 정미년(1907년), 일본이 대한제국 군대를 강제해산 한 것에 대한 반발로 전국 각지에서 무력 항쟁이 벌어졌다. 장성출신의 기삼연도 창의하여 의병부대를 결성했다. 장성과 인접한 고창에서도 많은 사람들이 가담해 그 의병부대의 주축이 되었다. 기삼연이 체포되자 고창 사람 김공삼이 의병장으로 추대되었다. 큰외삼촌은 김공삼 의병부대의 일원으로 싸우다 죽었다. 유언 한 마디, 유품 한 점 남기지 못했다. 시신은 찾으려 하지도 않았고, 찾을 수도 없었다. 의로운 일이었으나 관군과 일본군 측에서 보자면 비류이자 역도였다. 외가댁 집안 어른들이 나서서 선산에 큰외삼촌의 허묘를 썼다. 외할머니는 한동안 거의 실성한 채로 지내면서도 끼니때마다 밥을 시렁 위에 남겨두는 걸 잊지 않았다. 장자인 큰외삼촌을 말리지 못한 자책이 한으로 남은 거였다.

선운사는 외가에서 자전거로 10분 거리다. 입구에 도열한 벚나무는 이제 꽃망울을 열었다. 끄트머리만 내민 꽃잎들이 둥지 안에서 입을 벌려 먹이를 보채는 새끼 새들 같다. 산들

바람이 꽃잎들을 가만가만 어루만진다. 좁고 어두운 봉오리를 비집고 나오느라 고생했다고, 잘했다고. 일주문 앞에서 합장하고 허리를 숙인다. 인적이 없는 경내는 고즈넉하다. 대웅전 뒤의 동백나무 숲은 여전하다. 이파리 사이로 동백꽃이 피었다. 하지만 송이가 작아 눈여겨보아야 피어 있는 걸 알 수 있다. 몸집 작은 동박새들이 이 가지 저 가지를 자발스럽게 옮겨 다닌다. 우리 집 근처 산에도 동백나무 몇 그루가 있다. 동백꽃이 피면 아이들은 동백꽃 꿀을 먹으려고 동박새, 직박구리와 경쟁했다. 여자아이들은 동백꽃을 실에 꿰어 목걸이를 만들었다.

"올해엔 동백꽃이 더 예쁘구나."

어머니가 감탄조로 말하며 환하게 웃는다. 어머니가 웃으니 나도 좋다.

"전 어머니가 더 고운데요."

"이 녀석, 실없이 어미를 놀리다니."

말은 그렇게 해도 싫지 않은 얼굴로 어머니가 덧붙인다.

"다음엔 식구들이랑 같이 오자꾸나."

나는 크게 고개만 끄덕인다. 소리 내어 대답하면 약속이 지켜지지 않을까 봐. 내 대답을 들은 누군가가 시기심에 훼방을 놓을까 봐.

대웅전 안에 은은한 향내가 배어 있다. 비로자나불에 오체투지로 세 번 절하고 반배를 한다. 어머니는 고두례 하는 동작에서 멈춰 있다. 어머니가 몸을 일으킬 때까지 합장하고 기다린다. 어머니는 석고상처럼 미동도 없다. 고두례를 오래 하면 기원이 더 빨리, 더 강하게 전해진다고 믿는 걸까. 어머니의 기원에는 어머니는 없을 것이고, 형과 내 무사 귀환은 있을 것이다. 나도 형의 무사를 빈다.

돌아오는 길에 뭘 빌었냐고 묻는다. 기도발이 떨어진다고 말해주지 않겠다던 어머니는 또 가족의 끼니를 걱정한다. 아침때는 벌써 지났다. 참 어쩔 수 없는 어머니다. 어머니의 삶은 걱정의 연속이다. 게다가 걱정과 걱정의 간격이 너무 좁다. 발판을 빨리 돌린다.


친척들이 찾아온다. 전보나 전화 같은 신식 문물과는 거리가 먼 어른들이 어떻게 소식을 들었는지 신기할 따름이다. 작은이모는 보자마자 연신 내 손을 쓰다듬으며 눈물 바람을 한다. 원래 정이 많아 걸핏하면 눈물부터 쏟는다. 1년 내내 젓갈을 만지는 탓에 손이 남자보다 더 거칠다. 작년 말에 입대한 이종사촌 동생은 내지에서 복무한다고 알려준다. 뒤늦게 푼 보따리에서는 각종 젓갈이 쏟아져 나온다. 내가 좋아하는 등피리(밴댕이)젓도 있다. 대번에 입안 가득 침이 고인다. 작은이모 몸에서는 늘 쿰쿰한 냄새가 난다. 이모 냄새다. 어릴 적, 놀다 왔을 때 집에서 그 냄새가 나면 으레 작은이모가 다녀간 거였다. 숙부와 고모, 사촌들이 음식을 이고 지고 찾아온다. 마을 사람들도 음식이나 식재료, 땔감 등을 가져와 집이 북새를 이룬다. 우리 마을에서는 애경사에 십시일반 하는 전통이 있다. 할당이나 분담하는 건 아니고 각자 형편대로 내어놓는다. 어른들이 주는 복분자주와 탁주를 한 잔씩 받아먹다 보니 어느새 취하고 만다.

아버지가 깨워서 눈을 뜨니 벽에 기대어 있다. 잠깐 쉰다는 게 그만 잠이 들었다. 아버지가 민순이 방에서 자라고 한다. 노독과 음주, 수면 부족, 그리고 친척을 맞느라 누적된 피로가 몰려왔다. 어머니는 끼니때도 아닌데 밥상을 차렸다. 몇 년간 못 먹인 걸 한꺼번에 보충하려는 작정인지 번번이 새 음식을 내놓는다. 속이 든든해야 한다며 육고기를 빠트리지 않는다. 입에서 누린내가 날 지경이다. 그래도 어머니의 마음을 아는지라 거부할 수가 없다. 젓갈로 비위를 달래며 한술 뜬다. 소화가 되기도 전에 먹어 속이 더부룩하다. 몇 년 만에 본 젓갈들을 허천병이 든 것처럼 먹었더니 속이 아리다.


새벽 공기는 쌀쌀하지만 청량하다. 지나의 대기질과는 비교가 되지 않는다. 마을 사람들도 배웅을 나왔다. 빨아서 숯

다리미로 다린 군복에서는 새물내가 난다. 군모를 벗고 일일이 인사를 한다. 나와 떨어지지 않으려고 할 동규는 엊저녁에 옆집에 보내두었다.

"난 이미 늙었다. 그럴 리야 없지만…… 네 형이 없으면 네가 가장이다."

아버지의 목소리가 침울하다. 눈빛도 많이 흔들린다. 입 밖에 내서는 안 될 말을 꺼내야 하는 참담함 때문이리라. 엊저녁, 밥상을 물리고 나서 무슨 말끝엔가 아버지가 이웃 마을 누구네 둘째, 또 누구네 넷째 하며 전사자나 전상자가 나온 집들을 언급했다. 아버지는 그런 집들을 보며 마음의 준비를 한 듯하다.

"형은 무탈할 겁니다. 눈치도 빠르고 몸도 날래잖습니까. 너무 염려 마십시오."

아버지가 고개를 무겁게 끄덕인다. 아버지는 일어나서는 안 되는 것을, 나는 일어나야 할 것을 말했다. 가정은 가정이다. 결과를 알기 전에 모든 것은 유예되고 보류된다.

"가면서 먹어라."

어머니가 요깃거리를 싼 꾸러미를 자전거 손잡이에 건다.

"꼭 돌아와야 한다."

눈가가 축축해진 어머니를 안는다. 꼭 그러겠습니다. 마음속으로 다짐한다. 내 품에 쏙 들어오는 작은 체구와 도드라진 어깨뼈에 콧날이 시큰해진다. 내가 온 뒤로 부엌에서 살다시피 한 어머니에게는 음식 냄새가 배어 있다. 숨을 크게 들이쉰다. 오래 기억할 것이다. 이 체취와 체온.

자전거에 오른다. 갈 길이 멀어 마음이 조급하다. 푹 쉬었더니 몸이 가뿐하다. 장딴지와 허벅지 근육통도 다 나았다. 몸을 돌려 손을 흔든다. 완만한 경사를 쏜살같이 달린다. 눈물을 훔치던 어머니가 눈에 밟힌다. 눈을 질끈 감고 가속한다.


나운리를 지나니 금세 형무소다. 노인이 약속을 지킨 덕분에 거리를 많이 단축했다. 김제를 거치는 육상 우회로로 왔다면 세 시간은 더 걸렸다. 게다가 군산비행장을 지나자마자 트럭을 만났다. 군산역으로 화물을 가지러 간다는 94식 6륜 트럭에는 병사들이 타고 있다. 병영에서 벗어났다는 것만으로도 병사들은 잔뜩 들떠 있다. 개중에는 변성기도 거치지 않은 소년병도 있다. 전방에서 속절없이 죽어나가는 병사들에 비하면 이들은 운이 좋은 편이다. 나와 병사들은 부청(府廳)* 네거리에서 하차한다. 우회전한 트럭은 군산역까지 이어지는 소화정으로 접어든다. 기침을 하며 손을 휘젓는다.


*　　현재의 시청.

눈이 따끔거리고 목구멍은 칼칼하다. 트럭은 소음과 매연이 심하다. 장비가 노후한 건 지상부대만의 문제가 아니다. 미군은 일선에 신예기를 배치하는데 일본군은 아직도 구식 기종이 주력이다. 항공유도 갈수록 질이 떨어지고 수급이 원활치 않아 급기야는 측백나무 열매나 송진, 고구마에서 추출한 대체 연료를 찾기에 이르렀다.

자전거를 끌고 길을 건넌다. 이즈모야[出雲屋]는 문을 닫았다. 외관이 낡기는 했어도 사람의 손이 탄 지 오래되지는 않았다. 휴업 안내문이 없어 문을 닫은 사정은 알 수가 없다. 내지에서도 설탕과 버터, 우유 따위는 구하기 어렵다고 들었다. 암시장에서 거래가 되지만 가격이 천정부지로 뛰었다고 한다. 내지 사정이 그러하니 조선은 말해 무엇 하겠는가. 애꿎은 제동 레버만 잡았다 놓았다 하며 망연히 서 있다. 히라야마 상은 이즈모야의 화과자를 좋아했다. 다른 상점의 화과자는 입에 대지도 않았다. 빈손으로 가자니 찜찜하고, 사려니 마땅한 게 없다. 친부모와 달리 양부모에게는 고려해야 할 것들이 많다. 부족한 게 없는 사람들이어서 선택이 더 어렵다. 건너편에 적벽돌로 지어진 부청 외벽에 드리워진 현수막은 여전하다. 구호만 바뀌었을 뿐이다. 부청에 드나드는 사람들에게 하릴없이 눈길을 주다 발걸음을 뗀다. 양부모에게는 군산비행장에 착륙한 사이에 짬을 낸 걸로 말할 것이므로 빈손이어도 이해할 것이다. 히라야마 상이 한 짓을 생각하면 들르고 싶지 않다. 하지만 군산부는 좁은 곳이다. 일본인끼리는 민간인과 군인 구분 없이 왕래가 잦다. 내가 군산비행장에 왔다 간 게 어떤 식으로든 전해질 가능성이 높다.

# 6

천천히 자전거를 끈다. 양부모 집은 자전거를 타면 금방이지만 그러고 싶지 않다. 가고 싶지 않은 거부감과 가야 한다는 의무감 사이에서 갈등하다 도출해 낸 타협점이 도착을 최대한 늦추는 거였다. 복귀 시간은 정해져 있다. 늦게 갈수록 빨리 나올 수 있었다. 앞바퀴에서 끽끽 거슬리는 소리가 난다. 군속의 집만 오가던 자전거는 어제오늘 무리를 했다. 탈이 나는 건 당연하다. 자전거를 세워 바퀴를 돌리고 바큇살을 만져본다. 눈에 띄는 고장은 없다. 자전거에 문외한인 나로서는 문제점을 찾을 도리가 없다.

시가지는 여전하다. 햇볕이 따사롭다. 얼굴을 스치는 바람은 포근하다. 사람들의 옷차림에서도 봄기운이 완연하다. 한데도 건물들이 낡고 스산해 보이는 건 군산을 떠나 있던 공백이 만들어낸 선입견일 것이다. 어쩌면 더 크고 발달한 내지의 도시들을 경험해선지도 모른다. 군산에 처음 왔을 때는 모든 게 놀랍고 신기했다. 감수성이 예민할 때라 충격이 더 컸는지도 모른다.

담 위로 잘 손질된 정원수들의 우듬지가 보인다. 새로 올렸는지 담장 위와 지붕의 기와들이 깨끗하다. 자재를 일본에서 가져와 지은 2층 가옥은 격조와 위엄이 있다. 유리창들이 갓 잡아 올린 생선 비늘처럼 반짝인다. 안채에 딸린 건물은 전체가 금고다. 일반적인 일본식 가옥과는 다르게 뒤꼍에는 수영장이 있다. 대문 앞에만 서면 압기되어 정을 붙일 수 없었다. 지금도 적응이 안 되기는 마찬가지다. 초인종을 누른다. 잠시 뒤에 대문이 열린다.

"누구시죠?"

얼굴만 빼꼼 내민 일본인 여자가 묻는다. 필시 식모일 여자는 의심이 가득한 눈빛을 보내온다.

"히라야마 상의 막내입니다."

아버지라는 말이 나오지 않아 애매하게 대답한다. 이 집에서 나는 신분을 밝혀야 출입이 가능한 존재인 걸 새삼 깨닫는다.

"막내……요?"

여자는 모르는 표정이다. 나는 가족이 아니니 모르는 게 당연하다. 육군항공학교에 입학하는 순간 나는 소용 가치가 없어졌을 테니까. 자괴감도, 모욕감도 들지 않는다. 그러면서도 얼굴이 화끈거리는 건 어쩔 수 없다.

"히라야마 상께 막내가 왔다고 말해주세요."

"히라야마 상 내외분께선 출타 중이세요. 경성에 가셨거든요. 다음 주에나 오실 텐데……."

자전거를 돌린다.

"뭐라고 전해드릴까요?"

등 뒤에서 여자가 다급하게 묻는다.

"내지로 출장 가는 길에 잠시 들렀다고요."

얼굴을 비쳤으니 내 도리는 한 셈이다. 집을 비운 히라야마 상이 고맙기만 하다. 헛걸음을 했는데도 콧노래가 나온다. 신의주나 경성에서 전보를 칠까 잠깐 망설였다. 양부모에게 애틋한 정이 있는 것도 아니어서 말았는데 결과적으로 잘한 선택이었다. 숨 막힐 듯했던 집에서 그나마 좋은 기억은 바나나뿐이다. 그림으로만 보던 그 열대과일을 먹었을 때의 황홀함이란. 잠자던 혓바닥의 미각세포들이 일제히 깨어나 아우성을 쳤다. 미끈거리고 부드러운 식감은 생경하면서도 매혹적이었다. 특별히 맛있다기보다는 첫 경험에 대한 설렘과 기대가 더 컸을 것이다. 가끔 파인애플도 먹었다. 조선인은 구경하기도 힘든 그것들을 일본인은 제철 과일처럼 먹는다는 사실에 다시 한번 놀랐다.

마지막일지도 모른다는 생각에 제동 레버를 잡는다. 자전거를 한 발로 지탱하고 돌아본다. 다른 가옥들보다 높은 곳에 위치한 히라야마 상의 저택은 군사들을 거느린 사무라이처럼 거만하고 당당하다. 하지만 모든 게 완벽해 보이는 히라야마 상에게도 흠결은 있다. 바로 셋째 아들 히라야마 사부로다. 그는 내가 군산으로 오게 된 원인 제공자이기도 하다.

쇼와 11년(1936년), 천황의 친정(親政)을 주장하는 황도파 청년 장교들이 반란을 일으켰다. 2·26사건이었다. 사부로 중위는 그 반란의 참여자 중 하나였다. 주모자급은 아니라 해도 적극 참여자였고, 천황폐하가 임명한 정부 관료와 군부의 주요 인사를 살해한 대역죄를 범했다. 참여한 대부분의 위관급 장교가 농촌 출신인 데 반해 사부로 중위는 아니었다. 그의 아버지 히라야마 상은 대농장을 경영하는 재력가이자 유지였다. 공식 직함만도 열 개가 넘었다. 지역사회에서 벌어지는 행사와 기념식에는 빠지지 않았다. 자식들도 총명했다. 각자 원하는 학교를 졸업해 사회 각 분야에서 제 역할을 하고 있었다. 사부로도 육군사관학교를 졸업했다.

히라야마 상은 사부로의 반역 행위로 인한 충격보다 모든 것들이 한순간에 물거품이 될 수도 있다는 위기감이 더 컸다. 그는 천황폐하께 여러 차례 사죄와 충성 맹세를 담은 장문의 서신을 보냈다. 자신이 얼마나 선량하고 충실한 황국신민인지 낱낱이 고했다. 성실한 납세자라는 점도 빠트리지 않았다. 훈련용 비행기 한 대에 달하는 국방헌금을 바쳤다. 관계 요로에 줄을 댈 구명 활동을 펼쳤다. 국가 시책이라면 무슨 일이든 적극 참여했다. 그런 노력 덕분인지 재판을 면한 사부로는 이듬해에 만주로 전출되었다. 그래도 히라야마 상은 불안하고 미진했다. 히라야마 상이 양자 들일 결심을 한 건 그즈음이었다.

"이게 누구야?"

누군가의 목소리에 회상에서 빠져나온다. 맞은편에서 오던 청년이 자전거에 앉은 채 나를 바라보고 있다. 양복을 말쑥하게 차려입었다.

"누구……?"

재빨리 기억의 갈피를 더듬는다. 내 또래이니 중학교 동창일 것이다. 모르는 얼굴이다.

"이거 섭섭한데."

그가 중절모를 벗는다. 얼굴 전체가 드러난다.

"시게루!"

그가 악수를 청하는 나를 와락 껴안는다. 단춧구멍이라 놀리던 작은 눈은 여전했으나 살이 쪄서 몰라봤다. 살이 찌니 얼굴마저 변했다. 영락없는 스모 선수다. 엉덩이에 파묻힌 안장은 보이지도 않는다. 거대한 그의 몸을 받치고 있는 자전거가 불쌍할 지경이다.

"이야, 군복이 잘 어울리는걸. 간데없는 군인이야."

그가 상체를 삐뚜름히 젖히고 나를 아래위로 훑는다.

"자네도 양복이 그럴싸한데? 잘 지냈어?"

"이 시국에 끌려가지 않았으면 잘 지낸다고 봐야지. 자넨 휴가 나온 건가?"

그가 이를 드러내고 웃는다. 너무 세게 안아 답답했는데 품에서 벗어나자 비로소 숨통이 트인다.

"그런 셈이지."

"시간 괜찮으면 차나 한잔할까?"

내가 하고 싶은 말이다. 오랜만에 동창을 만나 반갑다. 복귀 시간도 많이 남았다. 서로의 근황을 주고받으며 그를 따라간다. 그는 은행에 근무하고 있다. 출장 나왔다 돌아가는 길이고 곧 경성의 본점으로 발령받을 예정이다. 결혼해 아이도 둘 낳았다. 옆 반이었던 그는 언제나 활발하고 유쾌한 아이로 기억한다.

그는 부청에서 멀지 않은 카페로 들어간다. 단골인 듯 여급이 반갑게 맞는다. 구석 자리에 탁자를 마주하고 앉는다.

"신체검사에 대비해 연필심을 갈아 먹고 폐병쟁이로 위장한다, 손가락을 자른다, 다들 노력들은 가상하지만 그런 짓들은 전쟁 초기에나 통했지. 걸리면 형무소에 가기 십상이고 말이야. 그래서 난 확실한 방법을 택했지. 이렇게 말이야. 그나저나 이놈의 전쟁 빨리 끝나야지, 원."

그가 턱짓으로 자기 몸을 가리킨다. 잠깐 이동했는데도 땀을 뻘뻘 흘린다. 목덜미를 몇 번 문지르지 않았는데도 손수건이 흠뻑 젖어버린다. 그가 살이 찐 건, 아니 살을 찌운 건 징집을 피하기 위해서다. 지금도 하루에 다섯 끼를 먹는다고 한다. 그는 내지인이므로 예전부터 징집 대상이다. 작년에 입대한 형이 떠오르자 기분이 씁쓸하다.

그는 몸집이 큰 만큼 목소리도 크다. 손님은 별로 없지만 부청 근처다. 손님 중에 경찰이라도 있다면, 혹은 고발이 들어간다면 나도 헌병대에 이첩될 사안이다. 타인의 이목 따위는 안중에도 없는 그에게 슬며시 짜증이 인다. 목소리를 낮춰 주의를 준다.

"누가 들으면 어떡하려고 그러나."

"아, 오랜만에 동창을 만났더니 반가운 마음에 깜박했네. 미안하이."

말과는 달리 미안한 기색 없이 그는 중절모로 연신 부채질을 한다. 그는 은행가 집안의 자제다. 그의 아버지도 은행의 취체역(取締役)*이다. 비국민(非國民)**이라 지탄받을 행위를 스스럼없이 밝히는 게 천둥벌거숭이 같지만 밉지는 않다. 오히려 고정관념을 거부하고 시대의 흐름에 역행하는

데카당스한 태도가 부럽다. 요즘 하루에 다섯 끼를 먹는 건 어지간한 형편으로는 엄두도 못 낼 일이다. 하물며 저 체중을 유지한다는 건 더더욱. 낙천적인 성격이며 몸무게를 늘린 게 그와 집안 배경에서 나왔다고 생각하니 입맛이 쓰다. 같은 땅에 발을 딛고 있지만 그와 나는 전혀 다른 세계에 속해 있다.

얘기를 나누는 사이에 서먹함과 격의가 없어진다. 입김을 불고 소매로 문질러 해묵고 빛바랜 추억을 불러낸다. 기억은 믿을 게 못 된다. 나에게는 추억인데 그에게는 나쁜 기억으로 남아 있는가 하면, 함께 겪고도 시간과 장소를 다르게 기억하기도 한다. 아예 기억하지 못하는 일도 있다. 잊고 있거나 소식이 궁금한 동창이 줄줄이 호명된다. 많이들 내지나 경성으로 진학했거나 일자리를 찾아 떠났다. 소식이 끊긴 동창도 많다. 전사했거나 부상당한 동창도 있다. 한쪽 눈을 잃은 누구는 마약에 빠졌고, 외팔이가 된 누구는 목판을 목에 걸고 박래품(舶來品)***을 파는 게 용산역 광장에서 목격되었다. 울적하고 무거운 소식이 대부분이다. 좋은 소식은 가난한 집 잔치국수에 올라간 고명처럼 아주 조금뿐이다.

---

*　　현재의 이사.

**　　황국신민으로서 의무와 본분을 지키지 않는 사람.

***　외국에서 수입한 물품. 여기에선 밀수품.

그와 헤어지고 정처 없이 시가지를 배회한다. 언덕바지에 따개비처럼 다닥다닥 눌어붙은 조선인 토막집들은 여전하다. 그 앞쪽으로 큰길을 따라 미나카이백화점과 은행, 경찰서, 각종 상점들이 늘어섰다. 초라하고 남루한 조선인 주거지가 히라야마 상 가족에게 따돌려지던 내 모습 같다. 예전에는 몰랐는데 그 둘의 분명하고도 극복할 수 없는 차이가 눈에 들어온다.

국밥을 한 그릇 사 먹고 군산비행장으로 향한다. 자전거를 돌려주면서 슈호에서 산 사케로 고마움을 표시한다. 복귀하고 세 시간 뒤에 미우라 중위와 나는 각각 2식 전투기를 수령한다. 예정보다 이른 출발이다. 마지막 여정이다. 활주로에는 오후인데도 박무가 깔려 있다. 바람은 중풍(中風)이다. 저시정이긴 하나 비행을 금지할 정도는 아니다. 비행 중에도 마찬가지지만 이착륙 때는 더 주의를 기울여야 한다. 육군항공학교 한 기수 위의 선배 하나도 안개 낀 활주로에서 이륙하다 기수를 처박은 채 즉사했다. 불탄 조종석에서 꺼낸 그의 시체는 끔찍하기 이를 데 없었다고 한다. 해안을 낀 비행장은 바람과 안개의 영향을 많이 받는다. 군산은 봄이 농무기(濃霧期)다.

머잖아 해무가 걷히고 바다가 나타난다. 소형 어선들이 점점이 떠서 어로작업을 하고 있다. 목적지에 도착할 때까지 같은 광경만 보며 비행하게 될 것이다. 바다 위를 비행하는 것이어서 계기반이나 기체에 조금만 이상 징후가 나타나도 바짝 긴장한다. 정비 중대장이 직접 점검했으니 걱정 말라고 했지만 고장은 예고 없이 일어난다. 그 사고가 나만 비켜 갈 거라는 보장은 없다. 일본은 공업력과 기술력이 세계 최고라고 자랑하지만 유럽이나 미국에 미치지 못한다. 지나전선에서 자주 고장을 일으키는 무기들만 봐도 신뢰가 가지 않는다. 출발한 지 한 시간쯤 뒤에 엔진에서 이상음이 발생한다. 귀 기울이지 않으면 모를 만큼 미세한 소리다. 미우라 중위에게 알린다. 해상에서의 비상탈출 대응 지침을 기억에서 불러내야 할 만큼 긴박한 상황이었으나 곧 정상으로 돌아온다. 짧은 시간 동안 별의별 생각이 다 들었다. 의연하자고 다독이다 이내 억울한 생각이 들었고, 다시 어쩔 수 없는 일이라는 자포자기를 반복했다. 시체는 못 찾겠지만 미우라 중위가 증언할 테니 고혼으로 떠돌지는 않으리라는 것이 유일한 위안이었다. 비상 상황이 언제 또 발생할지 몰라 내내 가슴을 졸이다 내지 해안의 불빛들을 보고서야 어깨를 편다.

# 7

출격하는 항공기들의 폭음이 이어진다. 식사할 시간이 없어 우메보시를 다져 넣은 주먹밥과 미소시루로 허기를 끄고 다시 전투기에 오른다. 점검하느라 덮개를 열어두어도 엔진이 식지 않는다. 제1기 경한(京漢)작전과 제2기 상계(湘桂)작전의 두 단계로 나뉜 대륙타통작전이 개시되었다. 지나대륙을 종단하여 동남아까지 연결하는 육상 수송로를 확보하고, 적 비행장들을 점령하여 내지를 위협하는 폭격기들의 발진을 차단하는 것이 이번 작전의 목표였다.

조종사들은 온몸에 피곤이 덕지덕지 묻어 있다. 요란한 엔진 소리가 자장가처럼 들려 비행 중에 졸기도 한다. 적기와 대공화기에 격추되거나 고장으로 돌아오지 못하는 아군기가 늘어난다. 지상군들이 주요 거점을 점령했다는 승전보가 날마다 날아든다.

다시 출격 명령이 떨어진다. 활주로 가장자리에 주기된

전투기에 오른다. 맹렬히 돌아가는 프로펠러의 진동이 좌석으로 전해져 온다. 중대장기를 필두로 전투기들이 이륙해 곧 대형을 갖춘다. B-24 편대가 황허철교 동쪽의 고고도에 출현했다는 급보였다. 정저우의 전파경계기가 고장 나 출격 명령이 늦었다. 적기는 주로 서쪽과 남쪽에 전개하고 있다. 부대 본부에 비치된 『적기형식사진집』에 나온 정보로는 B-24의 최고 시속은 475킬로미터, 작전 반경은 2465킬로미터다. 황허철교에서 가장 가까운 적 비행장은 허난성 뤄양 서남쪽의 루스다. 이곳까지는 약 240킬로미터. B-24의 순항속도를 시속 370킬로미터로 가정했을 때 이곳까지의 비행시간은 39분, 체공시간은 15시간 24분. 그다음은 약 325킬로미터 떨어진 후베이성의 라오허커우다. 이곳까지의 비행시간은 53분, 체공시간은 5시간 42분. 세 번째는 약 420킬로미터 떨어진 산시성의 시안으로, 비행과 체공 시간은 각각 1시간 9분과 5시간 10분이다. 산시성의 안캉이나 한중, 그보다 먼 곳에서 발진하는 B-24의 비행과 체공 시간도 기록되어 있다.

적기는 주로 고고도로 왔지만 때로는 지면에 그림자가 비칠 만큼 낮게 오기도 한다. 그러면 초계비행에서도 발견하기 어렵고 전파경계기에도 잡히지 않는다.

멀리 허공에서 대공포 탄이 작렬한다. 검은 연기들이 물에 떨어진 잉크 방울처럼 풀어지다 이내 사라진다. 나도 모르게 조종간을 움켜쥔다. 긴장하면 생기는 버릇이다. 중대장을 따라 속력을 높인다. 황허철교 상공에 도착했을 때는 폭격기들이 사라진 다음이다. 대공화기들도 잠잠하다. 체공시간이 넉넉한데도 폭격 임무를 완수했다고 판단한 걸까. 전투기의 엄호 없이 교전하면 불리하다고 생각했을지도 모른다. 아마 둘 다였을 것이다. 온 길을 모르니 간 길도 알지 못한다. 두 개 편대로 나누어 추격에 돌입한다. 내가 속한 편대는 서쪽으로 기수를 돌린다. 시안 방향이다. 이토 조장이 기체 결함을 보고하고 귀환한다. 기체 고장은 흔히 있는 일이다.

적기들을 찾지 못한다. 황허철교는 경미한 손상만 입었다. 사흘 뒤에도 B-25 편대의 기습이 있었다. 교각 일부가 파괴당했다. 저공 폭격이었다. 고사포부대가 한 대를 격추했으나 이번에도 우리 부대의 출동은 늦었다. 임무에 나선 폭격기는 딜레마에 빠진다. 폭격기의 고도와 속도, 방향과 풍속 등에 영향을 많이 받는 폭탄을 고공에서 투하하면 명중률이 떨어진다. 저공에서 공격하면 명중률은 높으나 대공화기에 노출되기 쉽다. 딜레마에 빠지긴 나도 마찬가지다. 적기를 만나지 않는 건 좋으나 만나야지만 내 목적을 이룰 수 있다. 온종일 비행복을 입고 있다 잘 때만 벗는 날이 많다. 그나마도 비상이 걸리면 쪽잠을 자야 한다.

내 이름을 부르는 목소리가 아련하게 들린다. 꿈속에서도 편히 자지 못하는 나를 책망하며 돌아눕는다. 누군가가 내 어깨를 흔든다. 아주 조심스러운 손길이다. 그 손을 털어낸다. 그래도 나를 깨우려는 시도가 이어진다.

잠 좀 자자, 잠!

누군지는 몰라도 현실에서 만나면 악감정을 품게 될 것 같다. 신경질적으로 고개를 돌리며 눈을 뜬다. 신참인 사이토 오장이 미안한 얼굴로 서 있다. 실제 상황이다. 개인 장비를 챙겨 뛰어나간다.

중대장의 브리핑을 듣는다. 정신이 몽롱해 집중력이 떨어진다. 중대장의 말들이 나에게 닿지 못하고 자꾸만 귓바퀴 근처에서 흩어진다. 별다른 건 없다. 지상군의 작전지역을 제공하는 임무라는 게 요지다. 머리와 몸이 무겁다. 중대장에게 말하고 빠질 수도 있으나 돌출 행동은 피한다.

시동이 걸리지 않는다. 여러 번의 시도 끝에 마지막으로 이륙한다. 길을 따라 서진하는 지상군의 행렬이 내려다보인다. 내 왼쪽에서 날던 스기야마 군조가 전하방(前下方)을 가리킨다. 정신이 번쩍 든다. B-25와 P-40의 연합부대다. 조금만 늦었더라면 지상군이 위험할 뻔했다.

거리가 가까워지자 급강하한 중대장과 그의 요기들이 일격이탈로 적기의 대형을 흐트러트린다. P-40들이 우리에게 달려든다. 쫓고 쫓기는 난전이 벌어진다. 편대장기가 오른쪽으로 선회해 회피한다. 왼쪽에서 급상승하는 적기가 눈에 들어온다.

기회다!

편대장을 엄호해야 하지만 속력을 높여 그 적기에 따라붙는다. 조준기에 표적이 잡힌다. 2식 전투기는 이전 기종에 비해 고속이어서 조준이 약간만 어긋나도 명중률이 현저히 떨어진다. 기관포를 발사한다. 빗나간다. 적기가 배면비행을 하더니 순식간에 내 뒤를 잡는다. 조종술이 뛰어난 자다. 상승과 하강을 반복하지만 적기는 집요하게 따라붙는다. 머플러를 두른 목둘레에 땀이 찬다. 2식 전투기는 상승력과 급강하는 우수하지만 선회 성능은 떨어진다. 내가 기다려왔던 순간이 될 수도 있다. 하지만 누군가 보고 있을지도 모르므로 회피기동에 최선을 다해야 한다. 내가 귀환하지 않으면 중대원들을 상대로 확인 절차에 들어갈 것이다.

이를 악물고 조종간을 잡는다. 두 손에 필요 이상으로 힘이 들어간 탓에 어깨가 뻐근하다. 오른쪽으로 선회해 가속하려는 순간 동체에서 피탄되는 소리가 들린다.

맞았다!

내 몸부터 살핀다. 멀쩡하다. 엔진에서 연기가 뿜어져 나온다. 유압장치에 맞았는지 계기반에서 기름이 샌다. 속도계와 연료계의 바늘이 급격히 왼쪽으로 기운다. 조종간을 당긴다. 전기 계통도 손상돼 기체가 내 통제를 거부한다. 조종간을 이리저리 움직인다. 소용없는 줄 알면서도 하게 되는 무의식적 행동이다. 추력이 떨어진 기체가 중력에 순응한다. 고도계도 고장 나 높이를 알 수 없다. 조종석 덮개를 젖힌다. 세찬 바람이 얼굴을 때린다. 귀를 덮은 항공모 너머로 기관포 연사음이 아련하게 들린다. 벨트를 푼다. 조종석 가장자리를 붙잡고 일어난다. 지상이 까마득하다. 머릿속으로 상상해 왔던 여러 가정 중에서 가장 바람직한 상황인데도 두려움이 엄습한다. 무수히 반복했던 대응 훈련은 단 한 번의 위급 상황에서 전혀 도움이 되지 않는다. 미처 보지 못했는데 좌측 후방 창에도 총탄 자국이 있다. 눈을 질끈 감으며 심호흡을 한다. 마음속으로 숫자를 세다가 허공에 몸을 던진다. 낙하산이 펴진다. 자유낙하 하던 몸이 공기저항을 받은 낙하산을 따라 솟구친다. 양쪽 사타구니에 걸어둔 줄이 살을 파고든다. 아직까지는 순조롭다. 강하 훈련이나 기체 탈출 과정에서 낙하산이 펴지지 않아 많은 병사들이 죽었다. 낙하산을 펼치는 건 내 의지지만 나를 받아줄지 말지를 선택하는 건 낙하산이다. 가장자리를 둘러가며 여러 가닥의 줄로 이어진 천은 한껏 부풀어 있다. 언제든 이상이 생길 수 있는 장비에 목숨을 맡기는 건 유쾌하지 않다. 나를 지탱해 주는 두 가닥 줄을 힘주어 쥔다.

조종석 너머로 몸을 날릴 때 셋까지 세려고 마음먹었지만 둘까지만 셌다. 어릴 적, 아버지는 내 젖니에 무명실을 묶고서는 셋을 센 다음 당기겠다고 했다. 그 약속은 한 번도 지켜지지 않았다. 번번이 하나, 아니면 둘이었다. 그럴 때마다 울며불며 마룻바닥을 뒹굴었다. 늘 원망스러웠던 아버지의 행위를 나에게 써먹게 될지는 몰랐다.

아래에서 화염과 검은 연기가 솟구친다. 지면에 충돌한 내 애기(愛機)다. 거수경례를 한다. 해놓고 보니 내 행위에 기시감이 든다.

부대원들과 함께 봤던 아베 유타카 감독의 활동사진「불타는 하늘」.

북지전선. 야마모토 대위는 지나군의 차량 행렬을 공격하다 연료 탱크를 피탄당한다. 불시착한 야마모토 대위를 구출하려고 그의 부하 유키모토가 비상착륙을 한다. 두 사람은 각각 소지한 94식과 14식 권총으로 연료 탱크를 쏜다. 기름이 더 많이 새어 나온다. 기체는 소속 항공대가 회수하는 게 원칙이나 적지여서 불가능했던 것이다. 불을 붙인 두 사람은 총탄이 빗발치는 가운데에서도 기체를 향해 거수경례를 한다. 그 장면이 인상적이었던가. 애기의 마지막에 두 사람의 행동이 떠오른 건.

착지한다. 딴생각이 두려움과 긴장감을 분산시켜 몸에 힘이 들어가지 않았다. 경직되면 부상의 위험이 커진다. 유탄에 맞지 않을까 하는 조바심도 잊을 수 있었다. 산비탈이어서 훈련 때 배운 동작대로 되지는 않았다. 줄을 얼마나 세게 쥐었던지 손가락이 잘 펴지지 않는다. 비행 장갑을 벗고 번갈아 주물러 경직된 마디를 푼다. 혹시나 하는 마음에 몸을 더듬어본다. 역시나 다친 곳이 없다. 시작이 좋다.

이제부터다.

주변을 살핀다. 전방에는 벌판이 가없이 펼쳐져 있다. 지평선이 보이는 곳까지 시야를 가로막는 지형지물이 전혀 없다. 지나대륙이 넓다는 게 실감 난다. 발음하기도, 획수를 쓰기도 복잡한 도시와 전략적 요충지를 점령했다는 소식이 들려왔지만 전쟁은 끝나지 않았다. 아무리 많은 병력을 투입해도 일본군은 지나의 도시와 철도만을 차지했을 따름이었다. 지나인은 대규모 전투 때마다 엄청난 사상자를 내면서도 좀처럼 항쟁 의지를 굽히지 않았다. 소화 13년(1938년) 가을부터 전선은 교착상태다. 국민당 정부는 수도 난징을 버리고 우한을 거쳐 충칭을 전시 수도로 정했다. 장제스는 충칭이 함락되면 해외에 망명정부를 세워서라도 항쟁을 이어가겠다고 공언했다. 공습으로 엄청난 피해를 내면서도 수도를 청두로 옮기라는 미국의 조언도 듣지 않았다. 일본군

은 서진하여 대륙으로 들어갈수록 전력 손실이 커졌다. 하지만 승리와는 멀어지고 있다. 340여 년 전, 분로쿠·게이초의 역[文禄·慶長の役]* 때의 실수를 반복하고 있는 셈이다. 부산포에 상륙한 왜군은 20일 만에 한성을 점령했다. 이미 선조는 북쪽으로 몽진한 뒤였다. 왜군은 당황했다. 우두머리의 항복을 받아내면 전쟁이 끝나는 일본에서의 법칙이 조선에서는 먹히지 않았다. 지나는 조선과 비교도 되지 않게 광활했다.

* 일본이 임진왜란을 지칭하는 말.

# 8

　지나군이 추격해 오는 기미는 없다. 도보든, 자동차든 이동한다면 흙먼지가 일 것이다. 가옥도 보이지 않는다. 지나인도 잠재적인 적이다. 비상탈출한 일본군 조종사를 지나인들이 학살하는 경우가 있었다. 심지어는 같은 편인 지나군 조종사도 일본군으로 오인해 살해하기도 했다. 낙하산을 둘둘 만다. 숨길 곳이 마땅찮다. 바위 아래에 낙하산을 쑤셔 넣는다. 항공모와 비행 장갑도 넣고 흙으로 덮는다. 머플러를 풀어 이마를 훔친다. 홀가분하다. 장비가 무거워서가 아니다. 나를 구속하던 것과의 결별처럼 여겨진 때문이다.

　낙하지점을 벗어나는 게 급선무다. 추락했을 때를 대비해 지정해 둔 집결지는 개나 주라지. 비상식량이 든 휴행낭(携行囊)을 왼쪽 어깨에서 오른쪽 옆구리로 오게 사선으로 멘다. 달리면서 고개를 들었다가 눈을 찡그린다. 햇빛이 강렬하다. 손바닥을 이마에 붙여 차양을 만든다. 근접전을 벌이는 전투기들이 쫓고 쫓긴다. 지상에서 보니 생존을 위한 사투인데도 꼬리잡기 놀이처럼 한갓지고 여유롭다. 이제 저들과 나는 전혀 다른 세계에 속해 있다. 군산에서 만난 시게루와 나처럼. 수송기에 동승했던 육군항공본부 관계자들과 나처럼. 한 대가 검은 연기를 내뿜으며 추락한다. 낙하산이 펼쳐진다. 거리가 멀어 피아는 구별되지 않는다.

이거나 먹어라!

공중전이 벌어지는 허공을 향해 쑥떡을 먹인다. 장화 형태의 항공화는 질주용으로 적합하지 않다. 산길에서는 더더욱. 지나군이나 지나인의 눈이 무서워 편한 길로 갈 수도 없다. 비행복 안에 땀이 찬다. 목도 마르다. 휴행낭에 든 것들을 머릿속으로 떠올린다. 액체는 위스키가 유일하다. 알코올을 섭취하면 목이 더 마를 것이다. 옹달샘이나 개울이 보이지 않는다. 있다 해도 전염병이 무서워 함부로 마실 수 없다. 일본군에게 전염병은 지나군보다 더 상대하기 어려운 상대다. 대규모 작전이 끝나고 나면 전사자나 전상자보다 전병자로 인한 전력 손실이 더 큰 실정이다. 일본군에게는 예방주사약과 알약, 정수제가 턱없이 부족하다.


황토 위를 걸으니 내 몸까지 황토색으로 물드는 느낌이

다. 먼지를 몰아가는 바람과 그 바람에 흔들리는 시든 풀들이 황폐함을 더한다. 불모의 땅도 씨앗을 받아들일 아량은 남았나 보다. 하지만 끈질긴 생명력으로 겨우 초록색을 유지한 풀들도 황폐함을 강조하는 소품처럼 여겨진다. 돌아보니 내가 낙하한 산도 나무가 없어 민둥하다. 배가 고프다. 잠을 설쳐 식사를 깨작거린 탓이다. 난데없이 붕어찜이 먹고 싶다.

아버지가 천렵해 온 붕어를 손질하는 건 내 몫이었다. 보통학교 고학년 때부터였다. 마을 어른들은 어린데도 손끝이 야무지다고 칭찬했다. 손에 배는 비린내는 싫지만 붕어찜은 맛있었다. 부엌 한쪽에 쌓아둔 솔가지 위에 앉아 어머니가 붕어찜 만드는 과정을 구경했다. 된장에 무쳐둔 시래기를 솥에 깐다. 그 위에 썰어둔 감자를 얹고 비늘을 제거한 붕어를 넣는다. 물을 부어 끓이다가 양념장을 넣는다. 다 익어갈 즈음 썰어둔 풋고추와 대파, 양파 따위를 넣고 한소끔 더 끓인다. 어머니는 여름에 가족 중 누가 아프다면 붕어찜을 만들어 먹였다. 그러니까 붕어찜은 우리에게 치료제이자 보약이었다. 붕어 살도 고소하지만, 무엇보다 갖은 양념이 밴 시래기와 감자의 맛이란……. 푹 익어 씹을 것도 없이 목구멍으로 넘어갔다.

젠장, 배가 더 고프다.

휴행낭에서 초콜릿을 꺼낸다. 비상식량 중에서 가장 열량이 높다. 모리나가에서 만든 초콜릿은 맛이 좋다. 부대원들은 이 초콜릿을 먹기 위해서라면 추락해도 상관없다고 농담할 정도다. 조금씩 떼어 입에 넣는다. 아껴 먹으려 해도 순식간에 녹아버린다. 반만 먹고 다시 휴행낭에 넣는다. 무언가가 들어가자 허기가 더 심해진다. 덩달아 갈증도 더하다. 탄산이 톡톡 터지는 시원한 사이다가 간절하다. 마른 침을 그러모아 삼켜도 허기와 갈증이 해소되지 않는다. 식량을 현지조달 하기가 쉽지 않다. 아껴야 한다. 항공화를 벗는다. 후끈한 열기와 함께 청국장 냄새가 퍼진다. 축축한 양말을 벗고 발을 주무른다. 얼마 뛰지 않았는데도 왼쪽 엄지에 물집이 잡혔다. 엉덩이를 턴다. 위쪽에서 새가 운다. 다른 쪽에서 화답한다. 맑고 경쾌한 고음이 황량한 풍경과 어울리지 않는다. 물집을 안 봤을 때는 조금 불편했을 뿐인데 보고 나니 자꾸 신경이 쓰이고 왼발을 절룩이게 된다. 손목시계를 본다. 내가 속했던 부대의 전투기들이 비행장으로 복귀할 시간이다. 어두워지기 전에 잠자리를 마련해야 한다. 걸음을 재촉한다.

총성이 울린다. 소리 난 쪽을 가늠하려고 두리번거린다. 다시 여러 발의 총성. 권총을 빼 들고 움푹 들어간 곳에 들어가 아래쪽을 살핀다. 지나군들이 달려오고 있다.

발각됐다!

오른쪽은 가파른 비탈이고 왼쪽은 평지다. 100여 미터 뒤에 있었던 완만한 비탈이 떠오른다. 낮은 자세로 되돌아간다. 앞으로 갈수록 총성이 가까워진다. 두려움으로 몸이 떨린다. 스쳐 가며 봤을 때는 낮았는데 결코 만만한 경사가 아니다. 위를 더듬어 잡을 곳을 찾는다. 마음은 급한데 발이 자꾸 미끄러진다. 방해가 되는 휴행낭을 등 뒤로 돌린다. 실패를 거듭한 끝에 겨우 올라선다. 흙이 쓸려 내가 올라온 흔적이 그대로 남았다. 추격의 단서가 되겠지만 감출 방법이 없다. 그럴 여유도 없다. 다시 총소리가 난다. 엎드려 아래를 살핀다. 지나군들이 평지를 달려간다. 그들의 몇백 미터 앞에 누군가 있다.

스기야마 군조!

내 뒤에 격추된 게 그였던가. 항공모를 쓰고 있는 걸 보면 지상에 내리자마자 쫓기기 시작했다. 얼굴은 보이지 않지만 오랫동안 붙어 있어서 몸짓만 봐도 안다. 착지할 때 부상을 당했는지, 총에 맞았는지 오른 다리를 심하게 절룩인다. 지나군과 그의 간격이 줄어든다. 권총을 쏘려고 몸을 돌린 그가 주춤하더니 풀썩 쓰러진다. 그러고는 일어나지 못한다.

포복으로 물러나다 일어나서 전속력으로 달린다. 스기야마가 즉사했기를 빈다. 일본군 조종사는 포로가 되면 유독 가혹한 대우를 받는다. 그러므로 추락하면 조종사가 소지한 권총은 자위용이라기보다 자살용에 가깝고, 실제로도 그렇다. 스기야마는 독실한 천주교 신자다. 출격 전에는 늘 기도를 올렸다. 입술을 달싹이는 모습이 너무 진지하고 경건해 나까지 정화되는 느낌이었다. 그는 출격한 날에는 어김없이 악몽을 꾼다고 했다. 그가 믿고, 바라던 곳으로 갔기를 빈다.

걸음을 멈춘다. 급격한 비탈이 완만해지는 지점에 뭔가가 있다. 권총을 뽑아 안전장치를 푼다. 전방을 주시한다.

사람, 놀랍게도 사람이다.

반듯하게 누워 오른 무릎을 세우고 있다. 숨을 거칠게 몰아쉰다. 피부가 가부키 배우처럼 하얗다. 머리칼은 금색이다. 격추된 자가 또 있다. 일단 지나군이 아닌 것에 안도한다. 미군을 마주하는 건 처음이다. 다른 사람은 없다. 움직일수 없는 상태로 보이지만 무기를 지녔을 것이다. 적지에서 총소리를 내는 건 자살행위다. 실탄도 아껴야 한다. 아래쪽으로 내려가 우회하기로 한다.

경계심을 풀지 않고 가만가만 걷는다. 비탈은 잔돌이 많다. 엉덩이로 미끄러져 내려가려는 순간 무슨 소리를 들은 듯하다. 귀를 기울인다. 가늘게 떨리며 고통을 억누르는 목소리. 알아들을 수는 없지만 간절하게 나를 부르고 있다. 잠깐 망설인다. 어머니가 말했다. 불쌍한 사람이나 힘든 사람을 모른 척해서는 안 된다. 마음을 다잡고 조심스럽게 다가간다.

반쯤 열어 젖혀진 비행복 안으로 군복이 보인다. 총탄을 맞은 자국마다 피가 배어 있다. 비행복 아래의 흙바닥이 붉게 물들었다.

미군 전투기는 조종석에 방탄장치가 잘돼 있다는데 어찌된 일일까.

권총은 총집에 꽂혀 있다. 숨을 몰아쉬느라 그의 가슴이 격하게 들먹인다. 미군은 고개를 이쪽으로 돌리고 있다. 폐가처럼 텅 빈 눈에는 아무것도 담겨 있지 않다. 눈동자는 푸른색이다. 그가 건너온 바다만큼이나 새파랗다. 지나에 배치될 때는 지금, 여기에 이런 모습으로 누워 있으리라고는 생각지 못했을 것이다. 그의 얼굴에 희미한 미소가 어린다 싶더니 갑자기 몸을 움츠린다. 얼굴이 고통으로 일그러진다. 날벌레를 쫓을 기운은커녕 눈꺼풀 움직이는 것도 버거워 보인다. 권총을 내린다. 덮개가 열린 가방 바깥으로 비상식량과 의약품이 흩어져 있다. 실린더와 피스톤 대신 작은 튜브가 달린 주사기와 개봉한 봉지도 나뒹군다. 이로 봉지를 뜯었는지 그의 입가에 흰 가루가 묻어 있다. 주사기에 든 액체는 모르핀, 봉지의 흰 가루는 설파제일 것이다. 진통제와 항생제다.

그가 손을 천천히 든다. 허공의 어느 지점에서 멈춘 손이 부들부들 떨린다. 벙긋 벌어진 그의 입술이 무언가를 말하려는 듯 움찔댄다. 눈빛이 간절하다고 느낀 건 미군이 처한 상황에서 비롯된 착각인지 모른다. 아니면 미군의 손을 잡아주는 걸 합리화하기 위한 내 의식의 조작인지도. 상관없다. 지금 미군은 귀축(鬼畜)이나 원수가 아니라 도움이 필요한 중상자일 뿐이다. 피로 끈적거리는 손은 차갑다. 손이 어찌나 큰지 내 손을 감싸고도 남는다. 다른 손으로 그의 비행복을 들춘다. 부상이 짐작보다 더 심각하다. 내가 해줄 건 없다. 몸 가눌 기운조차 없는 그에게는 단말마의 비명도 사치다. 눈빛도 꺼져가는 호롱불처럼 흐려지고 있다. 손을 포개어 잡고 힘을 준다.

나는 이 꼴을 당하지 않을 것이다.

하지만 장담할 수 없다. 근원 모를 서러움과 외로움이 몰려와 고개를 돌린다. 서쪽 하늘이 무참하게 짓이겨진 동백꽃 색깔로 물들어 가고 있다.

선운사 동백꽃들은 그대로일까.

팔죽지로 눈물을 닦고 돌아보니 그는 움직임이 없다. 손목을 짚는다. 맥박이 없다. 콧바람도 느껴지지 않는다. 부릅

뜬 눈이 이승과의 단절을 거부하려는 몸부림 같아 애잔하
다. 핏기 없이 바짝 마르고 거스러미가 일어난 채 벌어진 입
술. 할아버지가 돌아가셨을 때, 버드나무 숟가락으로 입에
백미를 떠 넣으며 한 섬이요, 두 섬이요, 외치던 일이 떠오
른다. 그의 입을 닫아주기 전에 초콜릿 한 조각을 넣어준다.
반듯하게 눕히고 팔다리를 가지런히 놓아준다. 매장은 엄
두도 못 낸다. 구덩이를 팔 도구도, 시간도 없다. 미군이 지
나군에게 수색을 요청했을 것이다. 발견되면 장례도 후히
치러줄 것이다. 운이 좋으면 유골이 미국에 인도될 수도 있
다. 죽음은 선과 악의 영역이 아니다. 오호와 귀추의 판단에
서도 비켜 있다. 죽음을 목도한 때문인지 노을빛이 처연하
다. 바람이 스산하게 분다.

　비상식량과 의약품을 쓸어 담다가 가방 안에서 수통을 발
견하고 허겁지겁 마신다. 미적지근한 물은 달다. 손등으로
입가를 훔치는데 배에서 꼬르륵 소리가 난다. 여유분의 식
량이 생긴 걸 머리보다 몸이 먼저 알아챈 것이다. 통조림 표
면은 금색이다. 크기도 무게도 제각각이다. 귀에 대고 흔들
어본다. 내용물이 흔들리는 게 있는가 하면 아무 소리 나지
않는 것도 있다. 아는 단어만으로 내용물을 어림한다. 어휘
력이 달려 해석이 불가능한 단어들은 통조림이 제조된 곳과

이곳과의 물리적 거리만큼이나 아득하다. 육군항공학교에서도 영어를 배웠으나 주로 항공과 관련된 상용 단어였다. 지금은 적성국의 언어인 영어는 사용이 전면 금지되었다. 학교에서도 영어 수업이 중단되었다.

시장기를 감안해 묵직한 통조림을 고른다. 미군과 영국군의 전투식량은 일본군에게 인기가 좋다. 남방전선에서는 영국군의 전투식량을 노획한 부대원의 영양 상태가 다른 부대원에 비해 월등히 좋아졌다는 소문도 있었다. 깡통 아래에 T자형 따개가 붙어 있다. 손에 묻은 피를 비행복에 닦는다. 양철 틈새로 흘러나오는 고소한 냄새가 침샘을 자극한다. 따개를 돌리는 손길이 빨라진다. 육고기를 다져 만든 덩어리다. 미군 앞에 놓고 그 위에 나무 숟가락을 걸쳐놓는다. 절을 한다. 거수경례보다 제대로 격식을 갖추고 싶다.

미군을 등지고 앉는다. 조금 떠 넣고 씹어본다. 입에 착 안기는 맛이 아니지만 아주 못 먹을 맛도 아니다. 정신없이 먹는다. 잇새에 낀 찌꺼기를 소리 내어 빨아내다 등 뒤에 누워있는 미군이 떠오른다. 교목의 삭정이를 꺾어 이를 쑤신다. 기름기가 들어간 속이 거북하다. 물로 텁텁한 입을 헹군다. 미군은 모든 게 풍족하다고 한다. 일본군은 보급 사정이 갈수록 나빠지고 있다. 육로와 수로를 이용하는 병참선을 적 항공대가 차단했기 때문이다. 지나군의 게릴라전술도

한몫했다. 지나사변 초기엔 일본의 항공 전력이 우세했으나 지금은 역전되었다.

# 9

주위가 눈에 띄게 어두워졌다. 밤이 되면 기온이 떨어질 것이다. 미군의 비행복을 벗길 생각은 없다. 그에게 비행복은 수의다. 망자의 옷으로 한기를 끌 수는 없다. 성냥이 있어도 불을 피우지 못한다. 손전등은 없다. 산짐승은 권총이 있으니 괜찮다. 식량도 아껴 먹으면 며칠간은 걱정 없다. 속이 든든하니 막막함과 고립감이 좀 사라진다. 여유와 뱃심까지 생긴다. 산새가 운다. 이전에 들었던 것과 다른 종류다. 둥지로 돌아오지 않은 짝을 부르는 걸까. 혼자라는 사실이 사무쳐온다. 잡념을 떨치듯 일어난다. 내일부터 긴 여정이 될 것이다. 해가 지기 전에 묵을 곳을 찾아야 한다.

30분을 걸었는데도 마땅한 곳이 없다. 산세가 비슷해 다 거기가 거기 같다. 걸어온 곳과 걸어갈 곳이 벌써 어둠에 잠겼다. 성질 급한 별들이 하나둘 나타나기 시작한다. 어둠이라는 또 다른 적에게 포위되었다. 실체가 불분명한 어둠은

산에서는 지나군보다 더 위협적이다. 사람이 아니란 걸 알면서도 바위와 나무에 몇 번이나 놀란다. 미끄러진 것도 여러 번이다. 오른 발목은 삐끗했고 왼손바닥에는 생채기가 생겼다.

방어가 쉽고 퇴로까지 확보한 장소.

교범에서 배운 곳을 찾는 게 쉽지 않다. 배가 부르니 눈꺼풀이 자꾸 감긴다. 적에게 쫓기는 절체절명이 아니니 적당한 선에서 절충하기로 한다. 급하게 꺾이다 완만한 경사로 이어지는 곳에서 굴을 발견한다. 사람이 기어서 드나들 만한 크기다. 산토끼처럼 작은 야생동물의 집이 아니다. 위치로 보아 깊은 산속에 사는 늑대나 멧돼지의 서식처도 아니다. 지표면 아래의 흙이 무너져 자연발생적으로 생긴 굴인지도 모른다. 모험을 하고 싶지 않다. 더군다나 굴 안에서는 퇴로가 없다. 짐승이 튀어나올지도 모른다. 굴이 안 보일 때까지 권총을 들고 있다가 집어넣는다.

할아버지 댁 뒤쪽의 산자락에도 굴이 있었다. 뒤란에서 이어진 산길을 조금만 올라가면 나무 출입문을 만들어 붙인 자연 동굴이 나왔다. 입구를 큰 바위가 가리고 있어 아래에서는 잘 보이지 않았다. 동굴에는 김치와 젓갈을 보관했다. 그런데 무슨 이유에선가 할아버지와 할머니 외에는 출입은 커녕 접근조차 금지되어 있었다. 할머니는 명절에도 동굴에 가야 할 일만큼은 며느리에게 시키지 않았다. 나는 딱 한 번 김치를 꺼내러 가는 할머니를 따라 입구까지 가본 적이 있었다.

그러던 어느 날이었다. 추석 차례를 지낸 집안 어른들은 마을 사람들과 어울려 윷판을 벌였다. 아이들은 술래잡기를 했다. 가위바위보에서 이긴 나는 고민에 빠졌다. 제일 어리고 발걸음도 느린 나는 술래보다 빨리 달릴 자신이 없었다. 절대 들키지 않으려면 딱 한 군데뿐이었다. 아무도 발걸음을 하지 않으니 그보다 좋은 장소가 없었다. 금기를 어기는 두려움이나 죄책감보다 술래가 되지 않아야 한다는 마음이 더 강했다.

나무 출입문은 바깥의 소음을 완벽하게 차단했다. 김치와 젓갈 냄새가 고여 있는 동굴 안쪽은 짙은 어둠이 도사리고 있었다. 손을 내밀면 단단한 게 만져져도 전혀 이상하지 않을 만큼 밀도와 순도가 높은 어둠이었다. 크고 작은 항아리들이 벽을 따라 놓여 있었다. 안쪽으로 들어갈 용기가 나지 않아 출입문 틈으로 들어온 빛이 미치는 지점에 서 있었다. 무작정 들어오긴 했는데 무료해 좀이 쑤셨다. 어둠에 눈이 익자 항아리 뚜껑을 하나씩 열었다. 배추김치가 반쯤 든 것도 있고, 콧구멍이 뻥 뚫릴 만큼 곰삭은 황세기(황석어)젓이 든 것도 있었다. 맨 안쪽에 있는 항아리는 비어 있었다. 뚜껑을 닫고 돌아서려는데 항아리와 벽 틈에 끼어 있는 뭔가가 눈에 들어왔다. 손을 넣어 꺼내보니 직사각형 내용물을 싼 보자기였다. 단단히 묶인 매듭을 풀었다. 책이 나왔다. 한지에는 붓글씨로 쓴 글자들이 빼곡했다. 나는 학교에 다니지 않아 글자를 몰랐다. 내심 재미난 걸 기대했던 나는 적이 실망스러웠다. 그때 출입문이 벌컥 열렸다. 할머니였다. 나는 놀란 나머지 들고 있던 책을 떨어트리고 말았다. 할머니는 온몸이 굳으며 얼굴이 하얗게 질렸다. 역광이어서 할머니의 윤곽만 보였겠지만 나는 똑똑히 느낄 수 있었다. 울음을 터트렸다. 할머니가 다가와 나를 안고 '나무관세음보살'을 되뇌었다. 나는 한참 뒤에 울음을 그쳤다. 책을 보자기에 싼 할머니가 말했다. 여기서 본 걸 아무한테도 말하면 안 된다. 여기에 왔었다는 것도. 그럼 이 할미도 널 못 본 걸로 하마. 말투는 부드러우나 동굴 안보다 더 서늘한 얼굴이었다. 그건 인자한 할머니가 보여준 처음이자 마지막 낯선 표정이었다. 나로서는 손해 볼 게 없는 거래였다. 울고 난 뒤라 한 번씩 흐느끼며 나는 순순히 고개를 끄덕였다. 그리고 그 약속을 지켰다. 할머니의 얼굴을 봤다면 내 입장이 된 어느 누구라도 그 약속을 어길 수 없었으리라.

그 책은 동학의 경전이었다. 할머니는 할아버지의 장례를 치르고 와서 유품과 함께 그 책을 아궁이에서 태웠다. 부지깽이로 아궁이를 뒤적이는 할머니는 한시름을 던 얼굴이었다. 할아버지는 동학교도였다. 물론 나에게 그 사실을 말해준 사람은 없었다. 조각조각 얻어들은 어른들의 말을 짜깁기해 알아낸 바로, 할아버지는 1894년에 동학교도와 농민이 고창 무장에서 기포(起包)할 때부터 동참했다. 그해 11월 하순, 충청도 공주 외곽의 효포에서 관군이 쏜 포탄 파편을 맞고 쓰러졌다. 정신을 차리니 날이 어둑해져 있었다. 머리와 얼굴이 온통 피 칠갑이었다. 혼미한 상태에서도 무작정 산속으로 들어갔다. 관군이나 일본군의 추격을 따돌리기에 용이할 거라는 판단에서가 아니었다. 살고자 하는 본능이 시키는 대로 움직인 것뿐이었다. 산속은 빨리 어두워졌다. 얼마 가지 못해 길을 잃었다. 정말이지 짚신 앞부리도 보이지 않았다. 아랫마을에서 제사를 지내고 돌아가던 숯쟁이를 만난 건 천만다행이었다. 부상은 머리뼈가 드러날 만큼 심각했다. 출혈도 많았다. 숯막에서 상처를 치료하며 나흘을 지냈다. 운신이 가능해진 할아버지는 곧장 부안으로 향했다. 길목마다 관군이 지키고 있어 산길로만 움직였다. 추위와 배고픔에 시달리며 하행 끝에 부안 처가댁에 당도해 숨어 지냈다. 당시 고창은 관군과 민보군이 민가를 샅샅이 수색했다. 할아버지의 행방도 추궁당했다. 할머니는 친정에 일손을 보태러 갔다 다쳐 사경을 헤맨다고 엉엉 울어 위기를 모면했다.

동도(東徒)*로 밝혀지면 재판도 없이 주륙을 당하고 가산은 적몰되었다. 관군과 일본군의 주둔지에서는 고문받는 사람들의 비명이 끊이지 않았다. 근처에는 시체가 쌓였다. 시체 썩는 냄새를 쫓아온 들짐승과 날짐승은 날로 살이 올랐다. 순창에서 체포된 총대장 전봉준은 한성으로 압송되어 처형당했다. 그는 고창에서 태어났다. 그의 태생지인 죽림의 천안 전씨 집성촌 사람들은 액화를 피해 뿔뿔이 흩어졌다. 다른 지도자들과 수많은 동학농민군도 살해되거나 처형당했다.

할아버지는 2년 만에 고창으로 돌아왔다. 아기 손바닥만하게 반질반질 흉이 진 정수리에서는 머리칼이 나지 않았다. 내가 서너 살 때쯤으로 기억된다. 정수리를 가리키며 왜 그렇게 된 거냐고 물었다. 할아버지는 토끼를 쫓다 미끄러져서 다쳤다며 웃었다. 지금에 와 생각하면 천장을 보며 지은 그 웃음은 가을걷이가 끝난 들녘처럼 허허롭기 그지없는 것이었다. 나는 늑대나 여우라고 해도 믿었을 것이다. 아니, 호랑이라고 해도. 내가 아는 할아버지는 한평생 땅만 판 농투성이였다. 마을 사람들과 술추렴을 즐겼고, 애경사에는 발 벗고 나섰다. 손자에게 팽이를 깎아주는 다정한 면도 있었

---

*    동학농민군.

다. 할아버지는 살기 위해서, 죽지 않기 위해서 농기구 대신 무기를 들었을 것이다. 토끼를 잡으려고 했다는 말은 농담이 아니었을 것이다. 크고 사나운 포식동물이 아니라 그저 작은 토끼를 잡고 싶었던 것이다.

동학과 절연한 할아버지는 여전히 동학의 경전을 읽고 주문을 외웠다. 방 안에서 양반다리를 하고 들릴락 말락 하게 '시천주'로 시작하는 주문을 외는 걸 나도 본 적이 있었다. 들키면 멸문지화를 당할 줄 알면서도 끝까지 경전을 보관한 건 동학을 마음에서까지 버린 건 아니라는 의미일 것이다. 동굴에서 경전을 들고 있는 나를 본 할머니의 하얗게 질린 얼굴, 나에게 은밀한 제안을 할 때의 서늘한 얼굴이 떠오른다. 그때는 동학란이 있은 지 수십 년이 지난 뒤였다. 할머니가 보인 반응에서 동학이 얼마나 가혹한 탄압을 받았는지를 어림할 수 있었다. 그건 위정자들이 동학에 대해 가진 위기의식이 어떠했는지를 보여주는 것이기도 했다.


완급을 반복하는 경사를 올라간다. 바위에 올라서자 절벽이 앞을 막는다. 어깻숨을 몰아쉬며 지형을 살핀다. 오른쪽에 빈 공간이 있다. 깊지는 않으나 앞이 막혀 있다. 무엇보다 시야가 트여 전방을 감시하기에도 맞춤하다. 허술하나마 밤이슬 피할 곳을 찾고 나니 다리에서 힘이 풀린다. 휴행낭과

가방을 내려놓는다. 사방에 불빛 한 점 없다. 땅과 하늘이 맞닿은 경계를 어둠이 지워가고 있다. 휴행낭을 베고 눕는다. 등허리가 배긴다. 자세를 바꿔보지만 불편은 해소되지 않는다. 골바람이 바위틈을 통과하며 늑대 울음소리를 낸다. 땀이 마르며 한기가 돈다. 체온을 유지해야 한다. 허리를 새우처럼 구부리고 팔짱을 낀다. 허벅지를 최대한 배 쪽으로 당긴다. 누우니 제법 아늑하다. 잠을 청할수록 머릿속은 맑아진다.

히라야마 상의 계획을 알게 된 건 우연이었다. 하교해서 귀가를 알리려고 가는데, 접객실에서 얘기 소리가 들려왔다.

"내가 자선사업가인 줄 아나? 난 장사꾼이야. 투자를 했으면 투자금에 이자까지 붙여 회수하는 게 원칙이지. 조만간 육군항공학교에 보내려고 하네. 학교 성적이 좋으니 학과 시험은 무난히 합격할 테고, 그동안 체력도 좋아졌으니 신체검사도 문제없을 걸세."

히라야마 상이었다. 그때까지만 해도 내 장래에 대해 의논하는 줄 알았다.

"이왕이면 예과련*에 보내지 그러나. 모름지기 황국의 젊

* '해군비행예과연습생'의 준말. 1929년 12월, 해군항공대 조종사 양성을 목적으로 신설된 제도. 제복에 달린 일곱 개의 벚꽃 닻 단추는 예과련의 상징이다.

은이라면 해군이지. 벚꽃 닻 단추, 생각만 해도 멋지잖나."

하시모토 상의 목소리였다. 배를 여러 척 소유한 그는 군산에서 현금 보유량이 가장 많다는 소문이 돌았다. 동향이고, 한 살 차이인 히라야마 상과는 너나들이하는 사이였다. 가족끼리도 왕래가 잦았다.

"애초엔 나도 그러려고 했다네. 한데 자네도 알다시피 해군은 순수 혈통을 중시하잖나. 예과련에 보내는 게 천황폐하께 불경이더란 말이지. 아무리 호적을 만들어 일본인이 됐어도 그건 껍데기일 뿐이야. 혈통까지 바꿀 순 없잖은가. 어심을 어지럽힌 불충은 사부로 하나면 됐네."

"그렇군."

"내지 아이를 들일까도 고민했는데 동족을 사지로 모는 건 차마 못 할 짓이더란 말이지. 조선인이면 내지인들 사이에서 친자식이 아니란 소문이 돌 위험도 적고 말이야. 아무려나 조종사가 돼서 천황폐하 귀에까지 들어가는 큰 공을 세워주길 바라야지. 야스쿠니에 들어가면 더 좋고. 그래서 이름도 미리 히데오[英雄]라고 짓지 않았겠나. 그래야 사부로 때문에 손상된 내 체면이 조금은 회복될 테니 말이야."

나는 피가 차갑게 식는 느낌이었다. 머릿속이 하얘져서 머리에서 발끝까지 밧줄로 친친 감긴 듯 옴짝달싹할 수 없었다. 얼마나 서 있었는지 모른다. 양모가 찻잔이 담긴 쟁반을 들고 나왔다. 아연히 서 있는 나를 본 양모는 서둘러 벚꽃 문양이 들어간 후스마[襖]*를 닫았다. 나보다 접객실에 있는 사람들을 더 신경 쓰는 눈치였다. 나는 책가방을 든 채 양모가 이끄는 대로 따라갔다. 내 방으로 나를 데려간 양모는 못 들은 걸로 하라고, 내가 이해하라고 했다. 사과하거나 용서를 구하지는 않았다. 아랫입술을 꼭 깨문 나는 고개를 끄덕였다. 이래서 일본어에 능통한 조선인을 원했구나. 이래서 양자가 아니라 가짜 호적을 만든 거구나. 나는 도살하려고 키운 돼지나 다름없구나. 야스쿠니에 들어간다는 건 전사를 의미했다.

보통학교 5학년 겨울방학 때였다. 일본인이 양자를 구한다는 소식을 가져온 건 먼 친척뻘 되는 아저씨였다. 그는 군산에 있는 정미소에서 경리로 일했다. 그런데 조건이 좀 까다로웠다. 아니, 이상하고 복잡했다. 군산에서 가능한 한 멀리 떨어진 지역에 살 것. 일본어에 능통하고, 학업 성적이 우수하고, 집안이 가난할 것. 특히 일본어는 내지인 수준일 것. 게다가 양자라고 했지만 실상은 호적을 새로 만들어 그 일본인의 친자가 되는 거였다. 그러니까 나, 조선인 신민규는 사망 처리돼 민적에서 삭제되는 거였다. 양자를 들이는 게

---

* 나무틀을 짜서 양면에 종이나 헝겊을 바른 문.

일본에서는 흔한 풍습이지만 그 일본인은 친자식을 원한다고 했다. 모든 서류 처리는 그 일본인이 알아서 할 거라고도 했다. 아저씨는 그 조건에 부합하는 조선인 아이가 없어 고민이라고 했다. 내 성적이면 광주나 전주에 있는 명문 중학교에도 충분히 진학할 수 있었다. 하지만 부모님은 학비를 감당할 형편이 되지 않았다. 친척 아저씨가 우리 집을 찾아온 것도 그런 딱한 사정을 알기 때문이었다.

친척 아저씨가 철저한 비밀 유지를 당부했으므로 가족 외에는 누구와도 상의할 수 없었다. 아버지와 형, 나 이렇게 세 사람이 둘러앉았다. 어머니는 부뚜막에서 안방의 대화를 엿듣고 있었다. 아버지는 내 의사를 따르겠다고 했다. 그때까지 집안의 대소사는 모두 아버지가 결정했다. 아버지는 내가 얼마나 진학하고 싶어 하는지 알고 있었다. 내 장래를 위해서는 보내야 했고, 그러자니 생때같은 자식을 잃는 상실감이나 부모로서의 자괴감 같은 것도 있었을 것이다. 나에게 결정권을 준 건 사실상의 허락이었다. 월사금을 내지 못해 교무실에 불려 다니는 게 지겹고, 다음 날에 선생님 눈치가 보여 결석하는 것도 넌더리가 났다. 나는 기어들어 가는 목소리로 가겠다고 했다. 아버지는 가만히 고개를 주억거렸다. 부엌에서 낮은 울음소리가 들려왔다.

며칠 뒤 군산에 갔다. 혼자였고, 어머니가 며칠 동안 손수

지은 옷을 입고 있었다. 종이에 적힌 사무실로 찾아가자 나를 한참 바라보던 히라야마 상이 이것저것을 질문했다. 대답하기 까다로운 것들은 아니었다. 내 일본어 실력을 시험하는 것 같았다. 일본어라면 고창, 아니 전북을 통틀어도 다섯 손가락 안에 들 자신이 있었다. 선생님들은 내 발음이 내지인 못지않다고 칭찬했었다. 나는 떨리는 마음을 다잡고 차근하게 대답했다. 왠지 그가 얌전하고 어리숙한 것보다는 당돌하고 배포 있는 걸 좋아할 것 같았다. 어렸지만 그 순간이 내 인생의 분기점이라는 건 정확히 이해하고 있었다. 퇴짜 맞으면 그만이라는 나약하고 안일한 생각은 하지 않았다. 꼭 그의 눈에 들고 싶었다. 길고 지루하게 문답이 이어졌다. 모르는 건 솔직하게 대답했다. 유사한 질문을 또 하기도 했다. 아마도 내 정직성과 도덕성을 검증하려는 의도 같았다. 입을 벌리게 해 치아 상태를 점검한 다음 키가 몇 척이냐는 질문을 끝으로 그가 등허리를 젖혀 의자 등받이에 기댔다. 엄격하고 차가운 얼굴에 희미한 미소가 어려 있었다. 나는 그제야 긴장을 풀었다.

히라야마 상의 집으로 거처를 옮겼다. 짐이라야 달랑 보따리 하나였다. 그마저도 식모가 풀지도 않고 버렸다. 탕에 받아놓은 물에 들어갔다. 식모가 씻겨주었다. 몸을 움츠리며 두 손으로 사타구니를 가렸다. 어머니 이외의 여자 앞에서 발가벗은 건 태어나서 처음이었다. 사내가 부끄럼이 많다며 식모가 내 등을 찰싹 때렸다. 집에서 가마솥에 데운 물로 씻었건만 국수 가락 같은 때가 끊임없이 밀려 나왔다. 식모가 자주 물을 부어 때를 흘려보냈다. 이래저래 창피했다. 식모가 양치질하는 방법을 알려주었다. 칫솔질을 하다 입에 든 거품을 살짝 삼켰다. 그 맛있는 걸 뱉어야 하다니 아까웠다. 유카타를 입고 다다미 위에 깔린 이부자리로 들어갔다. 이름 모를 향기가 나는 이불을 목까지 끌어당겼다. 눈에 들어오는 모든 것이 낯설고 어색했다. 개중에서도 특히 이름이 다른 사람의 옷을 입은 것처럼 불편했다. 어제는 신민규였는데 오늘은 히라야마 히데오라니. 우연의 일치인지 히라야마의 한자는 내 본관과 같은 평산(平山)이었다. 명칭도 성명(姓名)이 아니라 씨명(氏名)으로 바뀌었다.

이제부터 일본인으로 살아야 한다.

태어나고 자란 고창을 버리고, 한 번도 가본 적 없는 내지의 촌향이 내 고향이 되었다. 히라야마 상이 말했다. 너는 이제까지 기타큐슈 오이타의 히타 본댁에서 지냈다. 건강이 좋지 않아 할머니에게 맡겨졌지만 완전히 회복되어 군산으로 돌아왔다. 다른 사람이 너에 대해 물으면 그렇게 대답해야 한다. 히타는 히라야마 상의 고향이었다. 히라야마 상의 설명과 지도에만 존재하는 지명이지만, 나는 그곳의 자연환경과 풍습을 외웠다.

히라야마 상이 만들어둔 가짜 학적부를 가지고 전학했다. 주로 일본 아이들이 다니는 학교였다. 내 출생과 내력을 궁금해하는 어른이나 아이는 없었다. 피부가 뽀얗고 세련된 일본 아이들과 함께 있으면 나는 촌뜨기인 게 금방 표가 났다. 아무리 세일러복을 입고, 가죽 란도셀*를 멨어도 분위기나 생김새는 어쩔 수 없었다. 유창한 일본어만이 내가 조선인인 걸 감춰주었다. 일본 아이를 가능한 한 많이 사귀었다. 어른들 앞에서는 숨길 게 많았지만 아이들은 내가 실수를 해도 알아채지 못했다. 상류층 어른들끼리 친하면 그 자식들은 자연스럽게 친구가 되었다. 일본인 중에서도 부유하지 않은 부류들이 있었지만 나는 가리지 않았다. 그들에게도 배울 게 있었던 것이다. 한시라도 빨리 촌티를 벗고자 노력했다. 입맛도 일본 음식에 맞췄다. 보리된장이나 젓갈은 잊었다. 고향의 가족이 그리울 때는 학교 변소에서 소리 죽여 울었다. 부정적이거나 우울한 감정을 집에 가져가는 따위의 어리석은 짓은 하지 않았다. 눈썰미가 좋고 눈치가 빠른 나는 더디나마 조금씩 일본인이 되어갔다. 이듬해에 군산중학

---

* 　등에 메는 소학생용 책가방.

교에 입학했다.

히라야마 상은 역인(役人)*들에게 접대하고 뇌물을 주느라 지출이 컸다는 말을 자주 입에 담았다. 귀에 딱지가 앉을 지경이었다. 이를테면 너 때문에 돈을 많이 썼으니 공부를 열심히 해라, 너에게 든 돈이 많으니 건강해야 한다, 는 식이었다. 그때마다 나는 어린 마음에 꼭 보답하리라 다짐하고는 했다. 공부는 그렇다 쳐도 돈을 많이 쓴 것과 체력의 상관관계가 이해되지 않았는데, 그 의문이 단번에 해소되었다.

다음 날, 학교 앞에서 기다리던 양모는 나를 데리고 가 미나카이백화점에서 옷 몇 벌과 개인 물품들을 사주었다. 카페에서 식사를 하며 나를 친자로 입적한 사정을 털어놓았다. 몇 번 씹지 않은 고기 조각이 목구멍에 턱 걸렸다. 내 기분이나 감정 따위는 안중에도 없는 양모의 솔직함에 소름이 끼쳤으나 나는 냉정을 유지했다. 냅킨으로 입가를 찍어내며 양모가 말했다. 네가 전투기 조종사가 되면 무운 장구와 무사 귀환을 빌어주마. 안방 옆의 작은방에 불단이 모셔져 있었다. 양모는 거기에 들어가 아침저녁으로 백단향을 피우고 기도했다.

* 공무원, 관리.

나는 히라야마 상을 피해 다녔다. 복도에서 마주치면 깍듯이 예의를 차렸다. 어쨌든 그와 나는 법적인 부자관계였다. 일본 가옥의 복도는 좁으니 길고, 기니 미로처럼 복잡했다. 거기에다 외부로 향한 창문이나 문은 간격이 좁은 문살로 가려져 있어 늘 어두웠다. 몇 번은 내 방을 찾지 못해 헤매기도 했다. 삐걱대는 마룻장을 밟으며 그 복도가 히라야마 상의 속마음과 꼭 닮았다고 생각했다.

얼마 뒤에 히라야마 상이 종이 한 장을 내밀었다. 육군항공학교에서 예비 항공병을 모집하는 전단지였다. 거부감은 없었다. 올 게 온 것뿐이었다. 현실을 담담하게 받아들였다. 기다리고 있었는지도 모르겠다. 입학하면 히라야마 상의 기름기 흐르는 얼굴을 더 이상 볼 일이 없었다. 그즈음엔 잘 체하고 배탈이 자주 났다. 지금 생각하니 히라야마 상을 미워해 생긴 마음의 병이었다. 그때 알았다. 누구를 증오하면 내 몸부터 탈이 난다는 걸, 마음의 병이 몸의 병이 된다는 걸, 마음과 몸은 이어져 있다는 걸.

무난히 합격했다. 육군항공본부 직인이 찍힌 합격증을 받았고, 경찰서에서 도항증을 만들었다. 공회당에서 성대한 장행회(壯行會)*가 열렸다. 실내가 꽉 차 들어오지 못한 사람들

---

\*    출정 군인의 앞날을 축복하고 송별하기 위한 모임.

도 많았다. 히라야마 상이 자신의 지위와 인맥을 이용해 역소(役所)*에 협조를 요청한 결과였다. 소감을 말하기 위해 마이크 앞에 선 나는 일장기와 욱일기의 물결 앞에서 그만 주눅이 들고 말았다. 내가 말하고도 뭐라 했는지 기억나는 게 없었다. 히라야마 상은 귀빈석에 앉아 득의만면한 웃음을 짓고 있었다. 모든 내막을 알고 있기에 가증스럽기만 했다. 장행회의 주인공은 내가 아니라 그였다. 나는 마음속으로 차갑게 내뱉었다.

이것으로 투자금과 이자 계산은 끝났습니다.

* 관청, 관공서.

# 10

출발하기 전에 고향집에 들렀다. 히라야마 상이 나를 호적에 올린 이유에 대해서는 함구했다. 그편이 여러 사람을 위하는 길이라 판단되었다. 장행회에서 걷힌 격려금을 어머니에게 내놓았다. 당시 물가로 소 한 마리쯤 구입할 수 있는 돈이었다. 어머니는 그 돈에서 얼마간을 떼어내 내 손에 꼭 쥐여주었다. 넣어뒀다 맛있는 거 사 먹어라. 걱정하는 가족에게는 짐짓 쾌활하게, 사설 비행사양성소는 수업료만 해도 엄청난데, 학비는 전액 무료고 다달이 수당까지 나온다고, 기본교육과정과 실습과정을 거치면 오장으로 진급해 전투기를 조종한다고, 소위 계급장을 달면 많은 월급을 받을 수 있다고 설명했다. 부모님은 대견해하면서도 그늘진 얼굴로 고개를 끄덕였다. 사실 조종사가 되겠다는 건 내 계획이고 바람일 뿐이었다. 1년간 기본교육을 받은 다음 조종·통신·기술의 분과를 정했다. 그 기준은 육군항공학교에서의 성적이었다. 거의가 조종, 그중에서도 폭격기가 아닌 전투기 조종을 희망한다고 들었다. 폭격기에 탑승해 조종사들 뒤에서 전건(電鍵)을 누르는 통신이나 항공기를 정비하는 기술로 가지 않으려면 우등생이 되어야 했다.

조종사가 되고픈 꿈도 있었다. 간절한 염원이라기보다는 그 나이쯤에 한 번씩 품는 동경 같은 거였다. 산에서 땔나무를 하다가, 가금에게 줄 개구리나 메뚜기를 잡다가, 또는 등하굣길에서 보게 되는 비행기 때문이었다. 하지만 그 꿈은 나와 그 비행기들이 떨어진 거리만큼이나 멀었다. 육중한 몸집으로 둔하게 날아가는 폭격기도 있고, 눈 깜짝할 새에 시야를 벗어나는 전투기도 있었다. 오랫동안 반복해서 보니 단발기와 쌍발기, 단엽기와 복엽기를 구분하게 되었다. 폭격기처럼 생겼지만 수송기도 있다는 건 나중에 알았다. 여러 사람의 손이 타 찢기고 너덜거리는 과월호 잡지에 실린 라이트형제의 글을 읽은 날에는 꿈속에서 하늘을 날았다. 학교는 새끼손가락만 하고 논밭은 내 손바닥만 했다. 자면서 왜 그렇게 히죽댔느냐는 어머니에게 꿈 얘기를 하고 나서 조종사가 될 거라고 했다. 어머니는 키가 클 꿈이라고 말하며 내 머리를 쓰다듬었다. 어머니는 새벽마다 부뚜막에 정화수를 떠놓고 치성을 드리는 구식 사람이었다. 자동차 운전수도 아니고 비행기 조종사는 어머니에게는 뜬구름 잡는 소리였다.

　이틀을 자고 이리를 거쳐 대전에서 경부선 하행 열차를 탔다. 관여연락선을 타면 가깝고 시간도 절약되지만 짧게나마 여행을 하고 싶었다. 정차 시간이 긴 대구역에서 에키벤[駅弁]*을 사 먹었다. 차창을 스치는 바깥 풍경을 내다보다 어느샌가 잠이 들었다. 여행객들의 부산스러운 움직임에 깨니 종착역이었다. 부산 거리를 어슬렁거리다 여관에서 묵고 관부연락선을 타러 갔다. 여객선 대합실에서 사복형사에게 불심검문을 당했다. 눈매가 날카롭고 하관이 빨아 쥐상을 한 사내였다. 쏘아보는 눈빛이 너무 강해 잘못한 것도 없는데 몸이 오그라들었다. 육군항공학교 합격통지서와 도항증을 제시하자 그의 태도가 달라졌다. 합격통지서를 보고서도 못 믿겠다는 듯 한결 부드러워진 목소리로, 네가 정말 합격했단 말이냐? 하고 확인까지 했다.

　파도가 높아 일곱 시간 반쯤 걸리는 뱃길이 아홉 시간 넘게 걸렸다. 뱃멀미가 심해 토하다 나중에는 위액까지 넘어와 입안이 헐었다. 얼마나 시달렸는지 볼이 쏙 들어간 얼굴로 시모노세키에 도착해 열차에 올랐다. 기관차가 기적을 울리더니 천천히 움직이기 시작했다. 길게 한 번, 짧게 두 번. 그

---

*　철도역에서 판매하는 도시락.

새된 소리가 내겐 축제를 알리는 팡파르처럼 느껴졌다.

날이 밝았다. 산줄기가 동쪽을 막고 있어 일출을 보지는
못했다. 눈에 안 보인다고 없는 건 아니다. 해는 있으면서도
없고, 없으면서도 있다. 추웠던가. 몸을 쥐며느리처럼 잔뜩
말고 있다. 간밤에는 깼다 잠들기를 반복했다. 잠과 잠의 간
격은 일정치 않았다. 야광도료를 입힌 시침과 분침이 이루
는 예각과 둔각 사이에서 꿈은 어지럽고 뒤숭숭했다. 뻑뻑
한 눈을 비비며 하품을 한다. 한데에서 잤더니 허리와 어깨
가 결린다. 얕은 잠을 잔 탓에 머리가 무겁다. 편도도 붓지
않고 이마에 열도 없다. 감기는 아니다. 허리를 비틀며 기지
개를 켠다. 따로 놀던 뼈와 근육 들이 제자리를 찾아간다.
휴행낭 위에 말려서 압축한 가다랑어, 우메보시를 차린
다. 깡통에 든 팥밥은 손에 든다. 적지에서 먹는 아침치고는
진수성찬이다. 변수가 많은 적지다. 속이 든든해야 힘이 나
고, 체력이 있어야 돌발 상황에 적절히 대처할 수 있다. 수통
을 기울여 물을 마신다. 마신다는 표현이 민망할 만큼의 양
이다. '식'은 없어도 며칠간은 버티나 '음'이 없으면 죽는다.
휴행낭에 든 것들을 가방으로 옮겨 담는다. 휴행낭은 숨긴
다. 사람이 머물렀던 흔적을 지운다. 머플러로 입가를 닦는
다. 땀에 찌들어 쉰 냄새를 풍기는 머플러에 쓰인 시가 눈에

들어온다.

明日ありと思う心の仇桜,
夜半に嵐の吹かぬものかは.
내일이 있다 생각하는 마음속 벚꽃이여,
네 밤중에 거센 바람 불 줄 모르느냐.

글씨는 물에 빨아도 지워지지 않는 염료로 써졌다. 머플
러의 주인인 야마다 중위는 그날 예정돼 있던 출격에서 제
외해달라고 요청했으나 받아들여지지 않았다. 중대장으로
부터 부대원의 기강이 해이해졌다는 질타를 받은 다음이어
서 예외는 어려웠다. 그는 어두운 얼굴로 아침 식사를 하는
둥 마는 둥 하다 젓가락을 놓았다. 나는 야마다 중위의 요기
였다. 편대장의 기분이 가라앉아 있으니 나도 심란했다. 무
슨 일이냐고 물었더니 꿈자리가 뒤숭숭하다고 했다. 돌아가
신 어머니가 나타나 한사코 붙잡으며 가지 말라고 애원하더
라는 것이다. 나는 조상님이 보살핀다는 걸 알려주는 현몽
이라 안심시켰다. 그는 센닌바리[千人針]*를 허리에 두르고
도 부적을 두 개씩이나 지니고 다닐 만큼 미신에 의지했다.

* 병사의 무운 장구를 빌기 위해 여인 천 명이 붉은 실로 한 땀씩 뜬 흰 천.

나의 어쭙잖은 위로보다는 부적들이 더 위안이 될 터였다.

중대장으로부터 작전의 개요와 지시 사항을 전달받았다. 각자의 전투기로 가는 도중에 그가 나를 불러 세우더니 머플러를 내밀었다. 며칠 전 머플러에 쓰인 문구에 대해 물은 적이 있었다. 호기심이었는데, 그걸 탐내는 것으로 오해한 모양이었다. 그가 보는 앞에서 일부러 활짝 웃으며 머플러를 내 것과 바꿨다. 그의 기분이 돌아온다면 그런 일쯤은 얼마든지 할 수 있었다. 그날 그의 전투기는 P-40의 기관포에 연료 탱크를 직격당해 불덩어리가 되었다.

머플러는 그와 중학교 선후배 사이인 해군 조종사에게서 받은 선물이다. 그의 고향인 교토에는 12세기 초에 건립된 사찰인 쇼렌인[青蓮院]이 있다. 출가를 결심한 소년이 숙부를 따라 쇼렌인으로 지엔[慈円] 스님을 찾아간다. 밤이 늦어 지엔 스님이 출가를 다음 날로 미루려고 하자 소년이 시를 읊는다. 바로 머플러에 쓰인 시다. 소년은 훗날 정토진종의 종조가 되는 신란[親鸞] 스님이다.

내가 해석하기로, 신란 스님은 자신의 유한한 생명을 벚꽃에 비유했다. 내일은 바람에 떨어질지도 모르니 현재에 충실하겠다는 의미였으리라. 어쩌자고 소년은 아홉 살에 무상(無常)을 깨달아버린 것일까. 하지만 해군 조종사는 거센 바람이라는 전쟁에서 산산이 흩날리는 벚꽃처럼 기꺼이 목숨을 버리겠다는 의미로 받아들인 듯하다. 출격하면 귀환을 기약할 수 없는 조종사의 처지와 상통하는 내용이기는 하다. 그렇지만 어이하여 종교의 깨달음과 전쟁에서의 죽음을 동일시한 것일까. 혹여 해군항공대의 군가 「동기(同期)의 벚꽃」에 등장하는 산화(散花)도 신란 스님의 벚꽃에서 가져온 걸까.

> 너와 나는 동기의 벚꽃
> 같은 병학교의 뜰에 핀
> 꽃이라면 지는 것을 각오하고
> 멋있게 지자, 나라를 위해

헛된 죽음을 비장함과 결연함으로 포장한 광기가 섬뜩하고 끔찍하다. 광기가 무서운 건 전염되기 때문이다. 대다수의 일본인이 그 광기에 올라타 폭주하고 있었다. 히라야마 상도 그중 하나였다. 머플러는 응급치료 시에 삼각건이나 압박붕대로 쓸 수 있다. 부디 원래의 용도 이외로 쓸 일이 없기를 바랄 뿐이다.

산모퉁이를 돌자 산자락이 끝난다. 고립무원의 허허벌판을 막막하게 바라본다. 엄폐물이라 믿던 산이 없어지자 철저하게 버림받은 기분이다. 누군가 황량이나 삭막의 뜻을 물으면 내가 보고 있는 광경을 설명하면 깔축없다. 경치를 보면서 막막함이 들긴 처음이다. 겨울을 제외하면 고창에서는 늘 푸르른 초목을 볼 수 있었다. 그러고 보니 동백나무가 있어 겨울은 겨울대로 또 운치가 있었다. 추웠을 뿐이지 삭막하다고 느껴본 적은 없었다. 무심하게 흘려 보았던 고향의 풍경들이 새삼 소중하게 다가온다.

가방을 들썩여 다시 메고 산그늘을 벗어난다. 기다렸다는 듯 햇볕이 정수리 위에서 맹렬한 기총소사를 해댄다. 오전이 조금 지난 시각인데도 초여름 날씨다. 발밑에서 흙먼지가 풀썩인다.


쉬어갈 나무 그늘 하나 없다. 물집이 잡힌 발바닥과 발가락 사이가 디딜 때마다 쓰리다. 불모지나 다름없는 벌판은 눈길을 어디에 두든 사방이 산으로 가로막힌 조선과 다르다.

얼마를 더 가야 하는 걸까.

이러다 지명도 모르는 곳에서 쓰러지는 게 아닐까. 대지는 내 피와 수분을 흡수하고, 짐승과 곤충, 바람은 내 뼈와 살을 흩어놓는 게 아닐까. 그러면 내 씨명이 새겨진 비행복도 해지고 삭아 먼지가 될 것이다. 조선인들은 창씨(創氏) 할 때 자신들의 본관을 그대로 씨로 삼는 경우가 흔했다. 평산 신씨도 그런 경우였다. 그런데 히라야마는 일본인도 쓰는 씨이므로 훗날 누군가가 발견한들 나는 일본인 히라야마 히데오[平山英雄]일 뿐이다. 소자성(消字性)이 좋은 지우개로 박박 문지른 연필 자국처럼 나는 영원히 종이에서 지워지는 것이다. 지우개 가루처럼 남은 비행복 쪼가리도 내 존재를 증명하지 못하게 되는 것이다.

내 개인적인 죽음은 하찮지만 야스쿠니의 명부에 오르는 건 무겁다. 사라짐으로써 더욱 강렬하고 선명한 존재가 되어 참배와 공물을 받게 되는 것이다. 하지만 죽으면 그뿐 아니던가. 죽어서 군신(軍神)이 된들 무슨 소용이란 말인가. 나에게는 평범한 죽음이야말로 축복이 아닐 수 없다.

아랫배가 뻐근하다 못해 아프다. 수분 배출을 막으려고 했으나 한계에 다다랐다. 몸에서 나온 노폐물일지언정 한 방울이 아쉽다. 외부 상황에는 아랑곳 않고 눈치 없이 대사 작용을 하는 콩팥에 화가 난다. 내 몸도 외부의 환경에 맞춰 조절하는 기능이 있으면 좋겠다. 동물들의 동면이나 보호색처럼. 물은 이미 동났다. 수통에 눈 소변을 입안에 머금지 않고 단번에 마신다. 지린내가 심하지 않다. 신선한 것들은 냄새가 없다. 오염되고 부패한 것들만 악취를 풍긴다. 이럴 때 몸에 이상이라도 생기면 대책이 없다. 내가 경솔했다. 극한 상황에서도 잘 견디는 내 몸이 고맙다. 콩팥을 욕한 걸 취소한다.

같은 풍경이 반복되니 때론 방향감각이 둔해진다. 해가 든든한 길잡이가 되어준다. 체력 소모가 심하다. 초콜릿과 비스킷으로 열량을 보충한다. 갈증과 탈진에 체력이 고갈된다. 쉬었다가 일몰 후에 이동하려 해도 쉴 곳이 마땅찮다. 느려지던 발이 땅바닥에 질질 끌린다. 입천장과 혀에 물기라고는 없다. 몸 안의 열기가 뻑뻑한 목구멍과 콧구멍으로 넘어온다. 수분이 증발한 몸은 톡 치기만 해도 바스라질 것 같다. 직사광선에 노출된 머리통이 뜨겁다. 녹아서 걸쭉해진 뇌가 걸을 때마다 출렁이는 느낌이다. 눈앞이 흐릿하다. 허방을 짚어 오금이 꺾인다. 짚더미처럼 고꾸라진다. 땅바닥을 짚고 일어나다 연기 같은 걸 본다.

신기루인가.

주변의 환경이 사막과 별반 다르지 않긴 해도 그럴 리 없다. 조종사는 비타민 A와 D 복합 정제로 시력을 관리한다. 내 시력은 부대 내에서도 우수하다. 소매로 눈가를 문지른다.

연기가 맞다.

정지한 듯 보이지만 한 줄기로 피어오르다 어느 지점에서 여러 가닥이 되어 허공으로 스며든다. 다리가 말을 듣지 않는다. 마음은 바삐 내달리는데 실제로는 완보에 불과하다.

# 11

지나인과 지나군, 여자와 노인, 당나귀와 마차, 손수레와 트럭이 뒤엉켜 있다. 팔다리가 없고 내장이 터진 시체가 있고, 앞부분이 날아가 버린 트럭은 새까맣게 그을렸다. 한 대는 대파되어 종잇장처럼 구겨졌다. 뒷다리가 뭉개지고 늑골이 드러난 당나귀는 눈을 뜨고 있다. 인간들의 싸움에 휘말려 죽은 자신을 이해하지 못하는 눈빛이다. 처참한 몰골을 하고서도 눈망울만은 무구해 당혹스럽다. 연기는 옆으로 누운 지휘관용 자동차 바퀴에서 피어오른다. 운전병은 하반신이 깔린 채 죽어 있다. 지나인들은 하나같이 남루를 걸쳤다. 발자국과 바큇자국 들이 서쪽을 향하고 있다. 지상군끼리의 교전은 아니다. 폭격으로 군데군데 파인 구덩이가 길을 따라 집중돼 있다. 시체들이 분포한 범위도 넓지 않다. 전투기나 폭격기에 순식간에 당했다는 의미다. 눈앞에 펼쳐진 광경은 지나 곳곳에서 벌어지는 참상의 축소판을 보는 듯하다. 아직 부패가 진행되지 않은 걸로 보아 얼마 전에 벌어진 일이다. 아니, 그보다 훨씬 전의 일인지 알 수 없다. 햇볕은 뜨거워도 대기가 건조해 부패가 더디 진행되는 건지도.

파손된 무기와 장비 들이 버려져 있다. 한쪽 바퀴가 빠져 거꾸로 처박힌 야포는 포신이 바나나 껍질처럼 벌어져 있다. 이동이 불가능해지자 수류탄으로 파손한 것이리라. 이불과 옷 보따리, 깨진 살림살이가 널려 있다. 깨진 항아리에 물이 남아 있다. 한 방울이라도 흘릴세라 조심스럽게 들어올린다. 물은 비릿하고 미지근하다. 배불리 마시고 큰 숨을 쉰다. 입안에 남은 흙 부스러기를 뱉는다. 정신이 좀 돌아온다. 물이 들어간 건 배인데 머리까지 시원해진다. 남은 물을 수통에 채운다. 돌아다녀도 식량은 없다. 먹을 수 있는 건 죽은 당나귀가 유일하다. 피 묻은 늑골이 비죽 솟아 있다. 주변의 붉은 살에 칼자국들이 어지럽다. 파상적인 공습의 위험에도 서둘러 칼을 놀리는 사람들의 모습이 그려진다. 구차하기는커녕 신에게 바칠 제물을 마련하는 것처럼 장엄하고 경건하다.

옻칠된 나무 상자가 발끝에 차인다. 경첩이 부서진 뚜껑이 열려 있다. 귀중품이 들어 있었을 텐데 빈 채다. 뚜껑을 들어 안쪽에 붙은 거울을 들여다본다. 머리칼은 헝클어졌고 수염이 인중과 턱을 덮고 있다. 씻지 않은 얼굴은 기름과 땟물로 번질거린다. 비행복은 흙먼지를 뒤집어썼다. 깃을 당겨서 코에 대니 땀 냄새가 진동한다. 나뒹구는 보따리를 푼다. 여자와 아이 옷이 섞여 있다. 좀 떨어진 다른 보따리에서 남자 옷을 찾는다. 품이 죄고 소매와 바지는 약간 짧다. 어깨를 움직였더니 불편하지는 않다. 입던 건지 자릿내를 풍긴다. 죽은 남자를 일일이 찾아다니며 신발에 내 발을 대본다. 중년 남자의 신발이 얼추 맞는다. 거울을 다시 본다. 일본 육군항공대 조종사에서 피란 가는 지나인으로 바뀐 내가 들어있다. 지저분하고 더러운 얼굴과 옷은 피란민의 분장으로는 제격이다. 속옷은 찾지 못했다. 나는 무명 속옷이 편하다. 국방부인회에서 보내오는 위문품에 훈도시가 있으면 동료들에게 줘버렸다. 호기심에 입어본 적이 있는데, 온종일 엉덩이 골에 껴 이물감이 심했다. 옷가지와 나무를 가져다 쌓고 비행복과 속옷, 항공화를 얹는다. 불쏘시개로 쓸 서책은 표지에 제목이 없다. 책등을 잡고 넘겨본다. 한지 같은 종이에 쓰인 붓글씨는 검은 실 조각들을 늘어놓은 것 같다. 해서체보다 더 흘려 써서 획수가 복잡하면 독음이 안 된다. 그나마 읽을 수 있는 글자도 드물다. 족보는 아니다.

얼마나 소중하기에 피란길에 가지고 나섰을까.

내용이 파악되지 않는 책은 글씨가 쓰인 종이 묶음에 불과하다. 그러므로 예언을 담은 비기든, 가문의 비법을 전수하는 요리서든 불이 붙는 종이의 본질에만 충실하면 된다. 성냥에서 매캐한 유황 냄새가 퍼진다. 비행복 가장자리가 불규칙하게 오그라들며 검게 변하더니 불꽃이 옮겨붙는다. 주머니에 든 서류와 지도도 함께 탈 것이다. 노리쇠가 망가진 소총을 부지깽이 삼아 뒤적인다. 땔감이 부족해 나무를 더 주워 온다. 반쯤 타다 만 항공화는 땅에 묻는다. 통조림 하나를 비우고 트럭 아래에 들어간다. 탄내와 기름 냄새가 나지만 그럭저럭 참을 만하다. 근처에는 시체도 없다. 지열이 땅바닥에 깐 옷가지를 통해 등허리로 전달된다.

두런거리는 소리와 많은 인원이 한꺼번에 걸음을 옮기는 소리. 그 사이로 끼어드는 삐걱대는 바퀴 소리, 발굽이 땅을 차는 소리와 짐승의 콧김 소리. 차분하고 절제된 소리는 끊김 없이, 그러나 일정하게 유지된다. 눈을 뜬다. 머리를 들다가 이마를 싸쥔다. 강한 통증이 나를 현실로 돌아오게 만든다. 트럭 아래다.

한 아이가 쪼그려 앉아 나를 빤히 보고 있다. 그 뒤로 이동하는 사람들의 다리가 보인다. 눈길이 마주쳤는데도 아이는 위축됨이 없다. 당황한 쪽은 나다. 잠을 방해한 것이 사람들의 소리가 아니라 아이의 눈길처럼 여겨진다. 트럭 밑에서 기어 나온다. 아이가 한쪽으로 비켜난다. 피란 행렬은 끝이 없다. 옷을 바꿔 입기 잘했다. 지나군은 없다. 묵묵히 서진하는 피란 행렬은 시체와 잔해를 피해 갈라졌다 합쳐진다. 넝마를 걸친 사람들은 떠도는 혼백처럼 느릿느릿 걷는다. 무표정한 얼굴에 피곤이 가면처럼 덧씌워져 있다. 보행은 수동적이고 맹목적이다. 피란이라는 공동의 목표에 이르기 위해서가 아니라 그저 관성으로 움직이는 것 같다. 피란길에서 철이 들었는지 칭얼대거나 보채는 아이가 없다. 이들이 전쟁으로 빼앗긴 건 삶의 터전의 아니라 웃음과 활기라는 생각이 든다.

문득 왼손이 무겁다. 내려다보니 아이가 내 손을 잡고 있다. 손은 더럽고 손톱 밑마다 새까맣다. 입은 뒤로 안 빨았는지 소매는 반질반질 윤이 난다. 행동이 너무 자연스러워 혹시 오랫동안 알고 지낸 사이였는데, 내가 몰라본 게 아닐까 하는 자기 불신마저 생긴다. 병균이라도 옮을까 봐 뿌리치고픈 마음을 눌러 참는다. 친근함의 표현, 혹은 선의에서 비롯된 아이의 마음에 상처를 주고 싶지 않다. 일고여덟 살이나 되었을까. 머리를 박박 깎은 남자아이다. 가족은 어디 있니. 지나어를 모르는 내가 어떤 표정과 손짓을 해야 의미가 제대로 전달될까 고민하는데, 한 여자가 피란민의 진행 방향을 거슬러 온다. 작달막한 여자가 화난 얼굴로 다짜고짜 남자아이의 손을 낚아챈다. 남자아이의 엄마임을 직감한다. 남자아이가 손에 더욱 힘을 준다. 나는 기관차에 매달린 두 번째 객차처럼 끌려간다. 손을 살짝만 흔들어도 아이에게서 떨어질 텐데 차마 그러지 못한다. 뭔가에 씐 것 같다. 남자아이의 엄마가 뭐라 뭐라 중얼거린다. 알아듣진 못해도 욕설인 건 알겠다.

염소수염을 기른 남자와 여자아이 둘이 행렬에서 이탈해 길가에 멈춰 있다. 수레바퀴에 등을 기대고 앉은 남자는 짧은 담뱃대를 물고 있다. 코로 연기가 새어 나온다. 서로 손을 잡은 여자아이들은 이쪽을 바라보고 있다. 남자가 담뱃대로 나를 가리키며 여자에게 무슨 말을 한다. 여자가 나를 힐끗 보더니 남자아이를 나에게서 떼어놓으려 한다. 남자아이가 내 허벅지를 잡고 늘어진다. 아이답지 않은 악력이다. 남자아이의 어깨를 잡아당기던 여자가 방법을 바꿔 머리끄덩이를 잡는다. 고개가 뒤로 한껏 꺾인 남자아이는 눈을 하얗게 까뒤집는다. 치명상을 입은 멧돼지 울음소리와 흡사한 괴성이 귀청을 때린다.

이 눈빛, 익숙하다.

제 뜻대로 되지 않을 때면 동규의 눈에 차오르던 광기. 즉각적이고 극단적인 표현을 통해서만 전달되는 의사, 화해와 타협을 모르는 공격성. 동규, 하면 떠오르는 것들이다. 어쩌면 남자아이를 무기력하게 따라온 것은 저 눈빛 때문일지도 모른다. 눈이 마주쳤을 때 단번에 알아봤다. 동규와 같은 유의 아이라는 걸. 얼굴이 시뻘겋게 변한 남자아이의 입가로 침이 흐른다. 가만두면 무슨 일이 벌어질 것만 같다. 여자의 우악스러운 손에서 남자아이를 떼어내 내 등 뒤로 숨긴다. 여자가 나에게 삿대질을 하며 사나운 말투로 퍼붓는다. 남자가 천천히 다가와 나에게 묻는다. 말이 통하지 않으므로 손사래를 친다. 남자가 입과 귀를 가리키고 나서 도리질을 하더니 나를 본다. 대답을 기다리는 얼굴이다. 나를 농아로 생각하고 있다. 나는 고개를 끄덕인다. 들리지 않아서 말을 잃는다던가, 아니면 그 반대던가. 아무튼 내 정체를 숨기는 데는 귀머거리와 벙어리가 제격이다. 손짓과 발짓, 몸짓과 표정까지 동원해 소통에 실패해도 그만이다. 설명하거나 해명하려고 애쓰지 않아도 된다. 말을 많이, 또는 적게 해서 생기는 오해와 편견을 줄일 수 있다. 조선인끼리도 오해를 불러일으키는 경우가 많은데, 하물며 외국인이야. 딱 좋다, 실어와 실청.

남자와 여자가 말을 주고받는다. 앞니가 빠져 말이 자꾸 새는 남자는 깡마르고 광대가 불거져 성마른 인상이지만 말투나 몸짓은 그렇지 않다. 여자는 육덕은 좋은 편이나 신경질적이다. 남자의 성격과 여자의 몸을 합치면 이상적인 인간형이 탄생할 것 같다. 남자는 설득하고 여자는 거부한다. 신기하다. 지나어를 모르는데 표정과 말투로 대화 내용이 전부 이해된다. 말이 통하지 않으니 이것 하나는 좋다. 상대방의 말에 집중하지 않아도 된다는 것. 여자에게 고개를 끄덕인 남자가 남자아이를 가리키고 나서 자기의 두 손을 맞잡는다. 나에게 남자아이의 손을 잡고 오라는 시늉 같다. 합일점을 찾은 걸까, 설득에 실패한 남자의 일방적 결정일까. 남자가 자기 가슴을 두드리며 진쉬오라고 말한다. 어쩌면 진저오나 진수오라고 했을 수도 있다. 그런 다음 가족을 차례로 소개한다. 나에게는 무의미하다. 귀담아듣지 않고 내 임의대로 부르기로 한다. 남자와 여자는 내 명명법에 따라 갑과 을이 된다. 여자아이들은 병과 정, 남자아이는 무다. 무는 여전히 내 뒤에 딱 붙어 있다. 피란민에 섞여들면 위험부담을 덜 수 있다. 가족의 일원이라면 아예 의심받지 않을 것이다.

병과 정을 태운 수레를 갑이 끌고 을이 민다. 나와 무는 뒤따른다. 수레가 피란 행렬에 합류한다. 세간이 실린 수레는 작고 낡았다. 헐거워진 바퀴가 위태롭게 삐걱댄다. 10여 미터쯤 가다가 걸음을 멈춘다.

가방!

을의 어깨를 두드려 허공에 사각형을 그려 보인 다음 뒤를 가리킨다. 을은 무슨 뜻인지 못 알아들은 얼굴이다. 자세히 설명할 시간이 없다. 돌아서는데 무가 옷자락을 잡는다.

이 아이는 나의 어떤 점에 끌린 걸까.

눈길을 맞추며 곧 돌아올 거라 손짓으로 말한다. 내 얼굴에서 심상치 않은 기색을 읽었는지, 돌아올 거란 확신이 들었는지 무가 슬그머니 손을 놓는다. 이쪽을 보고 서 있는 무가 신경 쓰인다. 가라고, 엄마를 따라가라고 손짓한다. 급한 마음에 하마터면 소리칠 뻔했다.

없다!

착각했나 싶어 다른 트럭들 밑을 봤지만 없다. 그새 누가 집어 갔다. 막막한 눈길로 굼뜨게 움직이는 피란민의 뒷모습을 바라본다. 피란민들의 행렬을 헤치며 거슬러 오느라 몸을 부딪칠 때마다 욕설을 들은 보람이 없다. 멜대 양 끝에 무거운 짐을 매단 남자에게는 등짝을 맞기까지 했다.

권총도 들었는데.

하긴 가지고 있으면 안 되는 물건들이다. 이럴 줄 알았으면 실컷 먹기라도 할 걸 그랬다. 어쩔 수 없다. 사람들을 앞질러 간다. 을의 옷자락을 잡고 가며 연신 돌아보는 무와 눈길이 마주친다. 손을 흔든다. 무가 활짝 웃으며 나에게 달려온다.

# 12

양쪽 손을 번갈아 가며 땀을 훔치는데 딱딱한 게 이마에 닿는다. 깜빡하고 있었다. 손목시계를 풀어 호주머니에 넣는다. 세이코사에서 만든 군용품인 걸 알아보는 사람이 있으면 낭패다. 일본군에게 매수된 정보원은 선량한 지나인과 구분되지 않는다. 게다가 시계는 환금성이 높은 귀중품이다. 여차하면 식량과도 교환할 수 있다. 버리자니 아깝기도 하다. 충칭에 있는 국민당 정부의 공권력은 향촌까지 미치지 못해 도처에서 토비가 들끓는다. 토비들은 세력화하여 약탈과 살인을 일삼는다. 군수품을 노리고 대담하게 지나군이나 일본군을 공격하기도 한다. 손목시계를 지키려다 자칫하면 몸이 상할 수도 있다. 내 몸은 내가 지켜야 한다.

행렬이 멈춘다. 피란민을 인솔하는 사람은 없으나 단체로 움직인다. 누가 제안한 것도 아닌데 누군가 멈추면 따라서 쉬고, 또 누군가 일어나면 함께 출발한다. 한 차례의 휴식 뒤에 수레는 내 차지가 된다. 갑이 힘들어 보여 내가 자청했다. 나의 안전이 보장된다면 이 정도의 노동은 아무것도 아니다. 무는 내 옆에서 걷는다. 갑과 을이 밀어서 수레는 끌기가 수월하다. 요철이 심한 곳은 되도록 피한다. 요란하게 삐거덕대는 바퀴를 손봐야 하는데 연장이 없다. 주위에서 빌리려 해도 없다는 대답만 돌아왔다. 누구를 탓할 일이 아니다. 이들은 가지고 온 것들이 고장 나거나 바닥나기 전에 귀향하리라 믿었을 것이다. 무겁고 쓰임이 덜한 연장은 생필품이 아니다.

귓속에서 벌레 소리가 들린다. 낮은음으로 비행하는 벌레의 날갯짓 소리가 점점 커진다. 뒤에서부터 피란민들이 누가 먼저랄 것 없이 삽시간에 흩어진다. 조금 전까지 느리고 게으르게 움직였던 사람들은 온데간데없다. 그렇다고 표정이나 몸짓에 긴장감이나 긴박함이 넘치지도 않는다. 그들을 지배하는 건 권태와 피곤이다. 삶에 대한 의지라기보다는 살아 있으니 움직이고, 움직이니 살아간다. 갑은 보따리를, 을은 두 딸을 안고 달린다. 무의 손을 잡고 그들을 따라 길가에 엎드린다. 길바닥에는 손수레와 짐승이 끄는 수레만 놓여 있다.

팔뚝에 뺨을 올린다. 매캐한 흙냄새가 콧구멍을 자극한

다. 고개를 돌리다 나를 보고 있는 무와 눈이 마주친다. 무가 검지로 내 팔꿈치를 간질이며 키득댄다. 주위가 쥐 죽은 듯 조용해 무의 소리가 더 크게 느껴진다. 피란민들은 몸을 웅 크리고 숨소리조차 내지 않는다.

이들은 알까.

폭격수가 들여다보는 정밀관측기에는 지상의 사물이 낱 낱이 포착된다는 걸. 민간인과 지나군이 섞여 있는지, 민간 인만 있는지, 지나군만 있는지 쉽게 구분된다는 걸. 자위책 이라 믿는 지금의 행동이 아무런 의미가 없다는 걸. 민간인 만 있어도 작전에 방해되면 폭격기는 제꺽 폭탄창을 열고, 전투기는 공격을 하려고 급강하한다는 걸.

무의 머리를 쓸어주자 기분이 좋은지 노래를 부른다. 가 사를 까먹었는지, 원래 그런 곡인지 노래가 자꾸 끊긴다. 슬 픈 사연이 담겼을 것 같은 동요나 자장가다. 엔카나 행진곡 풍의 군가만 접하다 몇 년 만에 다른 노래를 들으니 마음속 에서 뭔가가 꿈틀댄다.

뭐지.

매달릴수록 닿을 듯하다 자꾸 달아난다. 아주 중요한 건 데, 절대 잊으면 안 되는 것 같은데. 그러다 동규와 어머니 가 떠오른다. 비행복을 벗고 군가를 부르지 않게 되니 잊었 던 기억이 되살아난다. 동물적인 욕구만 남은 동규는 종종

아버지에게 맞았다. 어머니는 부엌에서 동규의 상처를 보며 치마를 들어 눈가를 찍어냈다. 그때마다 불교 신자인 어머니의 입에서는 한숨과 함께 찬송가가 나직이 흘러나왔다. 십 대 초반에 잠깐 교회에 다닌 어머니는 그 곡만 기억하고 있었다. 병사들은 포탄과 총알이 쏟아지는 전장을 누비면서, 사지가 찢긴 시체를 보면서 미치지 않으려 목이 터져라 군가를 부른다. 군가는 정신에 입히는 군복이다. 어머니가 찬송가를 부르는 것도 같은 이치였다. 찬송가는 어머니의 군가였다.

잠시 후에 크고 작은 사(士) 자들이 상공을 지나간다. 폭격기와 전투기로 이루어진 연합부대. 침로로 짐작건대 우한 쪽에 전개한 부대의 항공기들이다. 사람들이 하나둘 일어나 먼지를 턴다. 투덜대기도 하지만 대부분은 묵묵히 피란길에 오른다. 한 남자가 사람들을 향해 화를 낸다. 알아들을 수는 없지만 표정과 동작으로 보아 무언가를 도둑맞았다는 것 같다. 사람들은 제 갈 길을 간다. 지친 사람들은 타인의 불행을 동정할 여유가 없다. 아마도 갑이 안고 있는 큰 보따리에는 귀중품이나 식량이 들었을 것이다. 갑은 이동 중에도 그 보따리를 신경 쓰는 눈치다.

손바닥에 물집이 잡혔다. 수레를 오랜만에 끌기도 하고, 노면이 고르지 않아 손잡이를 힘주어 쥔 탓이다. 무는 칭얼거리거나 불평하는 일 없이 걷는다. 눈이 마주치면 누런 이를 드러내고 씩 웃으며 내 옷자락을 더욱 세게 움켜잡는다.

용광로에서 붉은색과 금색으로 들끓던 쇳물이 식듯 서쪽 하늘이 어두워진다. 행렬이 멈춘다. 갑과 을이 수레와 나무 막대기를 이용해 천막을 친다. 허술해 보이나 한뎃잠을 자는 것보다는 낫다. 끼니를 준비하는 연기들이 오르며 음식 냄새가 퍼진다. 혀 밑에 침이 고인다.

갑을 따라 야산에 오른다. 무는 강아지처럼 졸졸 따라온다. 노숙지에서 가까운 나뭇가지들은 이미 꺾어 갔다. 사람의 발길이 닿지 않은 높은 곳에 올라가 땔감을 해 온다. 무도 제 손가락 굵기만 한 나뭇가지 아홉 개를 주웠다. 나뭇가지를 꺾느라 터진 물집이 아프다. 불쏘시개로 쓰는 종이는 일본군이 살포한 권항서(勸降書)*다. 이제껏 쓰고도 수십 장이 남은 걸 보면 이럴 용도로 일삼아 주워 모은 것이다. 생가지는 연기만 나고 잘 타지 않는다. 을이 끓는 물에 곡식 가루를 넣는다. 흘리지 않으려고 주의를 기울이느라 미간에 주름이 잡힌다.

을이 나무 숟가락이 꽂힌 질그릇을 내민다. 냄새로 짐작

---

\*　항복을 권유하거나 요구하는 글.

은 했는데 역시나 옥수수죽이다. 몇 번의 수저질에 바닥이 드러난다. 혀로 숟가락과 그릇을 싹싹 핥는다. 아쉬움을 물로 달랜다. 물도 넉넉지 않아 아껴 마셔야 한다. 멀지 않은 곳에 개울이 있지만 전염병이 무서워 마실 수가 없다.

갑이 천 조각을 주며 수레 아래를 가리킨다. 보자기나 다름없는 얇은 천이다. 네 가족은 천막 안에 잠자리를 마련한다. 무는 나와 자겠다고 고집을 부린다. 무는 한시도 내게서 떨어지지 않는다. 아직은 괜찮지만 새벽이 되면 땅바닥에서 찬기가 올라올 것이다. 나뭇잎 위에 누우면 덜 배기고 찬기도 막아주겠지만 야산에는 침엽수뿐이다. 내 몫의 천 조각을 무에게 깔아주고 팔베개를 한다. 한 곡만 반복해 부르던 무의 노랫소리가 점점 작아지고 느려지더니 이내 잠잠해진다. 곧이어 고른 숨소리를 낸다. 작고 연약한 발로 먼 길을 왔으니 피곤할 것이다. 여기저기서 코 고는 소리가 들린다. 옆자리의 남자는 유독 코골이가 우렁차다. 누군가가 잠꼬대 끝에 이를 간다. 고단하고 힘든 여정 끝에 맞는 달콤한 휴식을 다양한 방식으로 표출한다. 갖가지 소리들이 보통학교 때 불렀던 돌림노래처럼 정겹다.

이들은 어디서 왔으며 또 어디로 가는 걸까. 목적지가 있기는 한 걸까. 전쟁이 끝나면 고향으로 돌아갈 수 있을까.

아버지와 싸웠다는 쿨리[苦力]*들이 떠오른다. 남의 논밭을 부치는 아버지는 생계를 위해 닥치는 대로 일을 했다. 종종 곰소항에서 날품을 팔기도 했다. 하역 작업을 하고 온 아버지가 그날 벌어졌던 사건에 대해 말해주었다. 조선인과 쿨리 간에 충돌이 있었다. 몽둥이와 어로용 갈고리까지 동원되어 분위기가 자못 험악했다. 병원에 실려 간 사람만도 여럿이었다. 예전부터 이권을 두고 알력이 심했다. 그간 곪았던 게 터진 거였다. 쿨리들은 죽기 살기로 덤볐다. 머리가 터져서 선혈이 낭자한데도 물러서지 않았다. 사납게 욕설을 내뱉는 입에서는 침이 튀었고, 살기 어린 눈에서는 파란 인광이 튀었다. 아버지는 말끝에 일본놈도 모자라 이젠 되놈 눈치까지 봐야 한다며 한탄조로 읊조렸다.

그들은 그럴 수밖에 없었으리라. 머나먼 타국에서 더 이상 물러설 곳이 없었을 테니까. 그들의 절박함, 고통, 분노, 좌절 같은 것들이 느껴진다. 그런 감정들이 어떤 계기가 되니 폭력성과 공격성으로 나타난 것뿐이다. 살기등등해서 싸운 건 이권 때문이 아니다. 고립감이나 단절감에서 나온 몸부림이었을 것이다. 그랬을 것 같다. 그들의 입장이 되고 보니 그들이 이해된다.

손을 뻗어 발을 긁는다. 가려운 곳이 분명하지 않아 되는

---

\*    중국인 노동자.

대로 긁는다. 다른 발에 대고 문질러도, 발을 털어도 시원치가 않다. 다시 가렵다. 이번엔 엄지발가락 쪽이다. 고개를 든다. 무가 내 발을 간질이고 있다. 일어나며 무의 머리칼을 흐트려 놓는다. 무의 웃음소리가 서늘한 새벽하늘로 울려 퍼진다. 박명인데도 피란민의 움직임이 부산하다. 잠을 설쳐 하품이 나온다. 잠버릇이 험한 무가 차내는 천을 덮어주느라 자주 깼다.

갑과 을은 일어나 있다. 잠기운이 없는 말짱한 얼굴이다. 병과 정은 깨어나지 않았다. 공기가 맑아서인지 눈곱이 끼지 않는다. 비행장에서는 코딱지와 눈곱이 많이 꼈다. 단지 황허강을 건넜을 뿐인데 대기질에서 차이가 있다. 아침은 엊저녁에 먹고 남은 옥수수죽이다. 양이 줄었으나 불평할 처지가 아니다. 식량은 이들에게 생명줄과 같다. 나누어주는 것만으로도 감지덕지다.

머물렀던 자리를 수습하고 다시 피란길에 오른다. 피란민이 떠난 자리에는 오물과 불 피운 흔적만 남는다. 오늘도 수레를 끈다. 수레를 아예 나에게 맡길 작정인가 보다. 물집이 터진 자리는 어제보다 덜 아프다. 새살이 돋으면 나쁜 기억처럼 잊게 될 것이다. 손가락 마디가 아프고 어깨도 뻐근하다. 하늘에 새털구름이 흩어져 있다. 오늘도 기상이변이 없는 한 맑을 것이다.

# 13

출발한 지 세 시간가량 지날 때부터 이동속도가 현저하게 느려진다. 앞쪽 어디엔가 진행을 방해하는 무언가가 있다. 가다 서다를 반복하며 1킬로미터를 더 가서야 방해물이 정체를 드러낸다. 길목을 막아선 지나군이 피란민들을 검문하고 있다. 가슴이 거칠게 뛰기 시작한다. 작은 다리나 좁아지는 길이 있어 정체되는 줄 알았다. 웅성거리는 피란민들의 표정으로 봐서는 무슨 일인지 짐작되지 않는다. 갑과 을도 주위 사람들에게 묻지만 다들 모르는 눈치다. 길 양쪽을 막아선 병사들의 표정이 심상찮다. 아직 전투에 참가하지 않은 예비 부대인지 군복이 깔끔하다. 군화는 통일되지 않았다. 천으로 만든 신발부터 짚신까지 다양하다. 일본군보다 보급 사정이 더 나쁘다. 되돌아 걷는 건 자살행위다. 마른세수를 하는 척하며 굳어진 표정을 풀지만 근본적인 해결책이 되지는 못한다. 겨드랑이가 땀으로 축축하다. 내 옷자락을 잡은 무의 손을 쥔다.

한낱 아이의 손이 이토록 위안이 되다니.

무가 올려다보며 씩 웃는다. 나도 웃어준다. 경직된 근육들이 내 뜻을 따라주지 않아 기묘한 표정이 되었으리라. 그때 내 안의 누군가가 비명을 지른다.

손목시계!

진즉 버려야 했다. 내 욕심이 자초한 결과다. 병사들이 양쪽에 도열해 있어 멀리 던지기에는 늦었다. 대열은 좀처럼 움직이지 않는다. 무의 가족과 주변 사람들은 앞쪽을 보고 있다. 뒷사람의 시야는 수레가 가려준다. 양옆도 사람들이 가려주니 병사들의 눈에도 띌 염려가 없다. 신발 뒤축을 땅바닥에 대고 비빈다. 땅이 물러 쉽게 파인다. 그곳에 손목시계를 넣는다. 발로 주변의 흙을 모아 덮는다. 길어봐야 몇 분 남짓한 시간이 아주 길게 느껴진다. 손목시계 하나를 버렸을 뿐인데 바위를 내려놓은 듯 홀가분하다.

무가 소매를 잡아당긴다. 내려다보니 무의 손에 흙먼지를 뒤집어쓴 손목시계가 들려 있다.

이런!

악의 없는 무의 웃음이 안타깝다. 피가 마르는 심정이다. 주위를 돌아보며 손목시계를 낚아챈다. 무의 관심을 딴 데로 돌리려고 안아 올린다. 그리고 조금 전의 과정을 되풀

이한다. 무가 눈치채지 못하게 천천히 움직이려니 땀이 난다. 수레를 당겨 손목시계 묻은 곳을 가리고 무를 내려놓는다. 하지만 애쓴 보람도 없이 무가 곧장 수레 밑으로 기어들어 간다. 다리를 잡아당기자 무가 소리를 지른다. 사람들의 눈길이 우리에게로 집중된다. 갑과 을의 얼굴이 무슨 일이냐고 묻고 있다. 나는 아무 일도 아니라는 듯 멋쩍게 웃으며 괜히 무의 옷을 턴다. 무가 움켜쥔 손목시계를 회수하기에는 지켜보는 눈들이 너무 많다. 을이 손목시계를 우악스럽게 빼앗아 소매로 유리를 닦더니 귀에 대본다. 무가 빼앗긴 손목시계를 되찾으려고 폴짝폴짝 뛴다. 귀청이 따가울 정도로 시끄러운 소리는 더 집요해진다. 을이 무의 손을 피해 이리저리 몸을 돌린다. 사람들이 술렁인다. 누군가가 사람들을 밀치며 다가오고 있다.

지나군!

사고가 정지된다. 누군가 머릿속에서 뇌수를 통째로 들어낸 듯하다. 정신을 차리려고 눈을 질끈 감았다 뜬다. 제 키보다 더 큰 소총을 든 병사가 다가와 뭐라 뭐라 지껄인다. 을이 주저하다 손목시계를 내밀며 수레 밑을 가리킨다. 병사가 눈빛이 달라지더니 손목시계를 가져가 주머니에 넣는다. 망설임이나 머뭇거림이 없다. 분실했던 물건을 돌려받듯 아주 자연스러운 몸짓이다. 무가 병사를 향해 손을 휘저으며 괴성을 지른다. 놀란 병사가 무에게 소총을 겨눈다. 을이 무를 안더니 입을 틀어막으며 돌아선다. 겁을 먹은 병과 정이 울음을 터트린다. 몰려 있던 사람들이 뒷걸음쳐 순식간에 무의 가족 주변이 텅 빈다. 팔다리를 버둥거리는 무의 입에서 억눌린 소리가 새어 나온다. 내가 병사의 관심 밖으로 밀려난 건 다행이나 행여나 총을 쏠까 봐 조마조마하다. 갑은 비굴한 얼굴로 해명을 하며 병사에게 연신 굽실댄다. 이윽고 병사가 소총을 도로 메고 엄포를 놓는다. 무를 조용히 시키라고 한 건지, 손목시계에 대해 입을 닫으라고 한 건지 표정만 봐서는 모르겠다. 병사가 돌아선다. 무의 가족과 숨죽이고 지켜보던 사람들이 한숨을 길게 내쉰다. 나는 다른 의미로 참았던 숨을 내쉰다. 아무도 다치지 않았다. 나로서는 더할 나위 없는 마무리다. 불안과 공포가 물러간 자리에 공허함이 찾아든다. 나도 모르게 쥐고 있던 수레 손잡이를 놓는다. 너무 세게 쥐었던 탓에 손바닥이 땀으로 축축하다.

내 앞에 선 사람이 스무 명쯤으로 준다. 병사들 뒤쪽에서 지휘 감독을 하는 하급 장교 옆의 땅바닥에 피란민에게 압수한 걸로 짐작되는 물품들이 놓여 있다. 그중에서 익숙한 것이 눈에 띄는 순간, 주위의 물품들은 증발해 버리고 그것만 확대되어 보인다.

어제 잃어버린 가방!

숨이 턱 막히고 정수리가 화끈거린다. 침을 삼키려 해도 입안이 바짝 말랐다. 열린 가방 안에는 통조림이 그대로 들어 있다. 미군용 비상식량과 의약품만으로도 중대한 사안인데, 일본군 권총과 조종사 머플러는 이 지역의 관할 부대에 비상이 걸릴 일이다.

가방을 가져간 이는 심문을 받고 있을까.

미지의 지나인에게 괜히 미안해진다. 왼쪽 공터에 남자 10여 명이 쪼그려 앉아 있다. 남자들은 모두 어두운 얼굴이다. 연령대는 다양하다. 담담한 얼굴로 곰방대를 빠는 한 남자는 오십 대로 보인다. 아니다. 거친 바람과 따가운 햇볕 아래에서 농투성이로 살아 노화현상이 빠른 걸 고려하면 그보다 훨씬 아래일 것이다. 십 대 중반의 소년은 얼이 빠진 얼굴로 울고 있다. 무릎을 세우고 그 위에 얼굴을 묻고 있는 이도 있다. 조금씩 흔들리는 어깨에 그의 절망감이 그대로 묻어난다.

내 앞의 줄이 확 줄었다. 앞으로 가야 하는 현실과 가고 싶지 않은 마음이 충돌해 옮기는 다리에 경련이 나려 한다. 머릿속에 가득 찬 뜨거운 공기가 팽창해 뇌의 주름까지 펴지는 느낌이다. 불안감에 숨이 턱턱 막힌다. 간밤에 옆자리에서 코를 골던 남자는 순순히 끌려간다. 아무래도 가방의 주인을 찾겠다는 검문이 아닌 듯하다. 일본군 조종사의 나이는 대부분 십 대 후반이나 이십 대 초중반이다. 그런데 붙잡힌 남자들은 연령대가 들쑥날쑥하다. 지나에서도 강제징집은 불법이고, 가장이나 장남은 징집에서 제외된다고 들었는데 그런 것도 아닌가 보다. 지나군의 전황이 급박하긴 하다. 정저우와 쉬창을 점령한 일본군이 서쪽을 향해 진격하고 있었다.

어젯밤 코를 골던 남자의 부인이 길바닥에 주저앉아 버린다. 병사가 여자를 일으키려 하자 아예 누워버린다. 총구를 들이대고 위협해도 꿈쩍하지 않자 병사 하나가 더 합세해 끌어내려 하지만 역부족이다. 결국 병사 넷이 여자를 짐짝처럼 들어 길가로 옮긴다. 코를 골던 남자가 여자에게 뭐라고 소리를 지른다. 아이들을 잘 보살피라거나 나중에 어디서 만나자는 식의 당부 같다. 얼굴이 땟국으로 범벅된 네 아이는 울면서 제 엄마를 따라간다.

을이 심각한 얼굴로 갑에게 말을 건넨다. 눈길은 코를 골던 남자를 향하고 있다. 갑에게 닥칠지도 모르는 위험을 걱정하는 것이리라. 갑의 얼굴은 어둡다. 모녀간으로 보이는 여자 셋은 별다른 제지를 받지 않고 통과한다.


드디어 우리 차례. 크게 들이쉰 숨을 조금씩 내뱉으며 긴장을 푼다. 나는 혼자가 아니다. 가족이라는 익명 속에 숨어 있으니 안전하다. 무는 나를 잘 따른다. 수레꾼으로도 유용하다. 갑이나 을이 나를 가족이 아니라고 굳이 밝힐 이유도 없다. 나에게 유리한 것들을 나열하다 보니 내가 정말 무의 가족이 된 듯하다.

수레를 건성으로 뒤진 병사들이 소총 개머리판으로 갑을 밀어낸다. 갑은 떠밀리지 않으려고 버티면서 사정한다. 적극적인 행동과 달리 얼굴에는 체념의 빛이 가득하다. 왜 젊은 내가 아니라 늙은 갑인지 알 수 없으나 우선은 안심이다. 병사들이 나를 갑의 가족으로 여기는 것. 내가 선택되지 않은 것. 병과 정은 갑이 끌려가는 걸 보고 다시 울음을 터트린다.

수레를 길가로 끌어낸 을이 병사들을 감독하던 하급 장교에게 달려간다. 병사들이 말릴 새도 없을 만큼 재빠른 몸놀림이다. 을이 손짓을 섞어가며 열심히 뭔가를 말한다. 가장이나 아들을 빼앗긴 가족들에게 비슷비슷한 하소연을 질리도록 들었을 하급 장교는 무표정하다. 을이 어느 순간 하급 장교의 호주머니에 뭔가를 찔러 넣고 귀엣말을 한다. 그 일련의 과정은 신속하고 정확하게 이루어진다. 피란길에서 생존을 위해 터득한 요령인지, 원래 머리 회전이 빠른 건지 모르겠다. 여러 사람 앞에서 뇌물이 오갔지만 아무도 그것을 문제 삼지 않는다. 하급 장교의 지시를 받고 갑을 데려온 병사가 내 팔뚝을 덥석 잡는다. 가슴이 철렁한다.

갑을 구하기 위한 거래에 나도 포함시켰구나.

나는 순순히 끌려간다. 무가 울상을 하고 따라온다. 병사가 눈을 부라리며 무에게 소리친다. 을이 달려와 무의 뒷덜미를 낚아채 옆구리에 낀다. 발버둥 치던 무는 엉덩이를 맞는다. 무와 가족은 곧 피란민에 섞여 보이지 않는다. 무의 새된 소리가 점점 멀어진다. 갑과 을은 내 쪽으로 눈길 한 번 주지 않았다.

추락한 조종사로 포로가 되는 것보다는 지나인 피란민으로 징집되는 편이 낫다. 최악이 아닌 것에 감사하기로 한다. 그러자 거짓말처럼 마음이 편안해진다. 인간에게 합리화는 현실을 견디는 최고의 발명품이다. 지금, 여기에서 내 유일한 대응책은 합리화뿐이기도 하다. 아마도 을은 나를 자기네 가족의 장남이라고 하며 갑과 맞바꾸었을 것이다. 을은 내 생살여탈권을 쥐고 있었다.

나를 어제 처음 만났다고 실토했다면?

상상하기도 싫다. 을을 미워할 수만은 없다. 자기 가족을 지키기 위한 선택이었다. 옳고 그름을 떠나 을로서는 최선이었고, 그 최선은 옳았다. 우리 어머니가 을의 입장이어도 그랬을 것이다. 나는 포로가 아니다. 탈출할 기회도 얼마든지 열려 있다.

갑자기 총성이 울리기 시작한다. 피란민들이 일제히 뒤를 돌아본다. 반쯤 고개를 돌리던 나는 얼른 바로 한다. 나는 귀가 들리지 않으므로 소리에 반응해서는 안 된다. 간간이 포성도 울린다. 지척은 아니지만 멀지도 않다. 뒤쪽에서부터 시작된 동요가 앞으로 전달된다. 나름대로 질서를 유지하던 피란 행렬이 급격히 무너진다. 몇몇이 떠밀려 넘어진다. 그들에게 발이 걸린 사람들도 넘어진다. 아이가 울음을 터트린다. 사람들이 비명을 지른다. 흩어진 가족이 서로를 찾는다. 병사들이 길목을 막아서지만 밀려드는 피란민들을 막아내기에는 역부족이다. 하급 장교가 소리치며 허공에 권총을 발사한다. 피란민들의 기세는 조금도 꺾이지 않는다. 급기야 병사들이 피란민에게 소총을 겨눈다. 방벽 위에 거치된 기관총도 피란민을 향한다. 하지만 생존 본능만 남은 사람들에게는 아무런 위협이 되지 못한다. 총성과 포성은 계속된다.

붙잡힌 사람들이 덩달아 술렁인다. 우리를 지키던 병사들도 분위기를 감지하고 긴장한다. 어수선한 틈을 타 코를 골던 남자가 아들뻘인 병사를 붙잡고 애걸한다. 무릎을 꿇고 두 손까지 비비는 모습이 애처로우면서도 우스꽝스럽다. 다른 사람들도 억눌렸던 불만을 터트린다. 삼십 대의 남자도 다른 병사에게 사정한다. 코를 골던 남자는 병사가 제지하는데도 아랑곳하지 않다가 소총 개머리판에 어깨를 맞는다. 그가 외마디 소리를 지르며 쓰러져 과장되게 버르적거린다. 병사가 다시 때리려고 소총을 쳐든다. 엄살을 떨던 그는 재빨리 두 손으로 머리를 감싼 채 몸을 만다.

검문하던 곳에서 함성이 울린다. 견고하던 병사들의 벽이 뚫렸다. 그 틈으로 피란민들이 빠져나간다. 병사 몇은 피란민에게 밀려 넘어졌다. 검문을 포기한 병사들은 남자들을 마구잡이로 붙잡는다. 남자들과 그의 가족, 그리고 병사들이 실랑이를 벌인다. 그 틈을 비집고 지나가려는 사람들로 혼잡이 빚어진다.

# 14

하사관이 와서 우리를 인솔한다. 사람들은 가족과 분리된 불안감에 강제로 끌려온 두려움이 겹쳐 발걸음이 무겁다. 병사가 연장자에게 물리력을 행사하는 광경을 본 다음이라 다들 직수굿하다. 경적이 울린다. 여러 대가 한꺼번에 다급하게 누르는 소리다. 길을 따라 후퇴하는 자동차들이 늘어서 있다. 병사들이 타고 있다. 머리나 팔에 붕대를 감은 부상병도 섞여 있다. 군수품이 실려 있기도 하다. 주위가 시끄러워 엔진 소리를 듣지 못했다. 운전석 차창으로 몸을 내민 병사가 고함을 치며 비키라고 손짓하지만 아무도 귀담아듣지 않는다. 병사들이 피란민을 길가로 밀어내는 데 투입된다. 피란민들을 막던 때와는 딴판으로 난폭하다. 남녀노소를 가리지 않고 마구잡이로 밀어낸다. 사람이나 동물이 끌던 수레들은 길가에 처박힌다. 볼기짝을 맞은 당나귀가 껑중거리며 날뛴다.

수백 미터를 이동해 막사 두 동이 설치된 곳에 다다른다. 한쪽에 나무 상자들이 적재되어 있다. 스무 명쯤 되는 사람들이 먼저 와 있다. 다른 병사에게 인계된 우리는 먼저 온 사람들 옆에 앉는다. 잠시 뒤에 막사에서 나온 하급 장교가 우리를 손가락으로 짚어가며 헤아리더니 병사에게 화를 내고는 도로 들어가 버린다. 인원이 부족하다고 하는 것 같다. 20분쯤 뒤에 두 개 소대 인원의 병사들이 도착한다. 각자에게 상자가 하나씩 할당된다.

징병이 아니라 징용이어서 실망스럽다. 나는 두 가지에 기대를 걸고 있었다. 농아인 것과 왜소한 몸집. 신병훈련소에 넣기 위해서는 형식적으로라도 신체검사를 할 것이고, 그 과정에서 이런 점들은 나에게 유리하게 작용하리라 생각했다. 일본에서는 징병 대상자들이 신체검사에서 탈락하려고 갖가지 수단과 방법을 동원했다. 지나라고 다르지 않을 것이다. 내가 귀머거리와 벙어리 시늉을 한다고 해서 그대로 믿어줄 징병관들이 아니었다. 하지만 내가 농아인 걸 증명해 줄 사람들이 있었다. 나와 같이 잡혀 온 청년 하나가 오전 내내 내가 끄는 수레 뒤에서 따라왔다. 밤새 체력을 비축한 터라 다들 일정한 속도를 유지했고, 휴식 횟수가 비슷해오는 동안 동행이 바뀌지 않은 때문이다. 청년은 내가 갑과 손짓만으로 의사소통하는 걸 보았을 것이다. 코를 골던 남자도 증인이 되어줄 거였다.

아버지는 내가 태어난 지 1년 만에야 민적에 올렸다. 태어났을 때 몸무게가 다른 아이의 절반밖에 되지 않았고 황달도 심했다. 팔다리가 가늘고 배만 볼록해 영락없는 개구리 꼴이었다. 아버지는 호흡조차 버거워 헐떡이는 나를 일찌감치 없는 자식으로 쳤다. 살아도 사람 구실을 못 할 것 같아 속상한 마음에 친구들과 날마다 술을 마셨다. 다행히 소년기에 들어서 건강을 회복했지만 유년기에 워낙 허약하고 부실했던 탓에 또래에 비해 발육 상태가 나빴다. 히라야마 상의 집에서 영양가 높은 음식을 먹었더니 체력이 부쩍 좋아졌다. 하지만 키는 찔끔 컸다. 2차 시험인 학과 시험에 합격하고 육군항공학교에 들어갔을 때 나는 키가 작은 축에 속했다. 그 뒤로도 내 키는 5척 3치(약 160센티미터)를 넘지 않았다. 몸무게는 15관(약 56킬로그램)을 오갔다. 규칙적인 생활과 균형 잡힌 식단으로 다른 생도들은 눈에 띄게 체격과 체력이 좋아졌지만 나는 그 숫자들에 머물러 있었다.

땀이 비 오듯 한다. 소매로 연신 눈가를 훔친다. 상자가 한쪽 어깨에서 머무는 시간은 10분 내외다. 상자를 감당할 수 있는 체력이 한계에 이르기 전에 다른 쪽으로 옮기지만, 머무는 시간이 점점 짧아지고 있다. 새벽에 옥수수죽을 먹은 게 전부다. 물이라도 마시면 살 것 같지만 병사들도 수통이 없다. 중력이 상자에만 가해지는 것 같다. 내리쬐는 햇볕도 엄청난 중량으로 상자를 짓누른다.

"아얏!"

오른쪽 어깨로 상자를 옮기다 얼른 앞뒤를 살핀다. '얏'에서 ㅅ은 입 밖으로 내지 않고 삼켰다. 모두 얼굴이 벌게져서 어깻숨을 몰아쉰다. 다른 사람에게 신경 쓸 겨를이 없다.

조선어였을까, 일본어였을까.

무심결에 벌어진 일이라 기억나지 않는다. 내 입에서 나온 조선어를 누군가 듣는다면 큰일이다. 일본어라면 문제는 더 심각해진다. 아무리 조심해도 내 의지가 머릿속 깊은 곳까지 통제하지는 못한다. 내가 말한 것에 대한 대가를 지불해야 한다면 그건 목숨이 될 것이다. 힘에 부치니 생채기가 있다는 걸 까먹을 만큼 집중력이 떨어졌다. 그러지 않아도 딱딱하고 거친 상자 모서리에 긁힌 생채기에 땀이 들어가 그냥 둬도 쓰라리다. 생채기는 어깨와 목이 만나는 부분에 생겼다. 그 부분을 피하려니 상자를 어깨 바깥쪽에 걸치게 된다. 빈속에, 무게중심까지 흔들리니 다리가 허청거린다. 힘든 것도 문제지만 나도 모르게 말이 튀어나올까 봐 염려된다.

낮은 언덕 아래에서 행렬이 멈춘다. 상자를 내려놓는다.

한 청년이 상자를 내박쳤다가 병사에게 따귀를 얻어맞는다. 턱 끝으로 땀이 뚝뚝 떨어진다. 아득한 눈으로 아래를 본다. 앞사람만 따라오느라 몰랐는데, 우리가 지나온 길은 완만한 경사지다. 총성은 잦아들었고 포성은 그쳤다. 목이 마르다. 물을 구할 개울도, 민가도 없다. 쇳골을 쓸어 손바닥에 묻어 난 땀을 핥는다. 그때 언덕 위에서 포성이 들린다. 놀란 가슴을 추스르기도 전에 포성이 다시 이어진다. 귀를 손가락으로 막는다. 병사들이 돌아다니며 재촉한다. 상자를 한쪽 무릎에 올린 다음, 무릎과 두 손을 동시에 써서 겨우 어깨에 얹는다. 무게에 눌린 두 다리가 땅속에 박히는 것 같다. 그새 안면을 텄거나 원래 알고 있던 사람들은 상자 드는 걸 서로 도와주기도 한다.

언덕을 돌아가니 네 문의 야포가 쉬지 않고 불을 뿜는다. 야포들은 반동으로 격렬하게 들썩인다. 화약 냄새가 코를 찌르고 포연과 먼지가 자욱하다.

병사가 지정하는 곳에 상자를 내려놓는다. 말을 알아듣지는 못해도 병사의 손짓으로 짐작할 수 있다. 일부는 숲의 아래에 상자를 부린다. 상자를 옮기는 데 동원되었던 병사들은 돌아간다. 뒤쪽으로 물러난 우리는 조그맣게 형성된 숲 어귀에 집결한다. 풀어줄 것이라는 기대가 무너진다.

소총으로 무장한 병사가 여섯.

일시에 사방으로 흩어져 주의를 분산시키면 모를까 불가능하다. 도주로를 머릿속에 그려보는데 후드득 흙 부스러기가 날아든다. 폭발음을 들은 건 그 뒤다. 전투기의 엔진 소리를 들은 건 또 그다음이다. 무언가가 어깨를 때린다. 얼른 엎드린다. 흙이 들어간 눈을 슴벅인다. 눈물이 고여 사물이 굴절되어 보인다. 손등으로 문질러 시야를 틔운다. 어깨에 떨어진 건 팔꿈치 아래뿐인 팔이다. 피로 물든 군복의 절단면이 너덜거린다. 손에는 적들을 전멸시키겠다는 듯 권총이 꼭 쥐어져 있다. 오전에 내 뒤를 따라왔던 청년이 엎드린 채로 자기 앞의 그것을 들여다본다. 고개를 내밀고도 눈을 찡그리는 게 시력이 아주 나쁘다. 뒤늦게 주인 잃은 팔이라는 걸 알아본 청년이 발작적으로 비명을 지른다. 앉은 채로 뒷걸음치던 청년은 사람들에게 걸려 더 이상 갈 곳이 없는데도 뒤로 가려고 애쓴다. 충격과 공포로 제정신이 아니다. 내가 청년을 잡아채 쓰러트린다.

폭탄을 맞은 야포가 화염에 휩싸인다. 허공으로 치솟았던 포신이 땅바닥으로 곤두박질친다. 전투기가 쏜 기관포에 흙먼지가 일며 병사들이 쓰러진다. 병사들은 소총과 기관총으로 반격한다. 모두 세 대다. 수직 꼬리날개의 부대 표식이 낯익다. 지상군 협력부대 소속의 전투기들이다. 비명이 낭자하다. 수십 미터 떨어진 곳까지 날아든 파편에 짐꾼으로 동원된 여러 명이 상했다. 선회한 전투기들이 이쪽으로 기수를 돌린다.

우리를 인솔한 병사들도 사격을 하느라 정신이 없다. 짐꾼들이 흩어져 도망간다. 이때다 싶어 두 손을 짚고 일어나려던 나는 옆구리를 가격당한다. 나를 제압한 병사가 개머리판으로 내 팔죽지와 어깨를 연거푸 내리찍는다. 나는 비명이 새어 나가지 않게 어금니를 문다. 아픔보다 말을 하게 될까 봐 두렵다. 병사가 나를 밟고 선 채로 소리치며 소총을 쏜다. 격발할 때의 진동이 병사의 신발을 통해 전해진다. 한 사람이 쓰러진다. 사람들이 멈춘다. 늦게 출발해 들킨 사람들이다. 병사들이 소총을 겨누고 소리치자 사람들이 슬금슬금 돌아온다.

옆구리를 걷어차인 데다 나를 밟은 발에 체중이 실려 몹시 고통스럽다. 병사들은 돌아온 사람들을 무자비하게 폭행한다. 도주한 사람들 몫에, 전투기에 당한 분풀이까지 하는 것 같다. 어쩌면 서로 죽이고 죽는 전장에서 폭력에 둔감해졌는지도 모른다. 땅바닥에서 뒹군 사람들은 흙먼지를 뒤집어썼다. 팔로 머리를 감싼 보람도 없이 입술이 터지거나 광대뼈가 부었다. 인원은 3분의 1로 줄었다. 병사가 발을 내리며 내 엉덩이를 걷어찬다. 나는 시키지 않았는데도 못된 주인을 피하는 똥개처럼 꿇어앉은 사람들 곁으로 간다.

숲 어귀에 분산해 둔 상자들은 온전하다. 나뭇가지에 가려 자연 엄폐가 되었다. 상자들은 나에게 계속 족쇄 될 것이다. 상자들이 폭발했으면 나 또한 무사하지 못했을 것이다. 그걸 알면서도 그냥 돌아간 전투기들이 원망스럽다. 지친 한숨을 쉰다. 두 손으로 머리를 감싼 청년은 죽은 듯이 엎드려 있다.


전투기들이 폭탄과 기관포를 퍼부은 자리엔 파괴된 야포와 사상자만 나뒹군다. 명중탄을 맞은 야포와 병사들은 흔적조차 없다. 지근탄에도 원형을 유지하고 있는 야포는 없다. 그나마 멀쩡해 보이는 것은 옆으로 누웠다. 바로 세운다 해도 사용할 수 없다. 무게가 수백 킬로그램에 이르는 야포의 무게에 정교한 부품들이 손상되었을 것이다. 폭탄이 터진 곳에는 구덩이가 생겼다. 공중에서 보는 것보다 지상에서 보니 더 가공할 위력이다. 일본군 항공대가 지나군 지상군은 물론이고 지나군이나 미군 조종사들에게도 증오와 분노의 대상인 이유를 알 것 같다. 격추 수가 많은 일본군 조종사에게는 국민당 정부가 현상금을 걸기도 했다. 현상금이 걸린 조종사는 교전 시에 적기의 공격이 집중되었다.

지나군 생존자들이 사상자들을 수습한다. 좀 전에 맞은

곳이 욱신거린다. 오른쪽 견갑골은 손도 대지 못하게 아프다. 숨 쉴 때마다 옆구리가 결린다. 나를 때린 병사는 분주히 오가는 병사들을 구경하며 한가로이 담배를 피운다. 자세히 보니 옆얼굴이 아직 앳된 티를 벗지 못했다. 세월의 풍파에 깎이지 않은 이목구비가 깨끗하고 반듯하다. 얼굴 어디에도 악한 구석이 없다. 오히려 눈이 커서 겁이 많아 보인다. 조금 전에 민간인을 죽이던 병사가 맞는가 싶다. 나를 폭행한 사람이라는 게 믿기지 않는다. 저 병사도 군복을 입기 전까지 자기가 이토록 변할 줄 몰랐을 것이다. 숙영지에서 잠들기 전에 가족과 친구, 연인을 생각하던 끝에 변한 자기를 발견하고는 놀랄지도 모른다.

퇴각하는 지나군이 많아진다. 총성도 점점 커진다. 상자를 메고 다시 출발한다. 짐꾼이 대폭 준 데다 포탄도 얼마 사용하지 못해 버리고 가는 상자도 많다. 병사들이 개머리판으로 짐꾼들의 등을 밀어 재촉한다. 상자에 짓눌린 어깨가 아프다. 견갑골과 옆구리도 아프다. 몇 시간 동안 물도 마시지 못했다. 땀이 마르며 옷에 소금이 하얗게 낀다. 일사병이 걱정돼 소금을 긁어 입에 넣는다. 수단 한 사발만 들이켜면 소원이 없겠다. 살얼음이 동동 뜬 수정과도 좋지만 수단은 갈증과 허기를 동시에 해결할 수 있다. 오미자를 우려낸 시원한 물에 흰떡을 동동 띄워 먹으면 갈증과 더위가 싹 가실 것 같다. 꿀물이면 더 좋겠다. 아니, 흰떡은 없어도 된다. 오미자물이나 꿀물을 맘껏 마셨으면 좋겠다. 아, 다 그만두고 시원한 물이나 마셨으면. 아니, 그냥 물이어도 괜찮다. 젠장, 목만 더 마르다. 상상이 달콤할수록 현실의 고통은 커질 뿐이다. 상상할 권리에는 책임과 의무가 따르는 것이다.

어둑발이 내릴 즈음에야 이동을 멈춘다. 크지 않은 마을에는 먼저 온 지나군들로 북적인다. 위치가 노출되는 게 염려되어선지 불빛이 없다. 짐꾼들은 모두 발을 질질 끌고 있다. 내 앞의 사람은 무릎을 다쳐 뻗정다리가 되었다. 나도 다리에 감각이 없다. 우물로 몰려가 물을 마신 짐꾼들은 전병을 두 개씩 지급받고 민가 두 채에 분산해 수용된다. 땀 냄새, 고린내, 구취, 옷에서 풍기는 악취로 숨이 막힌다. 그야말로 악취의 박물관이다. 잠자리가 좁아 모두들 채 썬 채소처럼 모로 누웠다. 흙바닥이지만 이런 건 불평거리도 아니다. 벌써 코를 고는 사람들도 있다. 출입문 밖에서 인기척이 난다. 감시는 쓸데없는 짓이다. 풀어줘도 걸을 힘이 없다. 게다가 지나군들이 득실거리는 이 지역에서 뛰어봤자 벼룩이다. 장어구이나 실컷 먹었으면 좋겠다. 양념을 해도 좋고 그냥 구워도 좋다. 둠벙주를 곁들이면 더할 나위가 없겠다. 어른들은 장어를 꼭 복분자주와 함께 먹었다. 나는 둠벙주가 더 친근하다. 보통학교 다닐 적, 이웃집으로 술심부름을 갔다 올 때면 몇 모금씩을 마셨다. 술맛을 알았다거나 맛있지는 않았을 것이다. 주전자 꼭지에 입을 댈 때마다 어른들의 세계에 성큼 발을 들인 듯한 쾌감, 일탈행위에서 오는 은밀한 흥분 같은 것들이 좋았으리라. 어느 날은 양을 조절하지 못해 비틀거리다 아버지에게 혼나기도 했다. 둠벙주에는 밥알이 섞여 있었다. 그래서 다른 지방에서는 동동주라고 했다. 밥알이 동동 뜬다고 그렇게 불렀다. 나처럼 술을 몰래 먹어본 다른 아이들은 진달래꽃으로 빚은 두견주가 달아서 좋다는 의견이 압도적으로 많았다. 하지만 나는 둠벙주가 좋았다. 입에 고인 침을 꿀꺽 삼킨다.

그나저나 내일, 이 시간엔 어디에 있게 될까.

그 물음이 끝나기도 전에 흙 부스러기가 덮쳐온다. 나는 구덩이에 누워 있다. 누군가 삽으로 뜬 흙을 자꾸 흩뿌린다. 구덩이를 벗어나려 버르적대지만 소용없다. 차츰 쌓인 흙이 눈과 코만 남겨놓은 나를 속박한다. 숨이 막히고 앞이 캄캄해진다. 죽음 같은 잠 속으로 빠져든다.

# 15

체력이 급격히 고갈되고 있다. 간밤의 짧은 휴식으로는 기운을 회복하기 어려웠다. 새벽부터 강행군을 했다. 다리뿐만 아니라 온몸이 뻑뻑하고 무겁다. 행렬이 멈춘다. 휴식 시간이다. 상자 무게를 이기지 못하고 주저앉는다. 그래도 폭행이 두려워 상자는 고이 내려놓는다. 상자를 다시 들려면 몇 배로 힘들 것이다. 그렇다고 어깨에 걸친 채로 쉴 수도 없다.

내 앞에 있던 짐꾼이 쓰러진다. 입에 거품을 물고 있다. 움직임이 없다. 코골이 남자다. 그가 들었던 상자는 길 아래로 굴러 흙 속에 반쯤 파묻혔다. 병사가 그의 눈꺼풀을 까 보더니 다른 병사에게 고개를 절레절레 내두른다. 죽었다는 건지, 회생할 가망이 없다는 건지 모르겠지만 상자를 옮길 수 없는 상태인 것만은 분명하다. 병사가 발로 그를 길가로 밀어낸다. 비탈을 구르다 상자에 걸린 그는 만세 부르는 자세로 엎어져 미동도 않는다. 병사들에게 필요한 사람의 기준은 상자를 운반할 수 있는 자와 없는 자다. 상자를 들지 못하면 상자와 함께 버려진다. 저기에 내가 누워 있지 말란 법이 없다. 머나먼 타국에서 무명씨로 개죽음을 당할 수는 없다. 독한 마음이 생긴다.

앞사람 발에 차인 돌이 굴러가는 소리에 화들짝 놀란다. 명령을 뒤로 전달하는 병사들의 고함 소리가 흐린 의식 속으로 아련하게 파고든다. 귓속에서 전건을 두드려 모스부호를 보내는 이명이 들린다. 적기를 공격하기 위해 70도 이상으로 급강하할 때처럼 의식을 잠깐씩 잃는다. 의식을 찾을 때마다 어금니를 문다. 손아귀에 힘을 주어 상자를 움켜쥔다. 그 일련의 과정들이 반복된다. 반복의 고리가 끊어지는 순간 버려지는 상자와 같은 운명이 될 것이다. 감각들이 제기능을 상실한 지 오래다.

무슨 소리를 들은 듯하다. 귀를 활짝 열지만 흐릿한 내 의식이 만든 환청인지, 고막을 통해 들리는 실제 소리인지 모호하다. 사람들의 걸음이 빨라진다. 정말 빨라진 건지, 빨라졌다고 내가 생각하는 건지 모르겠다. 내가 보고 듣는 것, 만지고 맡는 것, 모든 것이 다 비현실적이다. 목이 말라 혓바닥이 갈라지고 목구멍은 찢어지는 듯하다.

이 감각들은 내가 만든 망상이 아닐까. 살아 있다고 생각하지만 실은 이미 죽어서 상자라는 업보를 메고 있는 건 아닐까.

짐꾼과 병사 들이 달린다. 정신이 몽롱한 와중에도 팔다리가 연체동물처럼 흐느적거리는 꼬락서니들이 우습다. 어느새 나도 달리고 있다. 그들의 몸짓에서 어떤 조짐을 읽은 것이다. 두 다리가 번갈아 움직이는 동작은 관성과 관념이 된 지 오래다. 내가 앞으로 나아가는 것인지, 나를 둘러싼 사물들이 뒤로 물러나는 것인지조차 헷갈린다. 상자를 내팽개친 사람들이 길옆의 비탈로 내려간다. 두 발로 걸어가는 사람은 드물고 거의가 뒹굴거나 엉덩이로 미끄럼을 탄다. 그제야 제대로 보인다. 아래에 개울이 있다. 좀 전에 내가 들은 건 물소리였다. 신체 능력이 한계에 도달하면 어떤 감각은 폭발적으로 발달하는가 보다.

사람들이 허겁지겁 개울물을 떠 마신다. 폭이 2미터가량인 개울은 물빛이 흐리다. 땀내와 오랫동안 씻지 않은 사람들의 체취를 뚫고 맡아지는 물 냄새가 싱그럽다. 코를 박고 정신없이 물을 들이켠다. 개울에 뛰어든 사람들로 흙탕물이 되었어도, 물에 이물질이 섞여 있어도 개의치 않는다. 전염병에 대한 두려움도 뒷전이다.

물이 목구멍까지 차도 해갈되지 않는다. 물을 마신다고

해결될 갈증이 아니다. 나는 사람들을 비집고 물에 뛰어든다. 온몸이 세포를 활짝 열어 물을 빨아들인다. 벌거벗고 성기와 고환을 내놓은 채 뛰어다니는 사람들도 있다. 짐꾼과 병사가 뒤엉켜 물장구를 친다.

위쪽에서 함성이 울린다. 우리가 지르던 소리는 함성에 묻혀버린다. 정신을 차리니 개울 양쪽 기슭으로 사람들이 몰려 내려온다. 하나둘씩 하던 짓을 멈추고 몰려오는 사람들을 쳐다본다. 지나인들이다. 손에는 농기구와 몽둥이 따위를 들었다. 간간이 화승총이나 지나군의 중정식 소총, 일본군의 아리사카 38식 보병총을 들기도 했다. 미군의 톰슨 기관단총을 든 사람도 있다. 전근대와 근대가 공존하는 무기들이다. 모두 성난 얼굴들이다. 구이쯔[鬼子]*로부터 자신들의 가족과 고향을 지켜준 지나군에게 고마움을 표시하려는 환영 행사가 아닌 것만은 분명하다. 우리가 우왕좌왕하는 사이에 지나인들은 순식간에 개울가에 둔 무기들을 탈취한다. 쉬고 있는 병사들은 무장해제를 당한다. 인원이 너무 많아 항거할 수가 없다. 지나인들은 우리를 에워싼다. 눈빛들이 차갑고 매섭다. 움직임이 비적단이라고 하기에는 어설프

---

\*     외국의 침략자에 대한 욕설. 여기에서는 일본군을 가리킨다.

고, 평범한 농민들이라고 하기에는 조직적이다.

지나군복을 입은 중년이 바위에 올라서서 짧게 말한다. 여러 명이 무리를 이탈한다. 저만치 가던 남자가 돌아와 내 팔뚝을 잡아끈다. 나와 함께 끌려온 사람이다. 그는 소총을 든 지나인에게 귀엣말을 하며 무리를 이탈한 한 청년을 가리킨다. 지나인들이 달려들어 발가벗은 청년을 매타작한다. 어떻게 돌아가는 판국인지 알 만하다. 지나군복을 입은 중년이 짐꾼으로 끌려온 사람들을 열외시켰는데, 군복을 벗고 있던 지나군 청년이 그 대열에 슬쩍 끼어들었다 발각된 것이다. 폭행을 피해 도망치다 잡힌 청년은 다시 두들겨 맞다 축 늘어진다. 머리와 입가에 흐르는 피로 파리들이 꼬인다. 곡괭이처럼 생긴 농기구에 머리를 맞은 게 치명타였다.

대위 계급장을 단 장교가 지나군복을 입은 중년에게 항의한다. 장교는 말이 끝나기도 전에 지나군복의 권총에 머리를 맞고 즉사한다.

지나군복의 중년은 탈영한 장교일까.

체격이 꽤나 다부지고 거침없이 사람을 쏘는 모양새가 민간인은 아닌 듯싶다. 이번에는 지나인 복장을 한 사람이 나서서 말한다. 병사들이 장비를 한곳에 내려놓기 시작한다. 개인 장비는 물론이고 무전기와 중화기까지도 예외가 없다. 한쪽에서 실랑이가 벌어지더니 총성이 울린다. 그 소리가 신호라도 된 듯 일부 병사들이 저항한다. 산발적이고 고립적인 저항은 곧 제압된다. 양측에서 사상자가 발생한다. 탈진한 데다 전의마저 상실한 대다수 병사는 전우들이 죽어나가는데도 바라보고만 있다. 지나인 복장을 한 사람이 우리를 향해 말한다. 이젠 말하는 사람의 표정과 어조, 그리고 말을 듣는 사람의 반응을 보면 말의 내용이 대충 짐작된다. 나에게 유리한지 불리한지를 판단하는 초보적인 수준이지만 그것이면 충분하다. 언어가 통하지 않으니 눈치만 는다. 이제까지의 경험으로 보건대 나쁜 내용은 아니다. 지나인 복장이 돌아서자 끌려온 짐꾼들이 같은 곳을 향해 움직인다. 가족이 피란 가는 방향일 것이다. 나도 그들을 따라간다.

길에 올라서니 아래쪽의 상황이 한눈에 들어온다. 지나인들이 병사들을 한곳으로 몬다.

평범한 지나인들은 왜 자기네 병사들에게 화가 난 것일까.

짐작되는 바가 있긴 하다. 소화 17년(1942년), 허난성에 대기근이 있었다. 지나인들은 그 원인으로 수재·가뭄·메뚜기, 이 세 가지와 더불어 이 지역을 방어하는 지나군 제1전구 부사령관 탕언보를 포함시켰다. 기근으로 아사자가 수백만임에도 민폐가 극심했기 때문이었다.

소화 13년(1938년) 허난성 동부, 안후이성과 장쑤성 북부를 강타한 수재 또한 자연재해가 아니었다. 쉬저우에서 퇴각 중이던 지나군 제5전구 병력과 지나군의 전시 수도인 우한을 보호하기 위해 국민당 정부는 극약 처방을 내렸다. 정저우 북쪽에 있는 황허강의 화위안커우 강둑을 무너트린 것이다. 국민당 정부가 대피 권고를 하지 않아 수많은 사망자와 이재민이 발생했다. 막대한 농경지가 수몰되거나 토사에 묻혔다. 국민당 정부는 일본군 항공대가 강둑을 폭격했다고 발표했다. 그해 10월 말에 우한은 일본군 수중에 들어갔다. 제5항공군 사령부로 가다 보면 화북평야에 남아 있는 드넓은 수재 지역을 아직도 볼 수 있다. 국민당에 대한 반감이 조금 전과 같은 민심 이반의 원인이 되었을 것이다.

사람들과 일정한 거리를 두고 따른다. 해방감과 안도감에 사람들의 발걸음이 가볍다. 자기들끼리 웃고 떠드는 소리가 경쾌하다. 물을 마시고 기운을 차렸는지, 고된 짐꾼 생활에서 벗어난 홀가분함 때문인지 알 수 없다. 몰려다니다 다시 잡힐 수도 있다. 걸음을 멈춘다. 구릉지를 돌아 사람들이 사라진다. 허공으로 흩어지던 말소리도 사라진다. 나만 남는다. 문득 나무도 풀도 돌멩이도 낯설다. 나에게 늘 붙어 다니는 그림자가 검은 것도 낯설다. 단지 혼자일 뿐이고, 의도한 낙오이건만 혼자인 게 불길한 징조처럼 여겨진다. 여기서는 어디를 가도 혼자일 것이므로 불길함을 떨쳐낼 수 없을 것 같다. 해의 위치를 보고 방향을 잡는다.

얼마나 걸었을까. 아랫배가 살살 아프다. 바지를 내리고 길가에 쭈그려 앉는다. 묽은 변이 쏟아진다. 개울물을 마셔서 배탈이 났길 바랄 뿐이다. 이질이나 콜레라에 걸렸으면 큰일이다.

배탈이나 설사에는 정로환 두 알이면 되는데.

어려서부터 한약이나 민간 약제에 의존해서인지 양약은 나와 잘 맞지 않았다. 하지만 염소 똥처럼 생긴 데다 소독약 냄새까지 나는 정로환은 예외였다. 냄새가 얼마나 강한지 입안뿐 아니라 오줌에도 배어 있었다. 러일전쟁 때 개발되었고, 원래는 다른 명칭이었다가 나중에 러시아를 정벌한 약이라 하여 정로환(征露丸)으로 부르게 되었다고 들었다. 치료하는 약에도 전쟁과 관련된 명칭을 붙인다니 쓴웃음이 난다.

손에 잡히는 풀을 뜯어 뒤처리를 한다. 일어나려다 아찔한 현기증에 주저앉을 뻔한다. 무릎을 짚고 겨우 일어난다. 갈 길이 먼데 걱정이 앞선다. 설사가 계속되면 기운이 점점 빠질 것이다. 이를 악문다. 그래도 가야 한다.


잔돌에 무릎이 쓸리고 찍힌다. 등허리에 땀이 솟으며 뜨거운 기운이 온몸으로 퍼진다. 아주 적은 신체 활동에도 기운을 쥐어짜 내야 한다. 구릉지에 올라서다 멈칫한다. 조금 전과는 전혀 다른 광경이 펼쳐져 있다. 백병전을 벌인 흔적이다. 얼른 엎드려 주위를 살핀다. 인기척은 없다. 지나군과 일본군이 사이좋게 나란히 누워 있기도 하고, 지나군이 일본군에게 깔려 있기도 하다. 그 반대도 있다. 둔기에 얼굴이 뭉개졌거나 몸 안의 피가 빠져나가 얼굴이 백지장처럼 하얀 시체도 있다.

치열했던 전장에는 괴괴한 정적만 흐른다. 부상자는 없다. 혼자서 보행이 가능하거나 경미한 경상자는 데려갔을 테고, 남겨진 중상자는 적에게 죽임을 당했을 것이다. 아군이든 적군이든 중상자는 거추장스럽고 처치 곤란한 짐일 뿐이다. 포로가 되는 게 두려워 자살한 부상자도 있을 것이다. 소화 16년(1941년), 육군대신이던 도조 히데키는 32쪽짜리 전투 규정집인 '전진훈(戰陣訓)'을 공표했다. 소지가 간편한 소책자로도 배포했는데 제2장 제8절이, 살아서 포로가 되는 치욕을 당하지 말고 죽어서 죄화(罪禍)의 오명을 남기지 말라, 였다. 일본군은 포로가 된 다음의 행동 규칙에 대해서는 가르치지 않았다. 천황의 군대에 포로란 없었다. 지휘관과 병사 들은 포로와 후퇴를 일본군에게는 용납되지 않는 행위로 받아들였다. 보병에게 지급되는 수류탄 중 한 발은 자폭용이라는 말이 떠돌았다.

그건 조종사들에게도 똑같이 적용되었다. 다케야마 다카시로 창씨개명 한 최명하 대위는 수마트라섬의 페칸바루비행장을 폭격하는 작전 중에 불시착했다. 부상당한 그는 원주민의 집에서 치료를 받다 오란다(네덜란드)군에게 포위되자 권총으로 자결했다.

또 한 사람은 내 중학교 선배인 지인태 대위였다. 그는 노몬한사건*에 참전해 정찰 임무 수행 중에 피격되자 그대로 적진지로 돌진해 자폭했다. 학창 시절에 늘 일등만 하던 그는 육군사관학교를 거쳐 제1기 육군항공사관학교를 차석 졸업했다. 내가 중학교 신입생일 때 교장선생은 조회 시간마다 본받아야 할 선배로 그를 언급했다.

---

* 1939년 5월부터 8월까지 몽골과 만주국의 국경인 할하강 유역에서 소련군·몽골군과 관동군·만주국군 간의 국경분쟁에서 비롯된 전투. '할힌골 전투'라고도 불린다.

# 16

아무리 둘러봐도 적십자 마크 완장을 찬 위생병은 없다. 죽었어도 의낭(醫囊)만은 챙겨 갔을 것이다. 기대가 무너지자 실소를 짓다 풀썩 주저앉는다. 일본군이나 지나군 모두 보급물자 부족에 허덕였다. 의료용품은 말할 것도 없었다. 일본군은 가벼운 총상 정도는 민간요법에 의지하는 형편이다.

일본군들의 배낭이 죄다 열려 있고 남은 게 없다. 당연히 먹을 것도 없다. 참호 끝 후미진 곳에서 죽은 일본군의 배낭은 뒤진 흔적이 없다. 배낭을 빠르게 벗겨낸다. 20~30킬로그램은 너끈히 나갈 것 같다. 보병들은 불쌍하다. 이 무거운 걸 짊어지고 행군하고 싸우고 또 행군하고.

짐작대로 다른 사람의 손을 타지 않았다. 이와무라라고 쓰인 배낭 맨 위에서 쌀자루가 나온다. 건조야채와 분말 간장과 미소된장, 소금과 기리보시 등의 부식도 있다. 바구미가 섞인 쌀을 볼이 미어터지게 입에 넣고 배낭을 통째로 뒤집는다. 한꺼번에 입구로 몰렸던 내용물이 몇 번 흔들자 쏟아진다. 쓸 만한 게 없다. 건빵이나 통조림, 어포나 육포가 없는 게 아쉽다.

이와무라가 허리에 차고 있던 수납 가방 안에서 고무 재질의 방독면을 꺼낸다. 우주인(외계인)의 얼굴 거죽처럼 징그럽게 생겼다. 입안에 든 쌀을 삼킨다. 저작이 되다 만 쌀알갱이들이 껄끄럽다. 침을 그러모아 목구멍 주위에 남은 찌꺼기와 함께 삼킨다. 씹을 땐 몰랐는데 쌀은 문내를 풀풀 풍긴다.

방독면의 정화통을 열어 안에 든 활성탄을 먹는다. 유일한 처방인데도 먹는 게 아닌 걸 먹으려니 헛구역질이 난다. 활성탄이 수분을 흡수해 입안이 까슬거린다. 다시 배가 뒤틀린다.

생쌀과 활성탄 중 뭐가 문제일까. 아니면 둘 다일까.

뭐가 됐든 위장은 아직 음식물을 받아들일 준비가 안 되었다. 엉덩이를 까고 쭈그려 앉는다. 생쌀이 그대로 나온다. 입과 항문만 있고 그 사이의 소화기관은 없는 것 같다. 이와무라의 군인수첩을 찢어 뒤지로 쓴다. 항문 주위가 쓰리다. 스무 살인 이와무라 상등병은 오키나와 출신이다. 본토의 최남단인 오키나와는 고유어인 류큐어가 있었으나 방언 취급을 받다 아예 사용이 금지되었다. 이와무라는 본토인과 의사소통에 지장이 있었을 것이고, 섬 출신이라는 이유로 차별을 받았을 것이다. 여러모로 조선인의 처지와 닮은꼴이다. 약모(略帽) 위에 겹쳐 쓴 철모 아래로 드러난 이와무라의 얼굴은 본토인과 달리 둥근 편이다.

외모가 다른 이와무라를 보니 유이치가 떠오른다.


히로키 유이치는 야마구치 출신이었다. 얼굴이 곱상하고 피부는 실핏줄이 보일 만큼 희다 못해 투명했다. 몸매가 호리호리하고 허리마저 잘록해 여장만 하면 영락없이 여자였다. 얼핏 와카슈도[若衆道]*의 여장 미소년이 연상되었다. 조선이었다면 기생오라비 같다고 놀림깨나 받았을 외모였다. 유이치는 수줍음이 많았다. 적면공포증도 있어 행동과 말이 어물어물했다. 그 이유로 걸핏하면 교관에게 기합을 받았다. 함께 지내는 시간이 늘어날수록 육군항공학교보다는 모뽀(모던보이) 복장으로 시부야역에서 노면전차를 기다려야 할 아이라는 생각이 강해졌다. 손에 프랑스어로 된 잡지를 들고 있으면 더 제격일 터였다. 남성미가 부족하다는 게 조종사로서의 결격 사유는 아니었다. 권기옥과 박경원 같은 여성 비행사도 있으니까. 하지만 유이치는 뱃심이 없고 유약

*　메이지유신 이전에 성행한 남색 문화.

했다. 게다가 코피를 쏟는 병이 있었다.

일과가 끝나고 목욕을 하던 유이치가 갑자기 코피를 흘렸다. 옆에서 씻던 나는 몹시 놀랐으나 유이치는 남들 눈에 띄지 않게 코피를 닦았다. 신체검사가 엄격하긴 해도 복잡하고 정교한 신체를 청진기나 뢴트겐(엑스레이)으로 검사하는 건 한계가 있었다. 코피를 흘린 건 오래되었고, 원인은 의사도 모르며 생활하는 데는 지장이 없다고 했다. 하지만 어찌됐든 몸에 이상이 있다는 신호였다. 유이치는 덤덤하게 지원자가 몰리지 않는 통신이나 기술로 빠지면 크게 문제될 건 없다고 말했다. 지상에서만 근무하면 될 거라고. 한번은 학과 성적이 하위권에서 맴도는 유이치에게 지원 동기를 물었더니 남자다움을 증명하기 위해서라고 했다. 다른 사람들의 평가가 한 사람에게 아주 나쁜 영향을 미친 사례였다.

생도 중에는 조선인도 있었지만 나는 일본인으로 지냈다. 굳이 내 정체를 밝혀 일이 복잡해지는 게 싫었다. 나는 유이치와 단짝이 되었다. 유이치는 조선인이나 대만인 생도를 대할 때 내지인과 외지인, 일등국민과 이등국민으로 구분하거나 차별하지 않았다. 유이치에게는 내 비밀을 털어놓았다. 유이치는 놀라워하며 다른 사람들이 없는 곳에서는 나를 한토징[半島人]이라 불렀다. 나는 그 명칭이 좋았다. 대륙인 지나와 섬인 일본 사이에 위치한 반도야말로 내 정체성을 대

변하는 것처럼 여겨졌기 때문이다. 게다가 유이치가 그렇게 불러주니 내가 아주 특별한 존재가 된 느낌이었다.

언젠가부터 내무반에 이상한 기류가 흘렀다. 유이치와 나를 바라보는 생도들 눈길이 곱지 않았다. 세면이나 휴식 시간에 우리를 노골적으로 피하는 게 느껴졌다. 어느 날, 한 녀석이 유이치와 내가 남색을 하는 사이라는 소문이 퍼졌다고 귀띔해 주었다. 소대장도 우리를 불러다 경고를 주었다. 그쯤 되니 붙어 다니는 건 서로에게 이롭지 않았다. 유이치와 거리를 두었다. 유이치도 내 마음을 이해하는지 별말이 없었다. 그때부터였다. 유이치가 가끔씩 자습 시간에 불려 나가 저녁점호 전에 돌아왔다. 유이치는 무표정한 얼굴이었다. 한번은 변소에서 목구멍에 손가락을 넣어 토하는 걸 본 적이 있었다. 틈만 나면 입을 헹구고 양치질도 자주 했다. 휴식 시간에도 생도들과 어울리지 못하고 홀로 하염없이 하늘을 바라보고는 했다. 나는 목격한 장면과 생도들의 수군거림으로 어떤 일이 벌어지는지 알고 있었다. 유이치를 부르는 건 교관 중 하나였다. 모두들 은밀한 눈짓과 입 모양으로만 대화를 주고받으며 쉬쉬했다. 위로하고픈 마음은 굴뚝같았으나 용기가 나지 않았다. 또다시 추문에 휩싸이는 게 두려웠다. 퇴교라도 당하면 큰일이었다.

더위가 물러가고 잡초들이 강렬했던 색깔을 잃어가던 무렵이었다. 주번사관이 변소에서 목을 맨 유이치를 발견했다. 유이치의 죽음은 학교에 적응하지 못한 극단적 행동으로 처리되었다.

경추 압박에 의한 질식사.

한 문장으로 요약된 사인은 결과일 뿐이었다. 결과를 만든 원인과 과정을 따지는 사람은 없었다. 유이치의 사건에 대해 함구령이 내려졌다. 유이치의 자살은 '사건'이라는 막연하고 애매한 표현으로 은폐되었다.

학교장은 응접 의자에 앉아 담배를 피우며 질문했다. 나는 노란색 바탕에 아래위로 그어진 붉은 선 사이에서 빛나는 별을 홀린 듯이 바라보았다. 소장은 내가 죽었다 깨어나도 오르지 못할 계급이었다. 병적(兵籍)에 들기는 했으나 아직 생도 신분인 내가 독대한 최고 계급이기도 했다. 몸에 힘이 들어가 꼿꼿한 자세가 되었다. 학교장이 유이치에 대해 물었다. 너무 긴장한 탓에 세부적인 건 기억나지 않았다. 주먹을 무릎 위에 놓은 나는 더듬더듬 대답했다. 설명이 부족하거나 추가할 부분이 있으면 뒤에 서 있던 부관이 보충 질문을 했다. 세상 물정을 모르는 나이기는 해도 세련되고 온화한 미소 뒤에 숨겨진 학교장의 본심을 어렵잖게 간파할 수 있었다. 유이치의 학교생활을 알고 싶은 게 아니었다. 단지 유이치와 친했던 내 입을 막고 싶을 뿐이었다. 부관도 복도에 따라 나와 다시 한번 주의를 주었다. 유이치는 많은 생도들 중의 하나였다. 사건과 사고는 끊이지 않았다. 유독 유이치에 대해서만 학교 측이 민감하게 반응하는 게 의아할 따름이었다.

다음 날, 수업 중에 분대장이 찾아왔다. 좋은 일로 불러내는 경우는 드물었다. 가슴을 졸이며 복도로 나갔더니 면회소에 유이치의 부모님이 와 있다고 알려주었다. 교사를 나서자 분대장이 무표정한 얼굴로 종용했다. 유이치는 외톨이였다고, 그래서 힘들어했다고 말하면 된다고. 입술을 감쳐문 나는 고개를 강하게 끄덕였다. 그러지 않으면 부지불식간에 사실을 말해버릴 것 같아 두려웠다.

면회 장소에는 검은 예복을 입은 사람들이 모여 있었다. 유이치 부모님만 있는 줄 알았던 나는 당황했다. 한눈에도 대단한 가문의 사람들이었다. 귀갑(龜甲) 테 안경을 쓴 유이치의 아버지와 서양화에 등장하는 귀부인처럼 차려입은 어머니는 언행이 위엄 있고 고상했다. 유이치의 형제자매와 친척 들은 손동작 하나에도 기품이 있었다. 사실, 의복과 언행은 껍데기에 불과했다. 얼마든지 꾸미고 지어낼 수 있었다. 하지만 그들에게서 발산되는 분위기는 인위적이거나 작위적인 게 아니었다. 안내하는 장교의 조심스러운 행동에서도 그들의 사회적 지위가 짐작되었다. 나중에 지상근무를 하겠다던 유이치가 떠올랐다. 그땐 흘려들었는데, 돌이켜 보니 그것은 불확실한 미래에 대한 가정이나 기대가 아니라 확언이었다. 분과 배치나 소속 부대를 자신의 의지대로 선택할 자신감이 있었던 것이다. 학교장까지 나서서 입단속을 시킨 이유가 밝혀진 셈이었다.

집에만 알렸다면 죽음을 선택하지 않아도 되었을 텐데. 남자다움을 증명하는 게 죽는 것보다 더 가치 있는 일이었다는 말인가. 유이치에겐 그랬단 말인가.

유이치의 어머니는 나에게 높임말을 썼다. 유이치와 친구로 지내줘서 고맙다고 말할 때 살짝 눈시울을 붉혔지만 미소를 잃지 않았다. 유이치가 면회 오는 걸 극구 말릴 만큼 소중한 친구가 누군지 궁금했다며 다정한 눈길을 보내왔다. 무슨 말인가 했는데, 더하여 말하길 친구가 반도 출신이어서 가족이 면회를 오지 못하니 자기도 오면 안 된다고 했다고, 오면 친구가 가족을 더 그리워할 거 같다고. 그랬구나, 그래서 왜 아무도 면회를 오지 않느냐고 물었을 때 가만히 웃기만 했구나. 나는 울지 않으려고 두 주먹을 부르쥐었다.

유이치의 아버지는 나를 만나고 싶었다며 악수를 하고 나서 내 어깨를 두 번 두드렸다. 그뿐이었다. 그들은 나를 남겨두고 돌아섰다. 유이치의 학교생활이나 죽음에 대해서는 묻지 않았다. 유이치의 형제자매들은 차례로 나에게 깊이 고개를 숙였다. 친척들이 나가자 아무 소리도 들리지 않았다. 시간이 멈춰버린 것 같았다. 적막이 나에게 내려진 형벌처럼 여겨졌다.

나는 어깨가 처져 돌아 나왔다. 유이치 아버지의 손짓은 약했지만 어깨에 남은 느낌은 강했다. 정갈하고 절제된 그들의 슬픔이 나를 더 괴롭게 했다. 애도의 방법이 산만하고 어수선했다면 내 죄책감이 덜했을까. 비통과 참담을 가누지 못해 머리를 쥐어뜯거나 바닥에 뒹굴었다면 말이다. 나를 배려하고 이해해 준 유이치를 배신했다. 내 스스로 비겁한 놈이라 욕하는 걸로 유이치에게 용서받을 수 있을까. 지금의 내 신분으론 아무것도 못 한다는 변명이 용납될까.

나는 벌레만도 못한 새끼다.

애먼 건물 벽에 주먹질을 했다. 반복하자 살갗이 까져 피가 흘렀다. 다친 건 손인데 가슴이 더 아팠다. 벽에 이마를 댄 나는 꺽꺽 흐느꼈다. 그곳을 지나던 다른 중대의 하사관이 나를 발견하고 의무실로 데려갔다. 하사관은 나를 아는 눈치였다. 손으로 입을 가린 하사관이 군의(軍醫)에게 귀엣말을 했다. 군의는 위생병을 시키지 않고 직접 내 상처를 소독하고 붕대를 감았다. 빡빡한 교육과정과 엄격한 규율 속에서 진행되는 단체생활에 적응하지 못하고 꾀병을 부리거나 자해하는 생도들이 종종 있었다. 하지만 그는 내 상처에 대해 묻지 않았다. 그가 투명한 안경알 너머로 나를 응시한 채 사무적인 목소리로 말했다.

"장차 천황폐하와 대일본제국을 위해 싸우는 조종사가 될 소중한 몸이다. 함부로 하지 말도록."

교관은 이틀 뒤에 학교에서 사라졌다. 전출되었는지, 영창을 갔는지, 강제 제대를 당했는지 아는 사람이 없었다. 알고 싶지도 않았다.

# 17

누군가가 무딘 칼로 위를 마구 저미는 것 같다. 눈앞이 노랗고 식은땀이 난다. 어금니를 물고 반합에 쌀을 쏟는다. 주인과 더불어 전장을 누볐을 반합은 찌그러지고 긁힌 곳이 많다. 밑과 옆이 새까맣게 그을었다. 이와무라의 허리에서 수통을 가져온다. 물을 붓는다. 내가 원하는 건 된죽처럼 지은 밥이다. 참호 벽면을 받치고 있던 나무판을 떼어 와 발로 부순다. 허리를 펴면 어김없이 배가 아프다. 수저와 기리보시를 가져다 놓는다. 불땀은 좋은데 끓을 기미가 없다. 지켜보고 있으니 더 안 끓는 것 같다. 무가 부르던 노래를 흥얼거린다. 다섯 번이나 반복했는데도 그대로다. 「성난 독수리의 노래」를 부르는 동안 끓는 소리가 나며 구수한 냄새가 퍼진다. 입안에 가득 고인 침을 삼키는데 목구멍이 아플 지경이다. 격렬한 위통과 속쓰림, 바닥난 인내심이 겹쳐 몇 배나 고통스럽다. 허기를 달랠 요량으로 기리보시 하나를 집어 먹는다. 조선의 무말랭이와 흡사한 기리보시는 오래되어 군내가 난다. 혓바닥이 평범한 염기에도 민감하게 반응한다. 염기가 묽어질 때까지 씹다가 삼킨다. 또 배가 아프다.

이놈의 배는 어떻게 생겨먹은 거람.

뭐만 들어가면 수태한 암고양이처럼 한껏 예민해져 발톱을 세운다. 넘친 밥물이 불길 속으로 떨어져 요란한 소리를 낸다. 더 이상 참을 수 없다. 반합을 들어내 판자 위에 놓는다. 뚜껑이 열리지 않는다. 찌그러진 뚜껑을 억지로 닫은 탓이다. 그을음은 둘째고 뜨거워서 다루기가 어렵다. 직접 손을 대지 않고 하려니 더 그렇다. 두 발로 반합을 고정하고 숟가락으로 반합 뚜껑을 밀어 올린다. 그을음이 벗겨지며 자잘한 자국만 생긴다. 이와무라의 약모로 잡아당겨도 소용없다. 짜증이 난다. 용을 썼더니 이마에 땀이 솟는다. 결국 돌로 찍어 뚜껑을 연다.


뜨거운 김이 내 얼굴을 감싸며 허공으로 퍼진다. 되게 지어진 것 따위는 불평거리가 안 된다.

며칠 만의 화식인가.

입천장이 까지는 줄도 모르고 숟가락을 움직인다. 배탈이 걱정된 머리가 천천히 먹으라고 달래지만 손이 말을 듣지 않는다. 마지막 밥알까지 알뜰하게 긁어 먹는다. 기리보시는 손도 대지 않았다. 손이 갈 겨를이 없었다. 아쉬움에 숟가락을 빤다. 포만감은커녕 겨우 허기만 면했다. 더 먹으면 위에 부담이 될 것이다. 먹은 걸 쏟을까 봐 걱정도 된다. 근원적인 해결책이 아닌 줄 알면서도 아랫배에 힘을 주어 괄약근을 조인다. 문득 담배가 당긴다. 위스키를 마시고 푹 자고 싶다. 평소에는 즐기지 않는 것들이다. 담배도 쓰고 술도 쓰다. 삶을 미각 중 하나로 표현하라면 쓴맛일 텐데, 왜 그렇게들 쓴 걸 찾는지 모르겠다. 갑자기 피식 웃음이 나온다. 배가 부르니 허튼 생각을 할 여유도 생긴다.

참호 벽면에 기대어 눈을 붙였더니 기운이 난다. 잠깐이라고 생각했는데 해가 많이 기울었다. 쌀자루 아가리를 여미다가 만다. 군용품이 아닌 것에 담아가면 좋겠다. 일본군이나 지나군에게 들키면 양쪽에서 다 추궁받을 것이다. 지나군의 시체를 뒤진다. 수염이 덥수룩한 병사의 호주머니에서 노란색 보자기가 나온다. 펼쳐서 보니 군용품이 아니다. 용도는 알 수 없다. 활성탄과 쌀을 보자기에 싼다. 호주머니에 들어가는 물건도 몇 가지 챙긴다. 모포도 탐나지만 손목시계로 곤경을 치른지라 참는다. 부피가 크기도 하다. 욕심을 부리기 시작하면 끝이 없다. 군용품을 지니고 있다 척후병이나 저격병에게 걸리면 표적이 되기 십상이다.

참호에서 올라서다 내 몸의 변화를 알아챘다. 잠들기 전만 해도 개운치 않던 배가 멀쩡하다. 정말 씻은 듯이 나았다. 괜히 아랫배를 쓸어본다. 활성탄의 효과가 놀라울 따름이다. 물을 마셔도 거부반응이 없다. 빈 수통은 여러모로 쓸모가 있겠지만 미련 없이 버린다.

참호를 나서다 멈칫한다. 구릉지 끝, 참호가 시작되는 곳 여기저기에서 네발짐승들이 뭔가에 주둥이를 박고 있다. 쩝쩝대는 소리가 여기까지 들린다. 등허리와 배가 통통하고 털에 윤기가 흐른다. 그 원인을 생각하고 진저리를 친다. 사람이 죽어나갈수록 녀석들은 살이 오른다. 인기척을 느낀 한 녀석이 돌아보더니 입을 벌리고 송곳니를 드러낸다. 콧잔등에는 주름이 잔뜩 잡혔고, 눈에서는 살기를 뿜는다.

이럴 땐 눈을 피하라고 했던가, 마주 보라고 했던가.

마을 어른에게 들었는데 헷갈린다. 유심히 보니 야생화된 개다. 얼른 나뭇개비를 주워 든다. 무기로 쓰기엔 턱없이 짧으나 그래도 든든하다. 녀석은 나를 제압한 것으로 만족했는지 곧 하던 일로 되돌아간다. 먹잇감이 지천으로 널려 있는데 뭐 하러 나까지 사냥을 하겠는가. 들개 무리에게 눈을 둔 채로 뒷걸음친다.


오두막이 나타난다. 느슨해져 가던 경계심을 다잡는다.

상처 입은 짐승처럼 웅크린 누옥은 허물어지기 직전이다. 집 주위를 한 바퀴 돈다. 인기척이 없다. 가축도 보이지 않는다. 지붕에서는 잡초가 자라고 있다.

발소리를 죽여 다가간다. 아래쪽 돌쩌귀가 망가진 문짝이 격한 신음을 내지른다. 바깥을 살피고 재빨리 문을 닫는다. 뭔가가 썩어가는 냄새에 숨을 멈춘다. 판자들을 세로로 붙여서 만든 출입문과 창문을 막아둔 틈새로 들어오는 해 질 녘의 빛은 집 안의 어둠을 물리치기엔 턱없이 부족하다. 눈이 암순응 하길 기다리는 동안 후각도 조금씩 적응한다. 걸음을 떼려다 멈칫한다. 맞은편 벽 앞에 무언가 있다. 보이지 않지만 이쪽을 향해 단단하게 곤추선 적의가 온몸으로 느껴진다.

비적 소굴?

아니다. 나를 공격하려면 기회가 얼마든지 있었다. 아니다. 나를 집 안으로 유인하려는 수작일 수도 있다. 눈을 가늘게 뜨고 집중한다. 희끄무레한 사람의 윤곽이 보인다. 신체의 일부분인 양 왼쪽으로 긴 것이 비죽 솟아 있다. 칼이든 막대기든 나를 해코지할 도구인 것만은 의심할 여지가 없다. 눈길을 앞에 두고 슬금슬금 물러난다. 등이 출입문에 닿는 순간 밖으로 뛰쳐나가려다 걸음이 꼬여 출입문을 안고 나뒹그러진다.

바깥에서 들어온 빛에 좁은 집 안이 적나라하게 드러난다. 까까머리 소년이 나뭇가지를 들고 서 있고, 바닥에는 이불이 펼쳐져 있다. 원래부터 하나인 듯 나뭇가지를 단단히 꼬나든 소년의 손가락은 뼈에 가죽만 입힌 것처럼 말랐다. 불청객의 접근을 허용하지 않겠다는 의지가 무색하게 소년은 겁에 질려 있다. 큰 옷을 걸치고 와들와들 떠는 소년이 애처롭다. 나는 진정하라는 손짓을 하며 천천히 소년에게 다가간다. 나뭇가지를 고쳐 잡고 디딤 발의 위치를 바꾼 소년의 목울대가 크게 움직인다. 소년의 적의와 공격은 몸 안에 머물러만 있다. 표출되지 않는 적의와 공격은 적극적인 방어나 다름없다.

소년과 눈을 맞추며 나뭇가지를 잡는다. 빼앗은, 아니 건네받은 나뭇가지를 내려놓는데 무언가가 내 바짓자락을 당긴다. 화들짝 놀라 발을 피한다. 이불 바깥으로 손이 나와 있다. 핏기가 전혀 없어 꺾으면 삭정이처럼 뚝 꺾일 것 같다. 이불에서 나왔으니까 손이겠거니 하지 다른 곳에서 봤다면 사람의 신체와 연결시키지 못했을 것이다. 손가락도 닭발처럼 가늘다. 부피감이 전혀 없어 이불만 펼쳐놓은 줄 알았다. 산발한 흰 머리칼로 보아 여자다. 하지만 여자라고 단정하기가 주저된다. 육안으로 성별이 구분되지 않기 때문이다. 병색이 완연한 노파의 얼굴은 빈틈없이 주름으로 덮여 있다. 모질고 거친 세월의 풍화를 겪은 피부는 잘 무두질된 가죽처럼 반들댄다. 나를 올려다보는 노파의 작고 초점 없는 눈에 간절함 같은 게 담겨 있다. 소년을 해치지 말라는 의미리라.

노파의 손을 이불 속에 넣어주는 것으로 내 마음을 전한다. 턱까지 올려 덮은 솜이불이 악취의 근원지다. 세탁한 지 오래된 이불이 아니라 산송장이나 다름없는 노파가 온몸으로 발산하는 죽음의 냄새다. 소년에게 숟가락으로 떠먹는 시늉을 해 보인다. 소년이 구석으로 가더니 질그릇을 들고 온다. 삶은 감자 두 개가 담겨 있다. 나는 턱을 이리저리 움직이며 한 번에 들어가지 않는 감자를 욱여넣는다. 어느 순간 숨이 턱 막히며 정신이 아뜩해진다. 입안이 꽉 차 있어 삼킬 수도 뱉을 수도 없다. 캑캑대며 손가락을 입안에 넣는다. 반쯤 파내자 비로소 숨이 쉬어진다. 주먹으로 가슴을 두드리며 소년에게 물을 마시는 시늉을 해본다. 입안에 남은 감자를 삼키고 소년이 갖다준 물을 마신다. 물맛이 이상하지만 그런 걸 따질 겨를이 없다. 소년이 등을 두드려준다. 처음에는 조심스럽고 힘이 실리지 않았지만 차츰 등이 울릴 만큼 강해진다. 적대감을 나타냈던 것과는 딴판이다. 나는 됐다는 의미로 손을 들어 보이며 웃어준다. 지금 이 광경이 왠지 낯익다. 맞다, 고향으로 가던 길에 노파가 주었던 고구

마. 그때도 급히 먹다 목구멍에 걸려 캑캑댔고, 노파가 등을 두드려주었다.

그 노파는 잘 지내고 있을까.

외롭고 힘드니 한 번 만난 인연도 애틋해진다. 소년이 물에다 하얀 가루를 개어 노파에게 먹인다. 노파는 먹는 것보다 흘리는 게 더 많다. 남은 건 소년이 먹는다. 내가 먹은 감자가 소년의 저녁이었던가 싶어 미안하다. 이럴 땐 말이 통했으면 좋겠다. 표정만으로 충분할 때도 있지만 몸짓으로는 전달되지 않는 게 있다.

집 안은 지나 촌락의 여느 집과 마찬가지로 살풍경하다. 이곳이 이들의 집인지, 목적지로 가는 길에 잠시 머무는 숙소인지 모르겠다. 허기를 끄고 나니 깨나른해진다. 더 늘어지기 전에 일어나 부서진 출입문을 문틀에 맞춰 세워둔다. 소년이 무릎을 세우고 그 위에 얼굴을 묻는다. 노파는 숨소리조차 없다. 나는 먼 길을 걸은 노독과 식곤증이 겹쳐 끄덕끄덕 졸다 옆으로 쓰러진다.

# 18

끔찍한 통증에 벌떡 일어난다. 골반에 손이 가 있다. 다시 어깨에 뭔가가 내리꽂힌다. 잠기운을 떨치지 못해 허둥대는 와중에도 신음이나 말이 새어 나가지 않게 하려고 입을 꽉 다문다. 두 손으로 골반과 어깨를 문지르며 정신을 차린다. 일본군이 착검한 소총을 나에게 겨누고 있다. 나는 놀라서 엉덩이걸음으로 물러난다. 일본군 하나는 무릎을 꿇은 소년을 등 뒤에서 감시하고, 다른 일본군들은 집 안을 수색한다. 여러 명이 돌아다니니 좁은 집이 꽉 찬다.

"식량 어디다 숨겼어?"

일본군이 총검을 바투 들이대고 소년에게 다그친다. 소년이 못 알아듣자 일본군이 손으로 무언가를 먹는 시늉을 한다. 따귀를 세 대 얻어맞은 소년이 바깥을 가리킨다. 손가락이 사정없이 떨린다. 날이 밝아 출입문 너머가 환하다. 몸이 가뿐하고 정신이 맑다. 한 번도 깨지 않고 잤다. 소년을 앞세워 나간 일본군들이 잠시 뒤에 나오라고 소리친다.

"일어나!"

일본군이 나에게 말한다. 못 들은 척하다 등짝을 걷어차인다. 각오했던 터지만 눈물이 찔끔 나올 만큼 아프다. 이대로 맞다간 골병들기 십상이다. 바닥에서 버르적대고 어버버, 어버버하면서 손바닥을 싹싹 비빈다. 건넛마을에 사는 벙어리 노총각을 보아온 터라 농아 흉내를 내는 데는 자신 있다. 일본군이 험악한 얼굴로 일어나라고 다시 소리친다. 귀와 입을 가리키고 나서 손을 내젓는다. 일본군이 총부리를 아래위로 까딱까딱한다. 일어나는데 뒤에서 고함 소리가 들린다. 폐부 깊숙이에서 응축했다 끄집어낸 소리는 우렁차다. 반사적으로 고개가 돌아가려는 걸 참는다. 나에게 소총을 겨눈 병사가 흠칫 놀라 소리 난 쪽을 본다. 노파가 이불 속에서 기어 나오고 있다.

숨쉬기조차 힘겨워하던 노파의 몸 어디에 저런 힘이…….

노파는 허공에 뻗친 손으로 연신 갈퀴질을 해댄다. 소년이 잡혀가는 걸 막으려고 죽을힘을 다하는 중이다.

"죽으려고 작정을 했구만."

일본군이 욕설을 지껄이며 노파에게 간다. 개머리판으로 머리를 내리찍자 둔탁한 파열음이 난다. 노파는 한 번의 가격만으로도 즉사했을 텐데 일본군은 방아질을 계속한다. 박살 난 두개골에서 흘러나온 피와 뇌수가 흰 머리칼과 뒤엉킨 다음 이불을 적신다. 뒤통수는 함몰되어 형체가 없다. 노파는 숨이 끊어졌지만 신경은 살아 손가락 끝이 경련한다. 뇌수가 튀어 군복 앞자락이 얼룩진 일본군은 된숨을 몰아쉰다. 인중과 턱에 수염이 많고 나이 든 얼굴이지만 상등병 계급장을 달고 있다. 일본군은 철모 아래의 두 눈이 분노인지 광기인지 모를 빛으로 번들거린다.

노파가 자신을 놀라게 한 것에 이토록 화가 난 걸까. 아니면 아직도 까마득한 제대 날짜에 절망해 될 대로 되라는 심정인 걸까. 지나의 황사와 햇볕과 광활한 대지에 염증이 난 건가. 군복이, 전쟁이 그의 몸 안에 웅크리고 있던 악마를 깨운 걸까. 전쟁이 아니었다면 선량하고 평범하게 살았을까.

노파를 향했던 공격성이 나에게로 옮겨 올 것이 무서워 말릴 엄두를 내지 못했다. 보고만 있어야 하는 내가 혐오스럽다. 비인간적이라는 비난은 얼마나 인간적인가. 그 표현은 인간이 있어야 가능하다. 이곳에는 인간이 없다. 그러므로 비인간적이라는 표현도 존재하지 않는다.

이윽고 일본군이 지친 한숨을 내쉬더니 노파의 머리를 걷어찬다. 너덜거리는 두피를 찢고 나와 있던 골편들이 반대편으로 날아간다. 군홧발을 굴러 골수를 털어낸 일본군이 개머리판을 이불에 문지르고 나서 냄새를 맡더니 얼굴을 찌

푸린다. 일본군이 총검을 내 가슴팍에 들이댄다. 나는 뻣뻣하게 굳는다. 끔찍한 장면을 목격한 충격에서 헤어 나오지 못한 터라 더 놀란다. 일본군이 실소를 흘리며 총구로 바깥을 가리킨다. 뭐 이런 것에 과민 반응하느냐는 얼굴이다. 바깥으로 가자고 하니 당장 죽일 작정은 아니다. 천진함과 잔인함이 구분되지 않는 병사의 웃음이 머릿속에 잔상으로 남는다. 일본군이 집에 불을 지른다.

일본군들이 모닥불에 둘러앉아 있다. 각자 대검에 꽂은 옥수수를 불 위에서 굽는다. 구수한 냄새에 침을 꼴깍 삼킨다. 일렁이는 불꽃에 물들어 낄낄대는 일본군들의 얼굴이 야차 같다. 둘은 경계를 서고 있다. 한쪽에 쪼그려 앉은 소년은 흐느끼며 집 쪽을 보고 있다. 노파가 죽은 걸 아는 눈치다. 노파가 어떻게 죽었고, 시신이 어떻게 훼손되었는지는 영원히 모르기를 바랄 뿐이다. 간간이 뭐라고 하는 중얼거림 속에는 노파에 대한 애틋함이 묻어 있다. 밝은 데서 보니 더 말랐고 더 어리다. 일본군들 옆에 자루 두 개가 놓여 있다. 입구가 풀어 헤쳐진 자루에는 옥수수가 담겨 있다. 다른 건 풀지 않았지만 감자인 것 같다.

나를 데려온 일본군이 내가 농아라고 알려주자 키가 작은 일본군이 내 두 손과 머리를 살펴본다.

탈영한 지나군인지 알아보려는 건가.

군모를 쓰면 머리 둘레에 자국이 남지만 항공모는 머리 전체를 감싸기에 그렇지 않다. 방아쇠를 당기면 검지에 굳은살이 생긴다. 하지만 나는 비행 장갑을 착용했었다. 내 손은 집안일을 도와 험한 편이다. 손가락이 짧고 마디가 굵어 볼품이 없다. 손톱 밑에는 때가 꼈다. 수레를 끈 탓에 손은 더 험해졌다. 강한 햇볕에 탄 얼굴과 거지꼴인 입성은 전투기 조종사인 내 정체를 감추는 데 도움이 된다. 내 손을 뿌리치듯 내려놓던 키가 작은 일본군이 불현듯 내 뺨을 후려친다. 얼굴이 오른쪽으로 돌아간다. 코피가 주르륵 흐른다. 나는 신음을 삼킨다. 키가 작은 일본군이 만족한 듯이 씩 웃는다. 확실하진 않으나 정말 농아인지 알아보려고 한 손찌검 같다. 그래도 나를 농사꾼쯤으로 여기는 눈치다. 키 작은 일본군이 내 어깨를 잡아 돌려세운다. 분대 규모의 정찰대다. 지나군에게 잡혔을 때보다 상황이 더 나쁘다.

일본군들은 기분이 좋아 보인다. 오장 계급장을 단 일본군이 옥수수를 한 입 먹어보고는 덜 익었다고 투덜댄다. 보급 사정이 좋지 않은 데다 보급선마저 차단된 일본군은 보급을 현지조달에 의존했다.


한 병사가 남쪽을 가리킨다. 그쪽으로 고개를 돌린 오장이 씹는 걸 멈춘다. 병사들도 오장과 같은 방향을 쳐다본다. 검은 무언가가 이곳으로 몰려온다. 넋을 놓고 응시하는 병사들의 얼굴에서 그것이 먹구름이 아님을 알 수 있다. 머잖아 거대한 너울이 하늘을 덮는다. 사방이 일식 때처럼 어둡다. 너울은 수많은 곤충들로 이루어져 있다. 그 작은 것들이 내는 날갯짓 소리에 어지럼증이 인다. 작아도 얼굴이나 몸에 부딪치니 자못 위협적이다. 일본군들이 필사적으로 약탈한 식량을 감싸안는다. 몇몇은 소총을 허공에 대고 휘두른다. 땅바닥에 떨어져 날개를 떠는 비행체는 메뚜기다. 상등병이 욕설을 퍼부으며 군홧발로 메뚜기를 짓이긴다.

메뚜기 떼의 악명은 익히 알고 있다. 지상에 내려앉으면 저희들끼리 겹겹이 깔고 앉아 그 두께가 수십 센티미터에 이르고, 지나간 자리에는 폐허만 남는다고 했다. 허난성에서 기근이 발생한 원인 중의 하나이기도 했다. 지나에서는 메뚜기를 황충(蝗蟲)이라고 한다. 일본군은 자신들을 천황 폐하의 군대라는 의미로 황군(皇軍)이라 칭했지만 지나인은 황군(蝗軍)이라 불렀다. 일본군은 식량뿐 아니라 땔감도 약탈했다. 나무가 없으면 가재도구를 빼앗고 문짝을 떼어 갔다. 그러니까 일본군은 지나인들에게 막대한 피해를 주는 메뚜기 떼에 지나지 않는다.

메뚜기 떼는 곧 지나간다. 작물이나 식물이 없는 이곳에 머물 이유가 없다. 일본군이 내가 앉을 자리를 지정해 준다. 소년 옆이다. 영양부족으로 버짐이 핀 소년의 뺨으로 하염없이 눈물이 흐른다.

식량이 있음에도 아낀 건 노파를 봉양하기 위해서였던가.

작고 가냘픈 소년의 어깨에 가만히 손을 올린다. 위로의 말을 건네고 싶지만 지나어를 모른다. 안다 해도 입 밖으로 낼 수가 없다. 손을 통해 내 마음이 전달되기를 바랄 뿐이다. 소년이 팔뚝으로 눈물을 닦아낸다. 그러고는 얼굴에 남은 눈물을 두 손으로 야무지게 훑어내더니 분연히 일어나 내달린다. 암시나 조짐 없이 벌어진 돌발 사태에 나는 입만 떡 벌린다.

"정지!"

경계를 서던 일본군이 발견하고 소리친다. 옥수수를 우물거리던 조장이 이등병을 지명하면서 소년을 향해 고갯짓한다. 느긋한 오장과 달리 소총을 잡고 일어난 이등병은 허둥대며 사격 자세를 취한다. 주눅이 든 건지, 심약한 건지 손을 떨고 있다. 소년이 들판에서 바람을 만든다. 그 바람이 헐렁한 옷 속에 감춰진 소년의 야윈 몸매를 여과 없이 드러낸다. 제 딴에는 진력을 다한 질주겠지만 내가 보기에는 형편없이 느리다.

이리저리 방향을 틀어, 조준하지 못하게!

마음속으로 외친다. 나도 모르게 주먹을 쥐고 있다. 내 바람과는 다르게 소년은 같은 진로를 유지한다. 총성이 울린다. 눈을 질끈 감았다 뜬다. 소년은 여전히 달리고 있다.

옳지! 그렇게 멀리멀리 달아나!

오장이 이등병의 복부를 군홧발로 걷어찬다. 머리에서 떨어진 철모를 얼른 주워 쓴 이등병이 부동자세를 취한다. 바짝 얼어 신음조차 내지 않는다. 반쯤 먹은 옥수수를 옆의 병사에게 맡긴 오장이 일어나며 바지에 손을 문지른다. 가늠쇠에 오른눈을 대며 몇 차례 자세를 고친 오장이 숨을 멈춘다. 소년을 집요하게 따라가던 총구가 격발과 동시에 들린다. 허공에 뜬 채로 잠시 정지했던 소년은 그대로 고꾸라진다. 두 번을 구른 소년은 미동도 없다.

일어나! 다시 뛰어!

내 다그침에도 몸피가 얇은 소년은 지면과 하나가 되어 움직임이 없다. 구경하던 병사들이 환호한다. 노파의 머리를 박살 낸 병사가 박수를 치며 연신 스고이, 를 외친다. 오장은 으쓱한 얼굴로 앉아 돌려받은 옥수수를 먹는다. 일본군들은 가는 나뭇가지에 메뚜기도 겹겹이 끼워 굽는다. 고소한 냄새가 내 침샘을 자극한다. 소년이 불쌍한 건 불쌍한 거고, 배가 고픈 건 고픈 거다.

병사들이 떠날 채비를 한다. 나는 자루를 들고 병사들 앞에서 걷는다. 자루들이 내 목숨을 살렸다. 곡식이 발견되지 않았다면 나는 살아남지 못했을 것이다. 내 목숨값은 곡식 두 자루에 불과하다.

# 19

    나보다 두 달 먼저 온 초메이는 지나인이다. 나이는 십오륙 세 정도다. 일본어를 읽거나 쓰는 건 많이 부족해도 말은 잘한다. 정식 교육을 받지는 않았는데도 놀라운 수준이다. 매일 일본어 공부를 한다지만 단기간에 성취할 수 있는 실력이 아니다. 어디서 배웠는지 궁금했으나 참았다. 사소한 호기심과 목숨을 맞바꾸는 건 어리석은 짓이다. 몸짓 대화가 길어지면 꼭꼭 담아두었던 말이 봉인을 찢고 튀어나올 수도 있다. 도처에 적이 깔려 있다. 모든 것이 적이다. 조선인 병사가 누구인지 알아두려 했던 시도도 그만두었다. 그들이 내 편이 되리란 보장이 없었다.

    일본군들은 나를 데려와 이곳에 넘겼다. 마침 일손이 부족했기 때문이다. 혼자 있거나 한가할 때, 내가 자루 운반용으로만 필요했다면, 하다가 고개를 젓고는 한다. 그 생각을 하면 어김없이 팔뚝에 잔소름이 돋는다. 처음 만난 날, 병사에게 내가 농아라는 얘기를 들은 초메이는 땅바닥에 삐뚤빼뚤 '汪兆銘'이라 썼다. 그러고 나서 자기 입을 가리키며 또박또박 오초메이라고 발음했다. 이어 '汪'을 지우고는 다시 초메이, 초메이라고 말했다. 초메이는 중대장에게 입양되기를 바라고 있다. 자식이 없는 중대장은 초메이를 귀여워해 틈틈이 일본어를 가르쳐준다. 교재는 전진훈과 군인칙유, 야전구급법이 적힌 소책자들이다. 그래서 초메이는 병사들보다 군인칙유를 더 잘 외운다. 나중에 알고 보니 오초메이는 왕자오밍의 일본식 발음이다. 왕자오밍은 왕징웨이[汪精衛]의 본명이다. 그는 국민당 정부의 수도였던 난징에 친일정부를 세우고 주석에 오른 지나인이다. 왕징웨이처럼 일본에 협력하는 사람이 되라는 의미에서 중대장이 지어준 이름이다. 초메이에게서 일본인이 되려고 안간힘을 썼던 내 모습을 볼 때가 있다. 나도 저랬겠구나 싶으면 마음이 착잡해진다.

일본군들과 무람없이 지내는 초메이 덕분에 편하게 지낸다. 초메이는 일본군과의 관계에서 공경과 불경 사이를 오가며 아슬아슬하게 줄타기를 한다. 내가 볼 때는 분명 불손인데도 일본군들이 친근함으로 받아들이게 하는 비상한 재주가 있다. 그럴 때마다 마음을 졸이며 지켜본다. 초메이는 나름대로 정해놓은 선을 절대로 넘지 않는 것 같다. 조선의 길거리에서도 흔히 마주치는 평범한 인상의 소년이 어떨 때는 노회한 늙은이처럼 행동하다가, 또 어느 때는 철부지처럼 군다. 뱃속에 뭐가 들었는지 도무지 모르겠다.

초메이와 나는 군마에게 사료를 주고 똥을 치운다. 사료의 양은 군조가 정해준다. 그는 입대 전에 경마장의 기수였다. 말들은 수레나 포차를 끄는 용도로 길러진 만태마(輓駄馬)다. 말들은 비슷하게 생겼어도 포차를 끌 때의 위치와 역할이 다르다. 장교들이 타는 승마용 말은 다른 마사에서 관리한다. 골격이 크고 우람한 만태마는 승마용 말과는 비교가 되지 않는다. 성질이 예민한 말은 엄격하고 철저하게 관리된다. 정기적으로 이빨을 검사하고, 과식으로 위가 파열되는 걸 막기 위해 사료의 양도 신경 써야 한다. 우리는 말에 손도 대지 못한다. 이곳에 왔을 때 멋모르고 말의 목덜미를 쓰다듬었다 된통 얻어맞았다. 초메이가 나를 때리던 병사의 관심을 딴 데로 돌리게 만들어 폭행에서 겨우 벗어났다. 다른 부대에서는 육군대신에게 훈장을 받은 군마도 있다는 말을 나중에 듣고는 맞은 게 이해되었다. 군마는 제1종 무기인 자동차처럼 병사보다 귀한 취급을 받는다.

우리는 한가할 새가 없다. 마사의 일만 거드는 게 아니고 이곳저곳으로 불려 다니기도 한다. 기회를 엿보지만 탈출은 수월치 않다. 낮에는 운신의 폭이 좁고, 밤에는 불침번 때문에 행동이 제약된다. 밤중에 쥐처럼 숨어 다니며 취약한 곳을 탐색한다. 마음을 조급히 먹지 않기로 했다. 일본군들의 대화에 포함된 쪼가리 정보들을 취합해 보면, 일본군이 루스현을 점령했고 제62, 63사단과 제3전차사단 등이 뤄양을 포위하기 위해 진격하고 있었다.

병사들은 초메이 앞에서는 말을 가려도 내 앞에서는 조심성을 잃는다. 지나 땅을 헤매는 동안 내 연기는 발전했다. 내 일에 집중하면서도 내게 필요한 건 선별해 내는 능력이 생겼다. 듣고 싶지 않으면 정말 안 들리기도 한다. 말을 하지 않으니 설명을 하려고 적확한 단어를 선택하지 않아도 된다. 보고 듣는 상황을 나만 이해하면 되는 것이다. 들리지 않고 말하지 않는 게 점점 편해지고 있다. 의식적이고 능동적인 노력 없이도 내가 설계한 대로 움직이는 것이다. 나는 내가 되고자 하는 인간으로 바뀌고 있다. 히라야마 상의 집에 살면서 일본인이 되려고 애썼던 게 도움이 되었다. 정말이지 무언가를 이루려고 공력을 들이면 안 되는 일이 없다.

말단 병사들에게서 나오는 신통찮은 정보도 나에게는 소중하다. 외출이 허락되지 않으니 바깥소식을 접할 유일한 통로인 셈이다. 병사들은 벌레를 물어다 주는 어미 새다. 새끼인 나는 가만히 입을 벌리고 있다가 들어오는 먹이를 삼키면 된다.

이 전쟁이 끝나기 전에 일본어는 지옥에서나 쓰는 언어가 될 것이다.

이 말을 전해준 것도 그들이다. 미 해군의 한 제독이 아수라장이 된 진주만을 보고 이렇게 말했다고 한다. 나는 전율을 느꼈다. 그가 무서운 사람일 거라고 확신했다. 일본인의 씨를 말린다거나 일본을 불바다로 만들겠다고 했으면 무심히 흘려들었을 것이다. 모국어를 잃은 조선인으로 일본어를 쓰는 처지여서 그 말이 가슴에 와닿는다. 벙어리 행세를 하고 있으니 더 공감된다.

마사 출입구에 깐 밀짚이 우리의 잠자리다. 말보다 못한 신세에다 육체적으로는 고되지만 마음만은 편하다. 훈련을 갔다 온 날이면 병사들은 자기가 담당한 말들의 근육을 풀어준다. 무거운 야포를 끌었으니 지친 게 당연하다. 군마에 달라붙은 병사들은 웃통을 벗고도 땀을 뻘뻘 흘린다. 그 광경을 느긋하게 구경하는 재미가 제법 쏠쏠하다. 딱하다 못해 한심하다. 군마가 다치거나 병이라도 걸리면 꼼짝없이 영창을 가야 한다. 그전에 고참들에게 기합을 받고 몰매를 맞는다. 일본군대의 전쟁물자는 군수품이 아니라 천황의 하사품이다. 무기와 장비를 개조하거나 보강했다 영창을 간 경우도 많다. 천황의 하사품은 그 자체로 완벽하고 무결

하므로 개조나 보강이 필요치 않다. 따라서 일본군 항공대에선 다른 나라에서는 일반적으로 행해지는 노즈 아트(Nose Art)*도 금지되어 있다.

말의 분뇨 냄새는 늘 따라다닌다. 이젠 익숙하다 못해 친숙해져 깨끗한 곳에 가면 못 올 곳에 온 것처럼 어색하고 불편하다. 식사는 병사들이 남긴 잔반으로 해결하지만 남는 게 거의 없다. 병사들은 식욕이 왕성할 때이므로 늘 배고픔을 호소한다. 병사들 중에 상당수는 만성적인 영양결핍에 시달린다. 영양실조 상태인 병사도 많다. 얼굴은 초췌하고 마른버짐이 가실 날이 없다. 건초나 생초가 아니라 농후사료를 먹어 털에 윤기가 흐르고 근육이 발달하고 몸매가 균형 잡힌 말들과 대비된다. 그런 병사들 앞에서 장교들은 일기당천의 투지와 정신력을 강조한다. 배를 곯는 부하들에게 그런 훈시를 하는 장교의 입장도 딱하긴 마찬가지다. 초메이가 장교식당에서 일하는 지나인을 알아 조금씩 얻어 오는 음식은 맛도 좋고 영양가도 높다. 통조림을 조리한 것이긴 하지만 어쩌다 고기 맛도 본다.

초메이는 가끔 내 품으로 파고들며 엄마를 찾는다. 내 가슴을 더듬기도 한다. 처음에는 징그러워 뿌리쳤으나 달빛에

---

\*     군용기 앞부분에 그림을 그리거나 문구를 써넣는 것.

드러난 눈가가 촉촉하게 젖은 걸 본 뒤로는 내버려둔다. 초메이는 새벽녘에 잠이 깨어 내 가슴에 있는 자기 손을 황급히 거두고는 돌아눕기도 한다. 며칠 전에는 엄마를 부르며 일어난 초메이가 잠이 덜 깬 눈으로 나를 보더니 시무룩해져 다시 누웠다.

초메이의 엄마는 죽었을까.

난리 통에 헤어졌을까. 아니면 버려졌나. 언젠가 쪼그리고 앉아 막대기로 땅바닥에 무얼 그리기에 가보니 여자 얼굴이었다. 서툰 솜씨지만 초메이의 엄마라는 걸 단박에 알아봤다. 그리움을 그렇게라도 표현하는 게 엄마 얼굴을 잊지 않으려는 노력으로 비쳐 안쓰럽다. 마사 벽에 기대어 이를 잡다 허공을 바라보는 초메이의 눈은 깊고 우울하다. 세상을 일찍 알아버린 아이들은 전부 초메이의 눈을 하고 있을 것 같다.

마사의 실질적인 책임자는 군조다. 상급자들은 말을 잘 아는 군조에게 마사를 맡기고는 신경 쓰지 않는다. 군조는 말이 많다. 부하들을 앉혀놓고 입대 전에 유곽에서 하룻밤에 얼마를 썼고, 몇 명의 여자와 연애를 했는지에 대해 게거품을 물고 떠든다. 말할 때마다 액수와 숫자가 바뀌는 걸로 봐서는 신빙성이 떨어진다. 딸 하나를 둔 기혼자인데, 부인의 사진을 본 초메이의 말로는 지독한 박색이라고 한다. 부인이 임신하는 바람에 발목이 잡혔다고. 병사들의 말은 다르다. 처가가 돈이 많아 결혼한 거라고. 흰소리를 잘해도 말을 잘 돌봐 장교들의 신임이 두텁다. 다른 하사관들과 마찬가지로 부하들을 못살게 군다. 술에 취하면 더하다.

날이 더워지더니 어느덧 완연한 여름이다. 경한작전이 끝나고 상계작전이 시작되었다. 부대가 남쪽으로 이동한다. 제11군의 전투서열에 편입되어 곧 작전에 투입될 거라는 소문이 돈다. 나로서는 나쁘지 않다. 전투를 벌이면 아무래도 탈출할 기회가 많아질 테니까. 이동할 때는 우리를 감시하는 병사를 따라가면 된다. 무거운 물품들은 말들이 끄는 포차나 트럭으로 운반한다. 보병부대에 속한 지나인들은 병사들의 개인 배낭이나, 재수가 없으면 분해한 박격포나 기관총을 짊어지기도 한다.

이동 중에 군마 한 마리가 다쳤다. 다리가 부러진 군마의 머리를 소총으로 쏴서 고통을 덜어주었다. 다리가 근육과 인대만으로 이루어진 말은 접골되려면 장기간 부동자세로 있어야 하는데, 이동이 잦은 전장에서는 불가능하다. 이런 경우에는 병마창(病馬廠)의 수의(獸醫)가 와도 소용이 없다. 마부는 말에 깔려 어깨가 부러졌다. 말의 무게를 감안하면 경상인 셈이다. 포차로 견인하던 야포가 비탈에서 미끄러지는 바람에 말들이 휩쓸린 사고였다. 야포가 경미한 손상만 입은 건 그나마 다행이었다. 조사 과정에서 마부가 졸았다는 게 밝혀졌다. 마부는 간밤에 군조에게 기합을 받느라 잠이 부족했다고 진술했다. 아무리 신임이 두터워도 무마하기에는 사건이 너무 컸다. 군조를 싸고돌던 장교들은 안면을 바꾸었다.

오후에 군조가 사라졌다. 마지막으로 목격된 게 두 시간 전이었다. 부대가 발칵 뒤집혔다. 수색대를 편성해 찾아 나섰다. 그를 찾은 건 숙영지 뒤편의 야산에 나무를 하러 갔던 초메이와 나다. 탈영이라 해서 주변은 수색 범위에서 빠져 있었다.

소나무에 매달린 그는 혀를 빼문 채 바람에 흔들린다. 소변을 지렸는지 가랑이가 젖어 있다. 대웅전 처마에 매달린 풍경처럼 한가롭고 쓸쓸하다. 적을 죽이라고 천황폐하가 하사한 탄띠가 그의 목에 걸려 있다. 바닥에 사진이 떨어져 있다. 실금이 많고 네 귀퉁이가 닳은 사진 속에는 아기를 안은 여인이 있다. 아기는 마그네슘 플래시가 터지는 소리와 섬광에 놀란 눈이고, 여인은 무표정하다. 여인은 추녀도 미녀도 아닌 평범한 얼굴이다. 일본의 전통적인 여성상인 야마토 나데시코[大和撫子]* 같은 인상이다.

부인과 아이가 눈에 밟혀서 어떻게 탄띠에 목을 넣었을까.

그의 고뇌와 망설임이 내 가슴을 무겁게 짓누른다. 병사들이 군조의 시체를 수습한다. 몇몇 병사들이 눈물을 흘린다. 하지만 머잖아 저들에게도 타인의 불행에는 울지 않고 자신의 슬픔과 고통에만 우는 날이 올 것이다. 전쟁에 익숙해져 생존 욕구만 남게 되면 눈물은 마르고 감각은 둔해지며 사고는 단순해질 것이다. 그러다 그 모든 게 부질없다고 깨닫는 순간부터 죽음 앞에서 솔직해진다. 전장에서 죽음은 제거해야 할 적이 아니라 친구다. 과거와 현재 다음은 미래가 아니라 죽음이다. 따지고 보면 군조가 병사들을 괴롭힌 수준은 가혹 행위가 만연한 일본군대에선 평균 이하였다. 그를 위해 우는 병사들이 이를 증명한다.

*　　요조숙녀나 현모양처.

# 20

군조를 묻는 건 우리 몫이다. 매장지는 숙영지와 좀 떨어진 산자락이다. 군조를 따르던 병장이 양지바른 곳을 지정해 준다. 일본군이 지나군에게서 노획한 철모로 땅을 판다. 우리가 사용하던 삽은 얼마 전에 부러졌다. 우리처럼 허드렛일을 하는 지나인들은 같은 처지인데도 절대 삽을 빌려주지 않는다. 지나군은 여러 나라의 철모를 사용한다. 우리가 삽 대신 사용하는 철모는 독일이 지나에 지원한 물자 중의 하나다. 영국군의 철모를 쓴 부대도 있다. 복잡하게 얽히고설킨 전쟁이다. 지나군의 적인 일본은 독일과 우방이고, 지나군의 우방인 미국과 영국은 일본과 독일의 적이다. 철모가 돌에 부딪혀 불꽃이 튄다. 돌이 많은 땅인 데다 철모가 상당히 닳아 애를 먹는다. 향이 제 몸을 사르며 허공으로 흩어진다. 군조는 이승에 살았던 흔적으로 엄지를 남긴다. 엄지는 화장해 유족에게 전해질 것이다. 다른 전사자와 섞이면 누구의 것인지 모르는 엄지가 전달될 수도 있다.

맞은편에서 터덜터덜 오는 지나인들을 만난다. 초메이가 그들과 잡담을 나눈다. 접은 담가(擔架)와 삽을 어깨에 멘 그들이 내려온 쪽으로 쭉 가면 봉분 없는 무덤들이 즐비하다. 막대기와 자루로 만든 담가에는 피가 말라붙어 있다. 갖가지 사연을 간직한 시체들이 담가를 거쳐갔다. 첩자 혐의를 받은 지나인들은 매일같이 잡혀 온다. 일단 부대 안에 들어오면 선택권은 두 가지뿐이다. 첩자임을 인정하거나 인정하지 않거나. 죽는 방식이 다를 뿐 죄목은 같다. 일본군은 그들을 포로라고 하지만 누가 봐도 평범한 촌부들이다. 죄 없는 민간인을 잡아 와 상급 부대에 포로로 보고한다.

자기들에게 불똥이 튈까 전전긍긍하던 장교들은 안도한다. 그래도 누군가는 책임을 져야 한다. 망자인 군조에게는 책임을 물을 수 없으므로 소대장만 문책당하는 선에서 마무리된다. 여러 명이 영창을 갈 사안이었으나 중대장이 사단 본부에 근무하는 중좌의 조카여서 그렇게 정리된다.

남진할수록 전투가 잦아진다. 몇 시간 동안 계속 쏴대 야포가 작동 불능 상태에 빠지기도 하고, 포탄이나 부품의 불량으로 야포가 폭발해 병사들이 몰살당하기도 한다. 그런 경우는 시체 수습에 애를 먹는다. 뼈와 살이 사방으로 흩어져 찾는 게 불가능하다. 미군기의 출현도 잦다. 버마와 인도 전선에 투입됐던 미군기들이 지나전선으로 복귀했다는 소문이다. 탈출할 기회가 여러 번 있었지만 아직 때가 아니라고 판단했다. 내가 가야 할 서쪽에는 지나군이 있다. 지나군도 적이다. 살기 위해서는 적진에 뛰어드는 이율배반도 각오해야 한다.

초메이가 내 등을 친다. 손짓으로 자기와 나를 중대장이 불렀다고 알려준다. 막사 뒤에 중대원들이 모여 있다. 포병대 전용의 기둥에는 지나인 청년이 묶여 있다. 어제 잡혀 온 지나인 중 하나이다. 폭행을 당해 눈두덩이 붓고 이마가 찢어졌다. 순하고 어리숙해 보이는 청년은 불안하게 눈동자만 굴린다. 보지는 않았어도 귀가 있으니 함께 잡혀 온 지나인들이 당한 일을 모를 리 없다. 기둥에 핏자국도 있으니 아무리 둔해도 자신에게 무슨 일이 벌어질지 알아차렸을 것이다.

병사들이 실실 웃으며 우리에게 길을 터준다. 이전에는 없던 일이어서 불안하다. 장교들은 한쪽에 모여 우리를 쳐다보고 있다. 병사들 사이로 수상쩍고 야릇한 기류가 흐른다. 확실히 우리만 모르는 뭔가가 있다. 상등병 앞에 놓인 철모와 약모에 군표와 지폐가 들어 있다. 어떤 예감에 등줄기가 서늘해진다. 초메이가 나를 슬쩍 올려다보더니 내 손을 찾아 쥔다. 초메이 역시 심상찮은 기운을 느낀 듯하다.

상등병이 착검된 소총을 들고 우리에게 다가온다. 머리털이 쭈뼛 선다. 파랗게 날이 선 총검은 잔뜩 살의를 머금었다.

이거로구나!

상등병이 소총을 나에게 내민다. 머뭇거리자 뺨을 올려붙인다. 입천장이 찢어져 찝찔한 피 맛이 느껴진다. 상등병이 다시 때리려고 손을 치켜든다. 얼른 소총을 받아 든다. 생도 시절, 술과(術科) 시간에 소총 사용법을 배우면서 잡아본 뒤로 처음이다. 상등병이 초메이에게 또박또박 말한다.

"너희 둘이 저놈을 번갈아 찔러라. 순서는 가위바위보로 정해라. 한 번씩만 찔러야 한다. 먼저 죽이는 사람에게 이걸 주겠다."

상등병이 손에 든 캐러멜을 흔든다. 초메이가 손짓과 표정을 섞어 상등병의 말을 나에게 전해준다. 내 눈은 아무것도 보고 있지 않다. 전투기를 타고 지나군이나 미군을 죽이는 것과는 다르다. 비무장이고 무방비인 민간인이다. 유탄이나 오폭에 민간인이 죽었을 수도 있다. 그건 내가 의도하지 않은 실수다. 사람의 목숨을 걸고 내기를 하다니. 그것도 다른 사람의 손에 피를 묻히게 하며. 이제껏 나를 견고하게 지지하고 있던 것들이 한꺼번에 무너지는 느낌이다.


초메이의 눈이 참기름 냄새를 맡은 쥐처럼 반짝인다. 캐러멜을 보고 난 뒤에 태도가 돌변했다. 청년의 목숨값은 고작 캐러멜 한 갑이다. 누구에게는 과하고 누구에게는 적다. 일본군으로서는 대단한 선심이다. 때리면서 강제로 시킬 수도 있다. 초메이가 손을 내밀라고 독촉한다. 초메이의 더벅머리를 후려갈기고 싶다. 중인환시의 가운데에서 이 순간을 모면할 방도는 없다. 침을 꿀걱 삼킨다. 돌아가도 피하지 못하면 질러가야 한다. 초메이의 엄지와 검지가 펴지는 걸 보고 얼른 주먹을 낸다. 초메이가 하소연하는 얼굴로 심판 격인 상등병에게 고개를 돌린다. 상등병은 심상한 얼굴이다. 승부를 다시 가리게 할 생각이 없다. 입이 10리나 튀어나온 초메이는 패배를 받아들인다. 가끔씩 어린 나이답지 않은 처세술로 나를 놀라게 하는 초메이다. 일본군들에게 밉보였다가는 목숨까지 위태롭다는 걸 초메이는 잘 안다. 허드렛일을 하는 지나인들은 수시로 갈린다. 군복의 세탁 상태가 불량하거나 식사에 머리카락이 들어갔다는 등의 하찮은 이유로도 군도에 목이 날아간다. 어제까지 보이던 지나인이 사라지면 죽은 것이다. 부족한 인원은 금방 보충된다. 지나는 땅덩이가 넓은 만큼 인구도 많다. 초메이처럼 조금이라도 일본말을 할 줄 아는 지나인은 일본군에게 대우를 받는다. 초메이가 약하게나마 불만을 표현할 수 있는 것도 자신이 일본군에게 필요한 존재인 걸 알기 때문이다.

208

소총을 들고 어정쩡하게 찔러 총 자세를 취한다. 청년은 얼뜨기 같은 표정으로 두리번거린다. 지능이 떨어지는 건가, 혼이 나간 건가.

제발, 눈이라도 가리면 좋으련만.

청년을 마주하면서 찌를 자신이 없다. 그를 위하는 길은 단 하나, 죽음에 이르는 과정을 단순화하는 것이다. 총검 끝으로 더럽고 시큼한 냄새를 풍기는 옷에 가려진 심장의 위치를 어림한다. 상등병이 내 어깨를 주먹으로 치며 다그친다. 소총을 뒤로 뺀다. 그런데 앞으로 뻗어야 할 팔이 움직이지 않는다. 팔이 마비된 듯하다. 지켜보고 있던 병사들의 욕설과 야유가 쏟아진다. 상등병의 구타가 이어진다. 나는 한 손으로 머리를 감싸고 웅크린다. 청년의 급소를 찌르지 못해 내 급소를 보호하고 있다. 씩씩대며 숨을 몰아쉬는 상등병에게 초메이가 자기 차례라고 말한다. 상등병이 돌아서서 병사들에게 지금의 상황을 설명한다. 몇몇 병사가 항의를 한다. 나에게 군표와 지폐를 건 병사들 같다. 중대장이 초메이의 차례라고 선언한 뒤에야 소란이 잦아든다.

초메이가 소총을 몇 번이나 고쳐 잡으며 침을 꼴깍 삼킨다. 욕심이 앞서 소총을 들긴 했는데 선뜻 찌를 용기는 나지 않는가 보다. 상등병이 가락을 실어 초메이를 부른다. 야비하게 웃으며 캐러멜을 흔드는 상등병에 자극받은 초메이의 눈에 독기가 서린다. 상등병이 어서, 하고 소리치자 초메이가 비명인지 기합인지 모를 괴성을 지르며 소총을 내뻗는다. 복부를 찔린 청년은 예의 그 맹한 표정으로 자신의 배와 초메이를 번갈아 본다. 보면서도 믿기지 않는 얼굴이다. 초메이가 총검을 빼자 청년은 그제야 소금 맞은 지렁이처럼 격하게 몸을 비틀며 고통을 호소한다. 안면 근육은 뒤틀려 악귀의 형상이고 눈알은 튀어나올 듯하다.

내 차례. 초메이의 표정이 놀람과 겁먹음과 아쉬움 사이를 오간다. 초메이가 잡았던 부분이 땀으로 미끈거린다. 옷에 손바닥을 닦는다. 청년의 비명에 귀가 멍멍하다. 인간의 모든 고뇌와 고통을 한데 넣어 압축한 환약 같은 비명이다. 혀에 대면 몸서리가 쳐질 만큼 독하고 쓸 것 같다.

청년을 위해서다.

내 행위를 정당화하지 않으면 미쳐버릴지 모른다. 눈을 질끈 감고 총검을 내지른다. 컥. 청년의 목구멍 깊숙이에서 올라온 폐쇄음이 터진다. 근육과 갈비뼈의 방해나 저항이 전혀 없다. 힘주어 찌른 게 무색하게 쑥 들어간다. 총검은 근육과 뼈의 빈자리를 찾아 들어가고, 청년의 근육과 뼈는 총검을 기꺼이 받아들이는 형국이다. 뭔가 잘못됐다. 눈을 뜬다. 총검이 심장을 빗나가 명치 아래에 꽂혀 있다. 고래고래 소리를 지르는 청년의 괄약근이 풀렸는지 생똥 냄새가 코를 찌른다. 총검을 뽑은 자리에서 피가 뿜어져 나와 내 얼굴과 상의 앞자락에 흩뿌려진다. 아까와 비슷한 자리를 또 찌른 초메이는 시무룩한 얼굴로 물러난다. 청년이 고통을 못 이기고 몸부림을 친다. 선혈과, 그 선혈보다 더 새빨간 비명이 낭자하다. 기둥이 들썩인다. 혀를 깨물었는지 입가로 피가 흐른다.

다시 내 차례. 마음이 급하다. 눈을 부릅뜨고 왼쪽 가슴을 노려본다. 한 번 해보았더니 예전에 익혔던 총검술 동작들이 기억난다. 총검이 갈비뼈에 걸린다. 이를 사리물자 관자놀이에 불끈 힘이 들어간다. 갈비뼈가 부러지며 총검이 깊숙이 들어간다. 크게 된숨을 쉰 청년의 고개가 툭 떨어진다. 상등병이 청년의 목에 손가락을 대보고 나서 내 손을 잡아 번쩍 치켜든다. 환호성이 들린다. 투덜거림과 탄식도 간간이 섞여든다. 거칠게 소총을 빼앗아 간 상등병이 내 손에 캐러멜 갑을 쥐여준다.

병사들이 흩어진다. 저들 중 누군가는 내기에 진 초메이에게 앙갚음을 할지 모른다. 나를 때린다면 내가 이겼기 때문이다. 아귀힘이 풀려 캐러멜 갑을 떨어트린다. 초메이가 잽싸게 주워 더러운 소매로 흙먼지를 닦아낸다. 상자를 뜯는 초메이의 손등은 여름인데도 때가 더께 져 고목 껍데기처럼 갈라졌다. 더러운 손과 앙증맞게 낱개 포장된 캐러멜의 부조화와 위화감이 낭패스럽다. 기름종이를 벗겨 제 입에 먼저 넣는다. 오물거리며 다시 하나를 까서 내 입술에 갖다 댄다. 내가 가만히 있자 입술 사이를 비집고 넣어준다. 캐러멜의 부드러우면서도 비릿한 연유 향이 입안에 퍼진다. 이 단맛은 오래 기억될 것이다. 총검이 걸리거나 닿는 게 없이 살에 박히던 느낌, 갈비뼈를 부러트리던 느낌과 함께.

총검술 훈련 중인 일본군들의 기합 소리가 석양 속으로 퍼진다. 지나인들은 저녁 식사를 준비하느라 분주하다. 드럼통을 잘라 만든 화덕들에서 한가로이 연기가 피어오른다. 수색대가 군가를 부르며 복귀하고 있다. 그들이 일으킨 흙먼지가 천천히 가라앉는다. 석양을 배경으로 부르는 군가는 아무리 힘차고 씩씩해도 처량하게만 들린다. 노을이 소목(蘇木)의 추출물을 하늘에 흩뿌린 것처럼 붉다. 붉은 물이 숙영지를 물들인다. 그 물에 내 손도 물든다. 손바닥을 바지에 닦는다. 닦고 또 닦는다.

# 21

하사관이 나를 부르더니 사료를 마사 입구로 옮기라고 지시한다. 초메이는 다른 마사로 심부름을 갔다. 몸 쓰는 일에 이골이 나 오히려 가만히 있으면 불안할 지경이다. 체력이 좋아졌다. 팔죽지와 팔뚝도 제법 단단해졌다. 전투기 조종은 냉철한 이성과 정확한 판단이 요구되므로 늘 긴장 속에서 살아야 했다. 육체노동에 소질이 있다는 건 새로운 발견이지만 사고는 점점 단순해지는 것 같다.

상의 앞자락을 들어 얼굴에 흐르는 땀을 닦으며 돌아선다. 산더미처럼 쌓인 사료를 보고 감탄한다. 이 많은 걸 혼자 운반했다니 믿기지 않는다. 힘들지도 않다. 하사관이 반합에 담긴 물을 내밀며 수고했다고 어깨를 두드린다. 전에 없던 친절에 황감해져 고맙다고 말한다. 물이 달고 시원하다. 그런데 뭔가 이상하다. 큰 실수를 한 것 같은 이 찜찜함. 그게 뭔지 모르겠다. 아무려나 물을 맛있게 들이켠다. 빈 반합을 입에서 떼다 바로 앞에 있는 하사관의 눈과 마주친다. 나를 노려보던 하사관의 얼굴이 점점 무섭게 일그러진다. 그제야 깨닫는다.

말을 했다!

조선어인지 일본어인지는 모르나 고맙다고 한 건 분명하다. 하사관이 주먹을 치켜든다. 고개를 숙이고 두 팔로 막으며 눈을 뜬다.

꿈속의 방어 자세를 그대로 취하고 있다. 열없어져 두 팔을 내린다. 마사가 교교한 달빛에 물들어 있다. 깨어 있는 말들이 푸푸 콧김을 내뿜는다. 문득 말의 분뇨 냄새에 머리가 지끈거린다. 오늘따라 아주 넌덜머리가 난다. 지체할 이유가 없다. 대륙타통작전을 완료하면 인도지나(印度支那) 주둔군에 편입되거나 내지의 본토 방어에 투입될 거라는 소문이 돈다. 어느 쪽이든 나에게는 좋은 소식이 아니다. 이 부대는 산시성 남부에서부터 이곳까지 행군해 왔다. 적어도 수백 킬로미터를 더 가야 한다는 말이고, 그러면 지나대륙을 종단하는 게 된다. 이 부대가 참가하고 있는 작전명인 '대륙타통(大陸打通)'을 완성하는 셈이다. 병사들은 불만이 팽배해 있다. 전투 중에 입은 부상은 그렇다 쳐도, 위생 관념이 희박하고 생활환경이 불결해 각종 질병에 시달린다. 무좀과 피부병은 기본이다. 무리한 행군으로 발에 변형이 온 병사도 있다. 경미한 부상인데도 치료 시기를 놓쳐 다리를 절단하는 경우도 많다.

미군기의 잦은 출현으로 주로 밤에 이동한다. 어제는 지나군의 기습을 받아 보병에서 부상자와 사상자가 나왔다. 병사들이 쉬거나 잘 때 우리는 일을 해야 한다. 초메이와 나는 사료 더미 위에서 틈틈이 눈을 붙인다. 불침번들의 위치와 순서를 확인하고, 누가 성실하고 태만한지 알아둔 건 쓸모가 없어졌다. 하지만 밤에 이동하니 기회가 더 많다. 일이 되느라 그런지 근처에 강이 있다. 밤이면 안개도 심해진다. 어젯밤에 결행하려고 했으나 부대에 비상이 걸려 포기했다. 휴대가 간편하고 보존 기간이 긴 쌀과 건빵을 조금씩 모아 두었다. 보따리가 단출해서 많이는 소지할 수 없다. 발각되면 변명이 통할 분량이어야 한다. 기껏해야 이틀, 아껴 먹으면 사흘 치쯤 될 것이다.

3~4미터만 떨어져도 사람들이 보이지 않는 지독한 안개다. 간격이 좁아지거나 넓어지면 안개가 사람들을 삼켰다 뱉었다 하는 것처럼 보인다. 어디를 봐도 견고하고 두꺼운 안개의 벽이다. 말 울음소리, 발소리, 포차 바퀴 소리, 두런대는 소리 들이 거리도 가늠되지 않는 곳에서 들려온다. 지금이야말로 탈출의 적기다. 하지만 앞에서 걷는 초메이가 자꾸 돌아본다. 안개 때문에 표정은 안 보인다. 초메이와 헤어지려니 아쉽고 서운하다. 그동안 정이 들었다. 혼자서도 세상을 잘 헤쳐 나갈 아이니 씩씩하게 살아갈 것이다. 빨리

걸어가 초메이 머리를 한 번 쓰다듬어 준다. 초메이가 호주 머니에서 뭔가를 꺼내 내 손에 쥐여준다. 캐러멜이다. 더운 날씨에 녹아서 뭉개졌다. 먹지 않고 여태껏 남겨두었다는 게 의외다. 캐러멜을 차지하려고 살인도 마다 않던 초메이가 아니던가. 돌려주자 포장지를 벗겨 나에게 다시 내민다. 고개를 젓자 초메이가 마지막 캐러멜이라고 손짓해 보인다. 마지못해 입으로 받아먹는다. 포장지에 들러붙은 걸 핥던 초메이는 나와 눈이 마주치자 씨익 웃는다. 나도 웃어준다. 초메이가 내 손을 꼬옥 잡았다 놓더니 종종걸음을 놓아 다시 제자리로 간다.

초메이와 작별 인사도 한 셈이다. 앞뒤를 살피고 나서 옆으로 빠진다. 발소리를 내지 않으면서 행렬로부터 가능한 한 멀리 떨어져야 한다. 모순되는 두 가지를 동시에 충족시키려니 쉽지 않다. 이만하면 됐다 싶어 냅다 달린다. 시야가 막혀 앞으로 뻗은 두 손이 내 눈을 대신한다. 안개 입자가 얼굴을 핥는다.

"정지!"

고함 소리가 내 발목을 잡는다. 사방을 둘러보지만 안개뿐이다. 두 발은 움직이지 않는다. 움직여서 방향이 바뀔까 봐서다. 방향감각을 잃고 헤매다 부대 행렬과 마주치는 딱한 상황이 벌어져서는 안 된다. 모든 감각을 귀에 집중하는

데 다시 고함 소리가 들린다.

"정지하지 않으면 발포한다!"

잠시 뒤에 총성이 울린다. 다시 달린다. 나와 같은 뜻을 품은 사람이 오늘 밤에도 있다. 탈영 사건은 빈번하다. 한 중대에서 하룻밤에 두 명이 사라지기도 한다. 오랜 전투로 사기는 떨어졌고 군기는 해이해졌다. 무장 탈영병은 지나인을 약탈하는 강도가 되거나 무리를 지어 비적이 된다.

눈앞에서 번갯불이 번쩍한다. 이마를 싸안고 주저앉는다. 단련이 되어 비명은 지르지 않는다. 나무를 들이받았다. 아픔을 속으로 삭이며 얼굴 이곳저곳을 만져본다. 이마에 혹이 났다. 코도 얼얼하나 코피는 나지 않는다. 멈춘 김에 가쁜 숨을 참으며 귀를 기울인다. 아무 소리도 들리지 않는다. 안심하기는 이르다. 전속력으로 달린 게 아니므로 긴장을 풀어도 될 만큼 멀어지지는 않았을 것이다. 안개는 시야만 가리는 게 아니라 소리까지 차단한다. 아니, 모든 감각기관을 마비시킨다. 하지만 나를 부드럽게 감싸안는다. 나는 양막에 싸인 태아처럼 편안하다. 안개는 나를 지키고 보살펴 줄 것이다. 다시 움직인다.

동이 터온다. 희붐한 기운에 어둠과 안개가 희석된다. 몇 번이나 넘어지고 뒹굴고 구른 탓에 방향을 잃었으나 이젠 상관없다. 동쪽을 알았으니 그 반대쪽으로 가면 된다.

혼자 지내다 보면 동물적인 감각이 발달한다. 생존을 위한 본능이다. 아까부터 뒤가 자꾸 켕긴다. 소리도 없고 거리도 가늠되지 않지만 분명 뭔가가 따라오고 있다. 늑대나 승냥이라면 낭패가 아닐 수 없다. 고개를 돌리면 덮칠까 봐 앞만 보고 걷는다. 눈으로 확인하지 않아 두려움이 점점 커진다. 더 참지 못하고 보따리를 방패 삼아 휙 돌아선다. 개 한 마리가 쫓아오다 화들짝 놀라 뒷걸음친다. 비루먹어 털이 빠졌고 왼쪽 뒷다리는 관절 아래가 없다. 어디에서나 볼 수 있는 누렁이다. 고개를 외로 꼰 녀석이 곁눈질로 나를 흘끔거린다. 옆구리와 등에 얼룩이 졌고 눈곱도 잔뜩 꼈다. 녀석 때문에 가슴을 졸인 게 허탈하고 화도 난다. 돌을 주워 던지고 발을 구른다. 녀석이 껑중거리며 돌아선다. 다리가 하나 없는데도 곧잘 뛴다. 그런데 도망가는 시늉만 하고는 곧 멈춘다. 두어 차례 실랑이가 더 있었지만 녀석은 일정한 간격을 두고 따라온다. 무리에서 따돌림을 당했는지, 원래 혼자인지 경계하면서도 내 주위를 맴돈다. 꼬리를 흔들기도 한다. 유이치가 생각나 더 쫓을 수가 없다.

다리는 어쩌다 저 지경이 되었을까.

저보다 큰 짐승에게 물렸는지, 인간에게 몹쓸 짓을 당했는지, 전투지역에서 얼쩡대다 총알이나 포탄을 맞았는지 알 수 없다. 만약 두 번째의 경우라면 녀석은 기억력이 아주 나쁘다. 아니면 사람에게 좋은 기억이라도 있나? 아닌 것 같다. 눈치를 심하게 보는 걸 보면.

허벅지 안쪽이 아프다. 바지를 내리니 가래톳이 섰다. 손가락 두 마디 크기의 멍울을 만지니 눈물이 찔끔 나올 만큼 아프다. 항생제는 꿈도 꿀 수 없는 상황. 터지거나 해서 감염되지 않기를 바랄 뿐이다. 멈춘 김에 나무 아래에서 신발을 벗는다. 생쌀을 씹는다. 발과 종아리를 주무른다. 녀석은 멀찍이 떨어져 나를 보고 있다. 입맛을 다시지만 모른 척한다.

저 녀석도 시체를 먹었을까.

흙먼지를 뒤집어써서 머리와 몸통은 지저분하지만 입 주위는 깨끗하다. 인육을 먹었다면 핏자국 같은 흔적이 남았을 것이다. 먹은들 어쩌겠는가. 사람이 사람을 먹는 판국에 짐승이 사람을 먹는 게 대수겠는가.

허난성 대기근 때는 인육을 먹은 사람들이 재판을 받았고, 남방전선의 섬에 고립된 일본군도 인육을 먹었다는 소문이 있었다. 전우에게는 원숭이나 물소 고기라고 속여 먹인다고 했다. 그뿐이 아니다. 식량이 떨어져 군화나 가죽 허리띠를 삶아 먹고, 무전기가 고장 나 고립된 부대의 유일한 통신수단인 전서구를 구워 먹은 병사가 처벌이 두려워 자살하고, 소총으로 쏴야 겨우 등가죽이 뚫리는 악어를 사냥하

고, 독초를 잘못 먹어 피똥을 싸며 죽는 사건이 속출한다고
했다. 수만 년에 걸친 진화의 산물인 사람이 동물로 전락하
는 건 한순간이다.

녀석이 고사한 나무등치에 오줌을 갈긴다. 수컷이던가. 녀
석이 갑자기 방향을 틀어 무언가를 쫓아간다. 들쥐다. 녀석
이 들쥐가 들어간 구멍에 코를 박고 킁킁대더니 입구를 파
헤친다. 자세를 낮추고 한 발만 쓰는 건 자신의 신체적 결함
을 극복하려는 본능적 행동이다.

더위와 가래톳 때문에 자주 쉬게 된다. 그래도 서너 시간
은 걸은 듯하다. 척추를 타고 올라오는 아픔에 허리까지 뻐
근하다. 자세를 약간만 바꿔도 격렬한 통증이 온다. 그러다
보니 상체를 숙이고 구부정하게 걸어야 한다.


왼쪽 구릉지 아래에 가옥 몇 채가 나타난다. 맨 앞의 가옥
은 지붕 한쪽이 내려앉았다. 문짝은 떨어졌고 흙벽도 군데
군데 무너졌다. 인기척이 없다. 해가 지려면 두어 시간 있어
야 하지만 쉴 곳을 발견하자 긴장이 풀려 더 걸을 엄두가 나
지 않는다. 구릉지 중간에 위치한 집으로 들어간다. 오래전
에 사람이 떠난 집 안은 썰렁하다. 바닥에 흩어진 밀짚을 그
러모아 그 위에 눕는다. 긴장한 근육들이 이완하며 다리와
허리의 통증이 가라앉는다.

뇌성에 눈을 뜬다. 어느새 어둠이 내린 밖에 비가 내린다. 비바람이 몰고 온 습기가 차갑다. 도주로를 확보하려고 고지대의 집을 고른 선택은 다른 의미로도 옳았다. 지붕이 새지 않는다. 풋잠이 든 동안 추웠는지 어깨가 선득하다. 코도 맹맹한 것 같다. 한여름에 감기라니. 이럴 줄 알았으면 땔감을 모아둘 걸 그랬다. 비가 올 어떤 징조도 없었다. 어깨를 문지르며 땔감을 찾다 구석에 웅크린 무언가를 본다. 아까는 없던 것이다. 상체를 반쯤 일으키고 눈조리개를 넓힌다. 이쪽의 거동을 느끼고 덩달아 몸을 일으키는 건 다름 아닌 녀석이다. 반가운 마음에 놀란 가슴이 진정된다. 손을 내밀고 혀로 아랫입술 안쪽을 빠르게 차 녀석을 부른다. 다시 번개가 친다. 녀석의 모습이 잠깐 드러난다. 꼬리를 사타구니에 말아 넣고 겁에 질려 안절부절못한다. 덩칫값을 못 하는 꼴이 가관이다. 다시 뇌성이 울린다. 하늘이 거대한 공명통이 되어 진동하자 집이 흔들린다. 녀석이 머뭇대며 다가오기는 했어도 선뜻 나를 받아들이지 못한다. 나는 포기하지 않는다. 꼬리를 치면서도 몸을 사리던 녀석이 드디어 내 손을 핥는다. 부드러운 혀의 감촉이 싫지 않다. 옆구리를 쓰다듬으며 안는다. 녀석도 체온을 나누는 게 좋은지 몸을 내맡긴다. 뺨에 닿는 털은 거칠고 악취가 심하다.

# 22

 

땔감으로 쓸 만한 건 반닫이처럼 생긴 가구뿐이다. 그마
저 잘 부서지지 않아 들어서 내리친다. 작게 쪼개야 잘 타지
만 연장이 없다. 불을 붙이느라 애를 먹는다. 밀짚을 태운 연
기가 집 안에 자욱하다. 기압이 낮아 잘 빠지지도 않는다. 눈
물이 줄줄 흐른다. 소매로 눈가를 문질렀더니 쓰라려 나중
에는 찍어낸다. 불땀이 좋아 질그릇에 지은 밥이 탔다. 빗물
에 식힌 밥을 녀석이 씹지도 않고 삼킨다. 조금 더 덜어주지
만 또 단숨에 해치우고 입가를 핥는다. 애원하는 눈빛이 부
담스러워 돌아앉는다. 바닥까지 긁고 남은 탄 밥에 물을 넣
고 불려서 마저 먹는다.

빗소리가 잦아들었다. 탁탁 소리를 내며 타는 화톳불이
바람에 일렁이며 벽에 기묘한 그림자를 만들어낸다. 앞다리
에 턱을 얹은 녀석은 움직임이 없다. 눈을 감았지만 잠들었
는지는 알 수 없다. 일정한 간격을 두고 움직이는 녀석의 옆

구리만 보고 있어도 마음이 따뜻해진다. 살아 있는 것이 주는 안온함이다. 다른 집에서 땔감을 가져온다. 가늘어진 빗줄기에 머리가 젖었다. 땔감이 충분하니 곧 마를 것이다.

화끈거리던 불두덩에서 무언가 빠져나간다. 아랫도리가 불쾌하다. 바지춤으로 손을 집어넣는다. 끈적이는 게 묻어난다.

이런!

자괴감이 몰려온다. 줄거리가 생각나지 않는 꿈을 꾸었다. 여러 사건이 뒤섞인 꿈은 산만하고 갈피가 잡히지 않는다. 녀석이 내 품에 있다. 전해져 오는 체온은 따뜻하지만 악취에 머리가 아플 지경이다. 이 냄새가 어지러운 꿈자리의 원인이었는지도 모른다. 하지만 털 올올이 밴 비린내에 습기가 더해져 한층 심해진 그 악취마저 정겹다. 녀석의 등허리에 코를 묻고 가만히 숨을 들이쉰다. 내가 여기에 있는 원인이 복합적이듯, 악취라고 단순화된 냄새 속에는 다른 냄새들도 섞여 있다. 떠돌면서 거쳐 온 장소, 만났던 사람과 바람, 이슬, 또……. 더 생각하지 않기로 한다. 납득시키거나 설명하지 않아도 그 자체로 온전한 것들이 있다. 발설함으로써 순수성이 훼손되는 것들. 녀석의 체온을 나누어 가지려면 악취도 내가 감당해야 할 몫이다.

신음을 흘리며 주저앉는다. 발바닥의 오목한 부분에 나뭇조각 끄트머리가 보인다. 신발 밑창을 뚫고 들어왔다. 내 발에 코를 대고 실룩이는 녀석의 머리를 밀친다. 하룻밤 사이에 친해져 그림자처럼 따른다. 너무 달라붙어 다녀서 성가실 지경이다. 빼내고 보니 꽤 깊이 박혔다. 상처 부위가 닿지 않게 걷는다.

하필 발이람.

가래톳에 발바닥 부상까지, 이런 상태로 험한 길을 걷는 건 무리다. 그야말로 파행(跛行)이다. 지형을 살펴 편한 길을 찾아야겠다. 절룩거리며 언덕에 오른다. 서쪽으로 낮은 산들이 흐르고, 남쪽으로는 탁 트였다. 언덕 아래에서 전차를 발견한다. 제3전차사단이 운용하는 97식 중(中)전차다. 언덕 바로 아래여서 시야에 들어오지 않았다.

열려 있는 포탑의 개구부 둘레가 검게 그을렸다. 한참을 지켜봤는데도 일본군은 없다. 엉덩이로 미끄러져 언덕을 내려간다. 나보다 먼저 내려간 녀석이 냄새를 맡으며 전차 주위를 돈다. 전면 상단부의 장갑이 주먹만 하게 뚫렸을 뿐 무한궤도와 포신은 멀쩡하다. 대전차포에 맞았다. 포탄이 관통한 구멍에 대고 냄새를 맡는다. 탄내와 화약 냄새가 난다. 선입견 탓인지 단백질이 탄 냄새도 섞여 있는 듯하다. 구멍을 들여다본다. 컴컴한 어둠뿐이다. 이 지경이면 승무원은 물론이고 장치와 장비도 남아난 게 없을 것이다. 좁은 공간에서 폭사했을 승무원의 고통쯤은 이젠 무감각하다.

전차 바퀴에 기댄 등이 아프지만 고쳐 앉는 게 귀찮다. 내 옆에 앉은 녀석의 등줄기를 쓸어주다 내 머리를 긁는다. 출격 전날 감았으니 가려울 만도 하다. 녀석의 냄새가 손에도 배었지만 아무렇지도 않다. 갑자기 일어난 녀석이 귀를 쫑긋 세우더니 내 손을 빠져나간다. 그러더니 몇 걸음 앞에서 북쪽을 쳐다보며 사납게 짖기 시작한다. 나는 보따리를 가지고 급히 전차 아래로 기어들어 간다. 불편한 발로 언덕 너머까지 뛰는 건 무리다. 간다 해도 따라올 녀석 때문에 들키기 십상이다.

녀석이 보는 곳을 살핀다. 산재한 흙더미가 시야를 가로막는다. 고개를 들거나 방향을 틀 수 없어 시야각이 좁다. 잠시 뒤에 두 남자가 오른쪽 흙더미 뒤에서 걸어 나온다. 평복이고 무기는 들지 않았다. 두 사람이 다가올수록 녀석은 조금씩 물러나면서 더 자지러지게 짖는다.

두 사람은 곧장 나에게로 온다. 녀석이 온몸으로 표현하는 적대감 따위는 조금도 개의치 않는다. 전차 밑에서 기어나온다. 위치가 발각되어 더 이상 숨을 이유가 없다. 내 옆에서 계속 짖는 녀석을 진정시킨다. 둘 다 초라한 행색에 모자를 눌러썼다. 뚱뚱한 사람이 지나어로 말을 건다. 나는 손짓으로 놓아라고 알려준다. 키가 크고 마른 사람이 모자를 벗어 어깨와 앞자락을 턴다. 먼지가 날린다. 머리칼이 짧다. 그의 눈은 줄곧 녀석에게 가 있다. 뚱보가 상의를 걷는다. 허리춤에 꽂힌 권총이 뱃살에 묻혀 있다. 그가 녀석을 가리키며 손으로 먹는 시늉을 한다. 알아듣지는 못해도 짐작되는 바가 있다. 녀석은 내 뒤에서 여전히 경계심을 드러내고 있다.

탈영병인가.

그렇다면 더 거칠게 없을 것이다. 의사소통이 되지 않으므로 작은 오해라도 생겨 권총을 꺼내면 낭패다. 내가 반대한다고 선뜻 그러라고 할 것 같지도 않다. 선택의 여지가 없다. 녀석에게는 미안하지만 나부터 살고 봐야 한다. 나는 고개를 끄덕임으로써 그의 요구에 동의한다. 그가 다시 손짓을 섞어가며 말을 한다. 나보고 녀석을 잡고 있으라고 하는 것 같다. 한쪽 무릎을 땅바닥에 대고 녀석을 끌어안는다. 머리를 내두르는 녀석의 옆구리를 어루만져 달랜다. 뚱보가 우리 뒤로 돌아가 권총을 녀석의 뒷머리에 갖다 댄다. 나는 고개를 돌리며 속으로 중얼거린다.

미안하구나.

총성과 함께 녀석은 이승에서의 마지막 비명을 지른다. 영혼이 빠져나간 만큼 가벼워져야 하는데 녀석은 되레 무겁다. 고통을 느낄 새도 없이 죽어 죄책감이 덜하다.

녀석을 내려놓자마자 키다리가 상의를 벗어 땅바닥에 깐다. 그 위에 녀석을 놓고 다시 대검을 꺼낸다. 지나군 무기다. 탈영병이 맞다. 키다리가 대검을 다루는 솜씨는 예사롭지 않다. 칼날이 지나간 자리가 재단한 듯 반듯하다. 살이 벌어진 틈으로 내장이 흘러나온다. 키다리가 간을 찾아내 한 입 크기로 자른 다음 한 점을 먹는다. 뚱보는 한 번에 두 점을 넣고 씹는다. 한 점을 더 우물거리던 키다리가 간을 대검으로 찍어 내민다. 나는 도리질을 친다. 배는 고프나 핏물이 흐르는 간을 먹을 자신이 없다. 녀석에 대한 약간의 죄의식이랄까, 예의랄까 그런 것도 있다. 간을 제 입에 넣은 키다리가 입가에 묻은 피를 혀로 맛있게 핥는다. 현란한 칼질로 가죽을 벗긴 키다리가 살을 발라낸다. 피 묻은 내장은 좀 그렇지만 익힌 살코기는 먹을 줄 안다. 엄밀히 말하면 녀석에 대한 권리는 나에게 있다.

먹이를 주었고 체온을 나누었고 길동무가 되어주었다. 또⋯⋯.

암튼 그렇게 생각하니 조금 전까지의 미안한 마음은 사라지고, 녀석의 죽음이 주인을 위한 희생으로 당연시된다. 배를 곯는 것보다는 뻔뻔해지는 편이 낫다. 조급증이 난다. 키다리의 손놀림이 더 빨랐으면 좋겠다. 허기 때문에 현기증이 인다.

## 23

전차에서 나온 뚱보는 상의를 벗은 알몸이다. 몸 여기저기에 그을음이 묻었다. 한 손에 보자기 삼아 쥔 상의를 펼치자 화약이 나온다. 일본군이 회수하지 않고 둔 포탄에서 탄두를 분리했는가 보다. 그런데 왜? 아, 알겠다. 화약을 연료로 사용하려는 것이다. 탄두를 다루려면 전문적인 지식과 기술이 있어야 한다.

포병인가.

뚱보가 가지고 온 보따리에서 반합을 꺼내더니 나를 보며 반합 아래에 주먹을 댄다. 그러고는 돌무더기를 가리키고 나서 손가락 네 개를 펼친다. 나는 제꺽 크기가 비슷한 돌을 주워 온다.

화약은 훌륭한 연료가 된다. 화력도 좋다. 노린내마저 향기롭다. 불에 기름이 떨어질 때마다 불길이 치솟는다. 반합에 넣은 고기가 더디 익어 직화 구이로 바꿨다. 두꺼운 고기를 자주 뒤집어야 해서 번거로웠던 것이다. 고기를 꿴 도구가 다르다. 뚱보는 대검, 키다리와 나는 나뭇가지. 키다리가 대검을 순순히 양보한 걸로 보아 뚱보가 상급자다. 꿴 채로 먹으려고 했더니 뜨겁다. 소매를 늘여 고기를 감싸 쥔다. 겉은 탔고 안은 덜 익었다. 화약 냄새도 심하다. 그런 것에 신경 쓸 겨를이 없다. 이로 탄 부분을 뜯어내며 먹는다. 뜨거움이 잇몸까지 전달된다. 입안에 든 고기를 이쪽저쪽으로 옮겨가며 식힌다. 땀이 흐른다. 둘은 아까 묻은 피에 기름기까지 더해져 입가가 검붉게 번질거린다.

갑자기 뚱보가 내 등 뒤를 보며 일어난다. 고개를 돌리니 들개들이 다가오고 있다. 어림잡아 열댓 마리가 넘는다. 먹는 데 정신이 팔려 몰랐다. 시체를 뜯어 먹던 들개들이 떠오르자 소름이 쫙 끼친다. 먹이를 찾아 떠돌며 야성을 되찾은 개들이다. 한 발을 쓴 권총에 장전된 총알을 어림해 본다. 여분의 총알이 있다 한들 들개들을 다 해치우지는 못한다. 아무리 칼을 잘 다뤄도 들개들의 상대가 되지는 못한다. 떼로 몰려다니며 인육을 맛본 놈들이다.

두 사람이 은밀한 눈빛을 교환하더니 고깃덩이를 양손에 하나씩 챙겨서 냅다 뛴다. 두 사람을 본 들개들도 달려오기 시작한다. 나도 한 덩이를 들고 달리려다 비명을 지른다. 나뭇조각에 찔렸던 발바닥에서 강렬한 통증이 올라온다. 눈물이 찔끔 나올 만큼 아프다. 깨금발로 뛰어 전차 바퀴를 딛고 오르다 떨어진다. 기름 묻은 손이 미끄럽다. 재빨리 일어난다. 송곳니를 드러낸 들개들이 지척까지 왔다. 고기를 버리고 두 손과 한 발에 의지해 전차 위에 올라선다. 들개가 뛰어오른다. 오른쪽 장딴지에 녀석의 이빨이 스친다. 간담이 서늘하다. 재빨리 포탑 안으로 들어간다.

숨을 돌리고 해치를 살짝 연다. 들개들이 고기를 두고 각축전을 벌인다. 흰둥이가 누렁이에게 물려 자지러지게 비명은 지른다. 서열이 낮은 녀석들은 주위를 어슬렁거리다 두 사람을 쫓는 무리에 합류한다. 전차 뒤쪽에서 발톱이 철판에 부딪치는 소리가 들린다. 한 마리가 아니다. 가래톳이 선 사타구니가 욱신거린다.

화약 냄새에 숨이 막힌다. 팔뚝으로 코를 막는다. 포탑 측면의 관측 창으로 들어온 빛에 내부가 드러난다. 온통 검은색이다. 그을음 가루가 떠다닌다. 바닥은 잔해들로 어지럽다. 날카로운 금속 파편에 발이 베이지 않게 조심한다. 전차의 외형이 온전한 건 기적에 가깝다. 호흡이 거북해 관측 창으로 코를 내밀고 참았던 숨을 토해낸다. 신선한 공기를 마시니 좀 살 것 같다. 땅에 코를 박고 전차 주변을 돌아다니는 녀석들이 내려다보인다. 총성이 울린다. 들개들이 일제히 고개를 들고 같은 곳을 바라보다 한 마리가 뛰자 다른 녀석들이 덩달아 달려간다. 전차 위에서 어슬렁거리던 녀석들도 뒤따른다. 총성이 몇 번 더 울리고 잠잠해진다. 조종수 자리의 관측 창을 연다. 한 마리도 없다.

전차 밑에 있던 내 보따리는 멀쩡하다. 두 사람의 상의는 갈가리 찢겨 너덜거린다. 그들의 보따리에서 나온 물건들이 널려 있다. 반쯤 사용한 연고가 있다. 영어가 쓰인 연고를 사타구니와 발바닥에 듬뿍 바른다. 용도는 알 수 없지만 한결 낫다. 기분 탓인지도 모른다. 반합은 이빨 자국이 났다. 쓸모가 있겠지 싶어 챙긴다. 넝마를 걸친 데다 반합까지 드니 각설이가 따로 없다. 엄지로 콧구멍을 번갈아 막고 코를 푼다. 콧물이 시커멓다.

세 갈래로 나뉘는 길이 나온다. 네 마리가 쓰러져 있고, 그중 한 마리는 몸을 들썩이며 고통스러워한다. 개들이 무리 지어 어슬렁거린다. 뚱보와 키다리는 어디론가 사라졌다. 종종거리고, 경중거리며 뛰어가는 그들을 잠시 떠올린다. 길가에 엎드린다.

한낮인데도 주위가 어두침침하다. 물기를 잔뜩 머금은 하늘은 끄느름하게 처져 있다. 하지만 비 올 날씨는 아니다. 비행에 절대적인 영향을 미치는 기상에 민감한 조종사로서 가지게 된 예견력이다. 기상부대에서 그날의 기상 상태를 알려주지만, 출격이 없어도 하늘을 보는 게 습관이 되었다. 기상은 항공대뿐 아니라 모든 군대 조직의 관심사다. 진주만 공격 이후로 신문과 라디오에서 일기예보가 사라졌다. 비행이나 항해에 유용한 정보인 기상 상태는 적의 수중에 들어가서는 안 되는 군사기밀이다. 흙바람이 분다. 눈에 먼지가 들어간다. 눈을 비비다 주르륵 눈물이 흐른다. 흐느낌을 삼킨다. 따르던 개를 잡아먹었다고 나오는 눈물이 아니다. 눈물은 마음을 소독하는 크레졸이다. 울음의 근원은 모르지만 나에게 찾아왔으니 내버려둔다. 그랬으면 좋겠다. 아무 말이나 괜찮다. 누군가가 어깨를 툭툭 치며 괜찮다고, 다 좋아질 거라고 해줬으면 좋겠다. 목 놓아 울 수 없어 소리 죽여 흐느낀다. 잇새로 끅끅 억눌린 소리가 새어 나온다.

한참을 울었더니 후련하다. 콧물을 들이켜며 일어난다. 개들은 어디론가 가버렸다. 온몸으로 고통을 호소하던 들개는 옆으로 누워 있다. 눈을 뜬 채다. 절룩거리며 걷는다.


곳곳에 전투의 흔적이 남아 있다. 포격으로 무너진 집과 거리에는 지나군 시체만 나뒹군다. 텅 빈 마을에는 시취와 악취만 가득하다. 희미하게 화약 냄새도 난다. 시체를 새까맣게 덮고 있던 쥐들이 인기척에 도망간다. 왼쪽 팔뚝으로 코를 가리고 시체들의 소지품을 뒤진다. 시체에서 흘러나온

물이 손에 묻지만 멈출 수 없다. 식량은 없다. 먹을 만한 것도 남아 있지 않다. 집들을 뒤져도 곡식 한 톨 나오지 않는다. 소득도 없는 일에 힘을 뺐더니 갈증이 난다. 우물이 있지만 지나군들의 시체로 채워져 있다. 그렇지 않다 해도 마시지 않았을 것이다. 일본군들이 독을 푼다는 말이 있다.

지붕과 한쪽 벽이 내려앉은 집에서 물이 담긴 큰 항아리를 찾아낸다. 국자처럼 생긴 걸로 물을 떠 마신다. 입안에 이물질이 남는다. 뱉어서 보니 죽은 벌레다. 다시 입에 넣고 씹는다. 목덜미를 닦다 손을 코에 대본다. 시취가 남아 있다. 무심코 집 안쪽으로 눈길을 주다 몸이 얼어붙는다.

사람!

인기척을 내지 않아 몰랐다. 오도카니 앉아 이쪽을 보는 사람을 잠깐 지켜본다. 생명체라면 미동이라도 있기 마련인데 움직임이 전혀 없다.

귀신?

사방에 시체가 널려 있고 날씨까지 흐리니 더 으스스하다. 아니다, 차라리 귀신이라면 좋겠다. 이젠 사람이 더 무섭다. 호기심에 이끌려 다가간다. 놀랍게도 갓 소녀티를 벗은 여자다. 상의 단추는 뜯겨 있고, 바지는 입지 않아 거웃이 드러나 있다. 사타구니와 허벅지에 피가 말라붙어 있다. 무슨 일을 당했는지 알 것 같다. 주변에 여자의 바지가 없다. 나를 올려다보지도, 몸을 가리려 하지도 않는 여자의 눈길은 한 곳에 머물러 있다. 그곳에는 아무것도 없다. 여름임을 감안해도 시체들이 부패했으니 꽤 오랫동안 여기에 있었다.

여자의 입술은 마르고 갈라졌다. 물이 담긴 국자를 여자 입에 대준다. 받아먹을 의지가 없다. 손으로 입을 벌리고 물을 넣어준다. 여자는 피하지도, 마시지도 않는다. 물이 앞자락을 적신다. 물을 더 떠 온다. 국자가 바닥을 보일 즈음 여자 입술이 조금씩 움직인다. 이후로는 떠다 주는 족족 허겁지겁 마신다. 여자 입에 건빵 하나를 넣어준다. 몇 번 씹지도 않고 삼킨다. 여자는 손에 쥐여준 건빵 한 움큼을 눈 깜짝할 새에 먹어치운다.

잔해 더미를 뒤진다. 먼지만 날릴 뿐 옷은 없다. 세 번째 집에서 남자 상의와 여자 바지를 찾는다. 여자에게 입히려 하지만 여자의 작고 가녀린 손이 내 보따리를 잡고 있다. 눈이 식탐으로 빛난다. 식량을 아껴야 한다. 주지 않으려 잡아당기지만 여자는 놓지 않는다. 여자의 간절한 눈빛을 끝까지 외면할 자신이 없다. 치부를 가리는 것보다 허기 끄는 일이 더 급한 사람이다. 이길 수 없다. 아니, 져야 한다. 이틀 동안 간신히 허기만 끄며 버텨왔는데 허탈하다. 목적지까지 갈 길이 더 걱정이다.

어떻게든 되겠지.

건빵 주머니를 내준다. 여자가 손에 잡히는 대로 입에 쑤셔 넣는다. 흘리는 게 더 많다. 건빵을 주워서 흙을 털고 먹는다. 그만 먹으라는 말이 통하지 않을 바에는 나도 배를 채우자는 심산이다. 밤새 걸었더니 배가 고프다.

# 24

갑자기 여자가 오열한다. 입에서 건빵 부스러기가 튀어나온다. 건빵을 입에 넣은 채 여자를 바라본다. 울지 말라고도, 울라고도 할 수 없다. 두 손으로 얼굴을 가리고 한참을 흐느낀 여자가 바지를 자기 쪽으로 끌어당긴다. 나는 돌아앉아 눈을 감는다. 부스럭거리는 소리에 이어 발소리가 난다. 조금 남은 건빵을 서둘러 보따리에 싼다. 마을 출입구 쪽으로 걸어가는 여자의 뒷모습을 보며 잠시 생각에 잠긴다. 여자와 동행하면 늦어지겠지만, 남들에게 남매로 보인다면 함께하는 동안은 안전할 것이다. 그보다는 손익을 떠나 여자가 가는 곳까지 데려다주고 싶다. 젊은 여자, 아니 남자여도 혼자 다니기에는 험한 세상이다. 바보가 아닌 이상 일본군이 점령한 동쪽으로 가지는 않을 것이다.

배가 부를 때까지 물을 마시고 반합을 채운다. 물에 개고기 기름이 둥둥 뜬다. 비우고 다시 채우지만 마찬가지다. 절룩이며 걸어가는 여자를 곧 따라잡는다. 연고를 계속 발랐더니 효과가 있다. 가래톳과 발바닥이 많이 좋아졌다. 미제가 좋다더니 괜한 말이 아니다. 마을 어귀에서 멈춘 여자가 신음을 흘리며 아랫배를 움켜쥔다. 벽에 의지한 여자를 부축하려고 손을 내민다. 내 손을 뿌리친 여자가 다시 걷는다. 나는 뒤에서 걷는다. 다시 멈춘 여자가 이번에는 아예 주저 앉는다. 고통을 참느라 어깨와 등줄기가 떨린다. 간간이 신음을 흘린다. 힘겹게 일어서는 여자의 팔죽지를 잡아준다. 멈칫하지만 이번에는 손길을 거부하지 않는다. 뼈만 잡히는 팔죽지에 손을 넣어 부축한다. 여자의 걸음은 답답하리만치 느리다.

세속의 사정은 알 바 아니라는 듯 해가 이글거린다. 서쪽을 향하는 여자는 자주 그늘을 찾아든다. 탈진해 쓰러지면 큰일이다. 옆에서 손부채질을 해준다. 이럴 줄 알았으면 널빤지라도 주워 올 걸 그랬다. 여자가 미안한 얼굴로 내 손을 밀어내지만 멈추지 않는다. 반합을 열어 건넨다. 물을 넘기느라 움직이는 목을 보자 갈증이 더 심해진다. 출발하기 전에 마신 물은 소변으로 나와버렸다. 퍽퍽한 건빵을 먹어서인지 물이 켠다. 반합을 돌려받아 바닥에 조금 남은 물을 마신다. 두 모금에서 끝난다. 가장자리에 맺힌 물방울을 받아 마시려고 고개를 젖힌다. 잘 떨어지지 않아 혀를 내밀고 손으로 반합 바닥을 두들긴다. 여자의 눈길이 느껴져 고개를 돌린다. 황급히 고개를 돌리는 여자의 눈과 입에 웃음이 어려 있다.

한 방울이라도 더 먹으려고 기를 쓰는 모습이 우스웠나.

아무려나 여자가 웃으니까 좋다. 이젠 개고기 기름이 섞인 물마저도 없다. 이제부터는 갈증이라는 적이 하나 더 늘었다. 비릿한 맛이 입안에 남는다. 몇 방울에 불과하나 그 여운은 결코 작지도, 가볍지도 않다. 탈출 직전에 초메이가 준 캐러멜을 떠올리다 걸음을 멈춘다. 그러고는 어떤 깨달음에 탄식을 내뱉는다.

내 도주 계획을 알았던 게 아닐까. 그래서 간직하고 있던 캐러멜을 작별 선물로 준 게 아닐까.

그렇지 않고서는 마지막 남은 걸 나에게 준 행위가 설명되지 않는다. 내가 생각하는 것보다 훨씬 속이 깊은 아이인지도 모른다.


말발굽 소리가 들린다. 한두 마리가 아니다. 방향을 가늠하려고 고개를 이리저리 돌린다. 우리가 온 쪽이다. 흩날리는 먼지가 보인다. 지축을 흔들며 무서운 기세로 달려오고 있다. 여자의 손을 끌어당긴다. 여자를 들쳐 업고 바위 뒤로 숨는다. 마음이 급하니까 여자가 허깨비처럼 가볍다. 지나군이나 일본군 기병인가 했는데 비적단이다. 지나군과 일본군의 군복을 입었다. 몇몇은 민간인 복장이다. 양쪽 군대의 탈영병들이 모여 결성한 비적단인 듯하다. 소총으로 무장했고, 각자 일본군 군도나 지나군 다다오[大刀]*를 지니고 있다. 저들 중에는 내가 탈출한 부대 출신도 있을지 모른다. 비적들이 사라질 때까지 기다리기로 한다.

여자는 글을 알까.

알아내는 방법은 간단하다. 여자의 팔뚝을 건드려 땅바닥을 보게 한다. 갈 거(去) 자를 쓰고 물음표를 찍는다. 이럴 줄 알았으면 지나어를 좀 익혀두는 건데 그랬다. 내무반에서 함께 생활하는 부대원에게 괜한 의심을 살 만한 행동은 철저히 피했다. 지나어 공부도 그중 하나였다. 여자가 질문의 의도를 파악하길 바랄 뿐이다. 여자의 검지가 지나간 자리에 세 글자로 된 지명이 나타난다. 내 목적지와 다르다. 하지만 여자가 이끄는 대로 왔으니 나와 같은 방향인 건 분명하다. 여자가 더 걷는 건 무리다. 여자와 함께 길을 갈 생각을 하니 걱정이 앞선다.

둔덕 아래에 보자기만 한 그늘이 드리워져 있다. 잡초를 발로 밟아 정리하고, 손짓으로 여자에게 누우라고 한다. 여

---

\*      칼의 면적이 넓은 개인 무기.

자는 앉아만 있다. 알아듣지 못했나 싶어 쓰러진 잡초 위에 누웠다 일어난다. 여자는 미동도 않는다. 누울 생각이 없다. 마을 쪽을 가리키고 나서 반합으로 물을 마시는 시늉을 한다. 여자가 고개를 끄덕인다. 온 길을 되짚어 간다. 여자의 걸음이 느려 얼마 걷지 못했다.

돌아와 보니 여자가 없다. 그새 좀 더 넓어진 그늘은 비어 있다. 잘못 찾았나 했지만 쓰러진 잡초들이 아까의 그 자리임을 말해준다.

피치 못할 사정으로 잠시 자리를 비웠나.

기다리지만 오지 않는다. 근처에도 없다. 성치 않은 몸으로 멀리 가지는 못했을 것이다. 여자가 서쪽을 향해 왔으니 서쪽으로 가면 된다. 말발굽 소리가 들리거나 흙먼지가 보이면 숨으면 된다.

30분쯤 걸었을까. 길 위에 피란민들이 죽어 있다. 총상은 없고 모두 자상이다. 시체들을 눈여겨보지만 여자는 없다. 한 시간쯤 가자 해자로 둘러싸인 성벽이 나타난다. 출입구에 지나군이 경계를 서고 있다. 오다가 마주칠 뻔한 비적단은 흉악할 뿐 아니라 대담하다. 지나군 관할 지역에서 활개를 치다니. 소지품을 눈에 띄지 않는 곳에 숨긴다.


날카로운 눈으로 나를 훑어본 경비병이 뭔가를 묻는다.

내가 벙어리 시늉을 하자 귀찮은 듯 어서 가라고 손짓한다. 일부러 꾸미지 않아도 내 몰골은 영락없이 먼 길 온 피란민이다. 사람들이 모인 공터에 한 남자가 꿇어앉아 있다. 손이 뒤로 묶여 고개를 숙인 남자의 가슴에 붓글씨로 '漢奸(한간)'이라 쓴 종이가 붙어 있다. 일본군에게 협조한 자다. 흥분한 사람들이 주먹을 치켜들고 소리친다. 침을 뱉는 사람도 있다. 돌멩이를 맞은 남자의 이마에서 피가 흐른다. 살아남기 위해 피란길에 나서고, 살려고 첩자 노릇을 한다. 살기 위해 첩자를 비난하고, 살려고 탈영하고, 농아 흉내를 낸다. 방법과 수단은 다르지만 모든 것들이 전쟁에서 살아남기 위해서다.

마을을 샅샅이 뒤져보지만 여자는 없다. 어느 집 처마 아래에서 땀을 들이며 다리를 주무른다. 집 안에서 앙칼진 고함 소리가 나더니 노파가 뛰쳐나온다. 손에 빗자루를 들고 있다. 표독스러운 닦달에 돌아서다 등짝을 얻어맞는다. 얼얼하다. 억울하고 화가 치밀어 눈을 홉뜬다. 소리를 지르며 들어간 노파가 건장한 남자를 데리고 나온다. 이크. 나는 도망쳐 집 사이에 숨는다. 눈을 빼꼼 내밀고 보니 쫓아오지 않는다. 그 자리에 퍼더버리고 앉는다.

여자는 나를 믿지 못한 걸까. 아니면 내가 물을 가지러 간 사이에 심경의 변화가 있었나. 나에게 써 보였던 목적지도 가짜였을까. 여자가 사라졌다고 서운할 건 없다. 부담을 덜었다는 게 솔직한 심정이다. 내처 가기로 한다. 마을에서 밤을 나면 안전하겠지만 노파와 마주치면 봉변을 당할지 모른다.

마을과 멀지 않은 곳에서 피란민 행렬을 만난다. 모두 오랫동안 피란 생활을 한 꼴들이다. 무덤을 파고 나온 시체들처럼 표정도 없고 말도 없다. 걸음걸이에도 감정이 실려 있지 않다. 고뇌와 번민을 온몸에 붙이고 그저 앞사람을 따른다. 사람들 몸에서 풍기는 악취를 맡고 몰려든 파리 떼와 함께. 파리들은 방어력이 취약한 목표물을 향해 달려드는 전투기처럼 집요하다. 손을 휘젓고 도리질을 해 내쫓다 나중에는 포기한다. 느리게 움직이는 사람들과 어울려 걷다 보니 시간의 흐름마저도 느려지는 것 같다. 신경질적인 경적 소리가 들린다. 사람들이 걷는 속도 그대로 길가로 비켜난다. 놀라지도, 돌아보지도 않는다. 지나군 병력과 차량이 지나간다. 병사들의 움직임과 얼굴에 그들이 겪은 일이 고스란히 드러난다. 제복을 입고 총을 들었을 뿐 피란민들과 별반 다르지 않다. 피란민들도 나와 같은 생각인지 전황이나 입대한 가족 혹은 친척의 이름을 대며 아는지 묻지 않는다.

갑자기 병사들의 움직임이 부산해진다. 트럭에 탔던 병사들도 뛰어내린다. 피란민들도 흩어진다. 여태까지는 연기였다는 듯, 이때를 위해 힘을 비축해 둔 것이라는 듯 재빠르다. 뒤쪽에서부터 시작된 폭격이 앞쪽으로 옮겨 온다. 트럭이 빨리 가려다 앞 트럭을 들이받고 멈춘다. 어리석다. 아무리 빨라도 폭격기를 앞지를 수는 없다. 길 아래로 내려가 엎드린다. 내 앞에서 형제로 보이는 두 소년이 장난을 치고 있다. 키득대며 서로 툭툭 건드리는 모습이 굳은 얼굴로 숨을 죽인 그들의 부모와 대비된다. 소년들의 행동은 전쟁을, 살육을, 어른들을 조롱하는 듯하다. 피란길에 나선 이후로는 빨지 않았을 옷은 소년들의 순수한 영혼을 감싸고 있는 거추장스러운 껍데기에 불과하다. 꽉 막은 귀 너머로 들려오는 폭발음과 총성, 비명 소리가 먼 곳에서 들려오는 잔칫집의 떠들썩함처럼 아련하다.

하나둘 일어나 옷을 터는 사람들에게서는 조금 전까지도 짙게 배어 있던 죽음의 그림자 같은 건 없다. 사방에 나뒹구는 시체를 거두거나 부상자들에게 약을 나눠주지 않는다. 동정의 눈길조차 주지 않는다. 이들에게는 감정을 소모할 여력이 없다. 슬퍼할 눈물도 말랐다. 병사들이 부서져 길을 막고 있는 트럭을 길가로 밀어낸다. 다른 병사들도 대열을 정비해 이동을 서두른다.

# 25

 

수레 옆을 지나는데 젊은 여자가 비명을 지른다. 바큇살을 잡은 손에 힘을 줄 때마다 손목의 힘줄이 도드라진다. 여자의 얼굴이 진땀과 땟국으로 얼룩졌다. 고통을 삭이느라 숨을 짧게 몰아쉬며 같은 말을 반복하지만 거들떠보는 사람은 없다. 나라고 뾰족한 수가 있을 리 없다. 여자 옆에서 고만고만한 아이 둘이 울고 있다. 그 옆으로 둘보다 조금 큰 아이가 쓰러진 남자를 흔들며 운다.

한참을 걷다 돌아선다. 여자의 비명보다는 아이들이 눈에 밟혀서다. 여자의 배는 소쿠리를 엎어놓은 듯 불룩하다. 나로서는 출산이 임박한 임부를 도울 방법이 없다. 출산일이 된 건지, 폭발음에 놀라 예정일보다 일찍 아기가 나오는 건지 알 수 없다. 머리에서 피가 흐르는 남자의 손목을 짚는다. 아이가 흔들고 있어 잘 모르겠다. 코에 손을 대본다. 숨이 끊어졌다. 어쩌면 남편이 죽은 충격에 조산을 하려는 건지도 모른다. 지나가는 사람들에게 여자를 가리키며 도움을 청한다. 아무도 나서지 않는다. 여자의 비명이 높아진다. 덩달아 내 마음도 다급해진다. 할 수 있는 게 없으니 울고 싶다. 말이 통하지 않으니 더 미치겠다. 어쩔 줄을 몰라 손만 쥐어짜며 돌아온 걸 후회한다. 여자가 나에게 수레 위를 가리키다 다시 몸부림친다. 무슨 말인지 몰라 이부자리를 들고 여자를 본다. 이를 사리문 여자가 급히 고개를 끄덕인다. 요를 깔고 여자를 끌어다 누인다. 여자가 다시 수레를 가리킨다. 세간을 뒤적이다 수레 바닥에서 꺼낸 보따리 안을 보니 가위와 깨끗한 천 등속이 들어 있다. 아이를 받아본 적이 없는 내가 봐도 출산에 필요한 물건들이다.

물.

고향에서 이웃집 아줌마가 출산할 때 물을 끓이는 걸 봤다. 항아리를 흔들어보니 제법 많은 물이 들었다. 폭격으로 부서진 수레 파편들을 모아다 불을 피운다. 물이 더디 끓어 나무를 더 넣는다. 그릇 가장자리에 기포가 생기며 김이 조금씩 올라온다. 내가 할 수 있는 건 다 했다.

이젠 뭘 해야지?

가리사니가 잡히지 않아 우왕좌왕한다. 적기에게 쫓길 때도 이렇게 피가 마르지는 않았다. 아이들이 우니 더 정신이 없다. 여자가 하체를 움직여 치마를 걷어 올린다. 비릿한 냄새가 확 올라온다. 아기 머리가 벌써 산도를 밀고 나왔다.

　이런!

　거의 제정신이 아닌 상태로 주위를 둘러보는데 마침 한 가족이 지나간다. 달려가 가장 나이가 들어 보이는 중년 여인을 어깨에 들쳐 멘다. 중년 여인이 몸부림치고 소리를 지르며 두 주먹으로 내 등을 때린다. 가족이 몰려와 나를 에워싸며 분위기가 험악해진다. 중년 여인을 내려놓은 나는 진통에 신음하는 여자를 가리키며 몸짓과 눈짓, 모든 수단을 동원해 지금의 상황을 전달하려 애쓴다. 중년 여인의 남편으로 보이는 남자가 주먹으로 내 얼굴을 후려갈긴다. 휘청이는 내 복부로 다시 주먹이 날아든다. 남자가 나를 계속 때리려 하자 중년 여자가 막아선다. 중년 여자의 계속되는 설득에 남자가 주먹을 푼다. 중년 여인이 딸이나 며느리로 보이는 여자들을 데리고 산고로 몸을 비트는 여자에게 간다. 얼핏 마주친 여자의 눈에 안도감과 고마움이 어려 있다. 갑자기 얼얼하던 얼굴이 아프지 않다. 주먹질 따위는 열 번을 당해도 괜찮다는 생각이 든다. 내가 거듭 고개를 숙여 용서를 빌자 화가 덜 풀린 남자는 고개를 돌려버린다. 여자 둘이 이불로 여자를 가려 산실을 만들고 하나는 중년 여인을 돕는다. 여인의 비명이 절정을 향해 치닫는다.

천에 싸인 아기가 힘차게 젖을 빤다. 머리는 큰 데다 피부가 불그스름하고 주름져 겨우 사람 꼴을 갖췄다. 건강해 보인다. 꽉 움켜쥔 손에서 살겠다는 강한 의지가 느껴진다. 태반을 산후조리식으로 여자에게 먹인 중년 여인은 가족과 떠났다. 여자는 기진맥진한 얼굴로 잠들었다. 세 아이는 새로 태어난 동생을 구경하고 있다. 피란민들은 보이지 않는다. 피란민 행렬의 후미를 본 게 한참 전이다. 어두워지기 전에 묵을 곳을 찾아야 한다. 여자의 어깨를 흔든다. 잠에 취한 여자는 겨우 눈을 뜬다. 수레에 이불을 깔고 여자를 부축해 태운다. 수레에 누울 자리를 마련하려고 세간을 몇 가지 버렸다. 죽은 남편을 보고 울던 여자가 조용해진다. 더럭 겁이 나 손을 코끝에 갖다 댄다. 기절한 건지, 잠이 든 건지 숨은 붙어 있다.

아이들에게 밀라고 하고 나는 끈다. 고사리 같은 손이라도 없는 것보다 낫다. 아버지에게서 떨어지지 않으려는 큰아이 때문에 출발이 늦어졌다. 슬퍼하는 아이를 나무랄 수 없어 목울대까지 올라온 짜증을 꾹 누른다. 몇 걸음 옮기지도 않았는데 땀이 줄줄 흐른다. 세간을 더 내려놓는다. 그러고도 가다 서다를 반복한다. 막내가 칭얼거려 태웠더니 수레가 더 무겁다. 뒤에서 누가 잡아당기는 것 같다. 물도 없다. 땡볕에 노출된 산모와 아기가 걱정된다.

아이들은 수레가 만든 옹색한 그늘에 모여 있다. 손잡이에 걸터앉아 내 오지랖을 후회하는데 엔진 소리가 들린다.

더위를 먹었나.

힘겹게 일어나 돌아선다. 트럭이 먼지를 일으키며 달려온다. 환청에 이어 환시가 아닌지 의심된다. 하지만 아이들도 내가 보는 쪽으로 고개를 돌리고 있다. 수레를 길 한가운데로 옮긴다. 길을 막은 후환이 두려우나 다른 방법이 없다. 이래 죽으나 저래 죽으나 매일반이다.

버티고 서서 두 손을 흔든다. 나를 발견하고 경적을 울리던 트럭이 멈춘다. 병사들이 나에게 총을 겨누고 있다. 금방이라도 총알이 날아올 것 같아 몸이 움츠러든다. 적재함에서 뛰어내린 병사들이 소총으로 위협한다. 내가 비키지 않자 수레를 치우려고 한다. 나는 수레에 매달려 온몸으로 막아선다. 한 병사가 개머리판으로 내 등짝을 찍는다. 아프기도 하고 숨도 막혀 땅바닥에서 소금 맞은 지렁이처럼 꿈틀댄다. 그러면서도 한 손은 수레 손잡이를 꼭 쥐고 있다. 나에게 이런 강단이 있었다는 게 놀랍고 낯설다. 이 순간 내 머릿속에는 산모도 아기도 아이들도, 심지어는 나도 없다. 오로지 수레를 지켜야 한다는 맹목만이 나를 지배한다. 나를 때렸던 병사가 다시 개머리판을 치켜든다. 방향이 수레를 잡은 손이다. 퍼뜩 이성을 되찾는다. 손을 다치면 영영 조종간을 잡지 못할 수도 있다. 그때 잠에서 깬 아기가 불에 덴 듯 운다. 얼른 산모와 아기 쪽으로 몸을 피한다. 병사들이 쫓아와 나를 폭행한다. 산모와 아기를 보면 자비심이 생길 거라는 계산은 빗나간다. 쉴 새 없이 고통을 당한다는 아비지옥과 무간지옥이 이런 거로구나 싶다. 깨어난 산모가 울부짖는다. 아이들도 덩달아 울음을 터트린다.

누군가 소리친다. 병사들이 폭행을 멈춘다. 트럭에서 내린 장교가 다가온다. 권총을 들었고 얼굴에 짜증이 가득하다. 군사작전을 방해했으니 즉결처분당할 수도 있다. 후덕해 보이는 인상에 기대를 걸어보기로 한다. 장교에게로 달려가 몸짓으로 산모를 데려가 줄 것을 간청한다. 권총을 총집에 넣은 장교가 산모와 아기, 아이들을 차례로 훑어보더니 군모를 벗고 소매로 얼굴을 닦는다. 설핏 난처해하는 기색이 보인다.

됐다!

이때다 싶어 잽싸게 무릎을 꿇고 애원한다. 나를 예의 짜증스러운 눈길로 내려다보던 장교가 명령하자 병사들이 수레를 트럭 뒤로 밀고 간다. 수레를 따라온 장교가 트럭에 탄 병사들에게 다시 명령한다. 시루의 콩나물처럼 붙어 섰던 병사들이 투덜대면서도 더 밀착해 겨우 공간을 만든다. 산모와 아기, 큰 아이가 태워진다. 아이 둘은 장교와 함께 탄다. 산모가 수레를 가리키자 병사가 곡식이 담긴 자루 두 개를 올려준다. 마지막 병사가 올라타고 적재함 문이 닫힌다. 트럭이 출발하려고 한다.

이건 내가 바라던 결말이 아냐.

나는 트럭에 매달린다. 한 병사가 욕설을 뱉으며 내 손등을 밟는다. 다른 쪽 팔꿈치를 걸치고 버틴다. 다른 병사가 발로 내 머리를 짓누른다. 안 그래도 비좁고 더운데 나 때문에 붙어서 가게 됐다고 앙갚음을 하는 것 같다. 산모가 울며 말리지만 병사들은 아랑곳 않는다. 이를 악물고 견디던 나는 떨어지고 만다. 땅바닥에 누워 멀어지는 트럭을 넋 놓고 바라본다. 맞은 데다 용까지 썼더니 안 아픈 곳이 없다. 뼈마디가 모두 어긋난 것 같다. 따가운 햇볕 아래에 누워 있을 수만은 없다. 수레로 간다. 트럭에 잠깐 매달린 것 같은데 꽤 멀다. 몸이 아프니 더 멀게 느껴진다. 내 보따리를 챙겨 터덜터덜 걷기 시작한다.


지형이 눈에 띄게 험해졌다. 사흘을 내리 굶었다. 호주머니를 탈탈 털어 찾아낸 쌀 다섯 톨을 먹은 게 마지막 끼니였다. 이럴 줄 알았으면 그냥 일본군을 쫓아다닐 걸 그랬다는 후회가 든다. 부드러운 흙을 집어 먹고, 길가의 풀을 뜯어 먹었지만 허기는 사라지지 않는다. 눈에 들어오는 사물들이 전부 음식물로 보인다. 입에 대지도 않던 수리취떡을 줘도 황감하여 먹을 것 같다. 육신이 무겁고 거추장스럽다. 할 수 있다면 팔다리만이라도 떼어 버리고 싶다. 나를 따라다니는 그림자마저도 무겁다.

피란민들에게 음식을 구걸했으나 하나같이 거절당했다. 일곱 가족의 가장이 베푼 물 한 그릇이 최대의 친절이자 자비였다. 말을 걸었다는 이유만으로 두들겨 맞았다. 피란민들은 오는 동안 몹쓸 짓을 많이 당했는지 낯선 사람을 극도로 경계했다. 간혹 나를 동행으로 받아주는 피란민들도 있다. 딱 거기까지다. 음식은 절대 나눠주지 않는다. 그들이 지나온 황량하고 삭막한 산야처럼 인정이 메말랐다. 그런 와중에도 표정과 몸짓에서 희미하게나마 생기가 느껴진다. 이유는 단 하나.

목적지가 멀지 않다.

길목마다 지켜 선 지나군의 검문과 검색이 잦아진다. 앞서가던 피란민들이 보이지 않는다. 힘에 부쳐 따라가지 못하고 뒤처진다. 시야가 흐리다. 내 의지를 따르지 않는 팔다리가 귀찮고 부담스럽다. 걸어도 길이 줄지 않는다. 한참을 걸은 것 같은데 돌아보면 겨우 몇백 미터를 왔을 뿐이다.

# 26

 드디어 출입문이 보인다. 주저앉는다. 긴장도 풀리고 다리도 풀렸다. 출입문을 통과할 때만이라도 멀쩡하게 보여야한다. 전염병 감염 의심자나 행려병자는 들여보내지 않는다는 말이 있다. 아픈 사람으로 오인되어 쫓겨나면 이제까지의 고생과 노력이 헛수고가 된다.

 피란민들의 표정이 밝다. 발걸음도 한결 가벼워 보인다. 길 건너편에서 노부부가 떡을 먹고 있다. 그들에게 다가간다. 노부부가 뜨악하면서도 경계심이 가득한 얼굴로 올려다본다. 그들이 들고 있는 떡을 가리키며 손짓과 표정으로 좀나눠달라고 한다. 눈앞에서 불이 번쩍한다. 노인이 휘두른나무 지팡이에 이마를 맞았다. 휘청하는 사이에 다시 왼쪽관자놀이를 강타당한다. 머리를 싸쥐고 주저앉는다. 신음을뱉을 기운도 없다. 노인네의 것이라고 믿기지 않는 강한 힘이다. 나무 지팡이는 의지가지없는 피란길에서 보행 보조용이자 호신용인 모양이다. 노파가 새된 소리로 욕설을 퍼붓는다.

겨우 정신을 차린다. 서둘러 떠나는 노부부의 뒷모습이 보인다. 이마에 혹이 생겼다. 맞은 건 억울하지 않으나 그들의 돌변은 당황스럽다. 인상이 선해 보여 잠시 피란민이라는 사실을 망각했다. 일어나려다 도로 주저앉는다. 아찔한 현기증과 함께 뜨거운 기운이 온몸으로 확 퍼진다.

여기서 쓰러지면 안 된다.

죽더라도 도착해서 죽어야 한다. 묵묵히 목적지를 향해 가는 피란민을 보니 배 속 깊은 곳에서부터 힘이 솟는다. 일어나려다 다리가 후들거려 엉덩방아를 찧는다. 잠깐 힘을 썼는데도 숨이 차고 이마와 등에 식은땀이 솟는다. 어금니를 사리물고 여러 번 시도한 끝에 일어난다. 이럴 때 붕어찜, 아니 굴김국이라도 한 사발만 먹으면 기력을 회복할 텐데.

피란민 행렬에 섞여 출입문을 통과한다. 전시 수도니 절차가 까다로울 줄 알았는데 그런 것도 없다. 감회가 다를 줄 알았는데 무덤덤하다. 크게 숨을 쉬어본다. 내 삶은 이곳에 발을 들이기 전과 후로 나뉠 것이다. 그늘로 들어가 사방을 둘러본다. 도시는 소문으로 들었던 것보다 온전하고 평화롭다. 집들이 가파른 언덕을 따라 층층이 들어서 있다. 일본군

항공대는 소화 13년(1938년) 초에서 작년 여름까지 충칭을 공습했다. 총 200여 회 출격에 폭탄 1만여 발. 전쟁 역사상 가장 오랜 기간 지속된 폭격이었다. 충칭의 건물과 가옥은 유리창이 없다고 했다. 남은 유리창도 폭격에 대비해 없앴다. 유리창 파편에 부상당할 우려 때문이었다. 충칭으로 몰려든 피란민들은 맨바닥에서 노숙을 했다. 거리에는 분뇨가 흘러넘쳤다. 쌀값은 폭등했다. 인구 밀집도가 높아 전염병으로 죽은 사람도 많았다. 눈앞에 펼쳐진 충칭은 이런 선입견을 불식시키기에 충분하다.

다리가 후들거려 주저앉는다. 지나군이나 경찰 눈에 띄면 여기까지 온 게 허사가 된다. 오금이 펴지질 않는다. 엎드려 엉금엉금 긴다. 사람들 눈길이 미치지 않는 곳으로 피하려는 필사의 몸짓이다. 얼마 움직이지도 않았는데 팔까지 아프다. 돌부리에 걸려 중심을 잃는다. 땅바닥에 뺨이 닿았는데도 감각이 없다. 흙냄새를 맡으며 시야와 머릿속이 동시에 캄캄해진다.


발소리에 눈을 뜬다. 잠이 든 건지, 기절한 건지 길바닥에 누워 있다. 왜 여기에 있는지 기억나지 않는다. 얼마나 이러고 있었던 걸까. 사람들이 나를 피해 간다. 고개를 돌릴 힘도 없다. 눈알만 굴려 주위를 살핀다. 한 아이가 나를 빤히 보고 있다. 내가 깨어나기를 기다리고 있었는지 아이는 눈이 마주치자마자 조금씩 다가온다. 내 주위를 한 바퀴 돌며 탐색이 끝나자 들고 있던 나뭇가지로 내 얼굴을 간질인다. 나는 제지할 기운이 없어 아이가 하는 짓을 멀뚱히 쳐다본다. 하던 짓을 멈춘 아이가 바지를 무릎까지 내린다. 고추를 두 손으로 잡고 허리를 내민다. 고추가 애벌레처럼 꿈틀거리더니 오줌이 쏟아진다. 나는 입을 벌려 허겁지겁 받아 마신다. 구태여 오줌 줄기를 찾아가지 않아도 된다. 아이가 내 입에 정확히 조준한다. 작은 방광에 오줌을 많이도 모아두었다. 한 여자가 달려와 아이의 엉덩이를 찰싹찰싹 때린다. 바지를 올리며 저만치 달아난 아이가 볼이 부어 큰 소리로 욕설을 퍼붓는다. 여자가 쫓아가는 시늉을 하자 아이는 줄행랑친다.

집으로 들어갔던 여자가 다시 나온다. 미안했는지, 딱했는지 내 손에 뭔가를 놓아준다. 전병이다. 내 머리보다 손이 먼저 움직여 허겁지겁 입속에 쑤셔 넣는다. 머리에서는 천천히 먹어야 된다고, 이러다 죽는다고 타이르지만 씹지도 않고 삼킨다. 허망하고 아쉽다. 아쉬움에 손가락에 묻은 기름기를 빤다. 거칠다 못해 딱딱한 입술을 혀로 핥는다. 입안에 남은 기름기와 밀의 고소한 향만이 방금 내가 먹은 걸 알려줄 뿐이다. 오줌을 뒤집어쓴 대가로 음식물을 받았으니 밑지는 장사는 아니다. 오줌을 물 대신 마셨으니 오히려 이

득이다. 나를 지켜보던 여자가 혀를 차며 돌아선다.

여러 번 시도한 끝에 상체를 일으킨다. 잠깐의 움직임에도 숨이 차고 몸이 까라진다. 담벼락에 기대앉아 기력이 회복되기를 기다린다. 여자가 들어간 대문으로 사람들이 드나든다. 간판은 없는데 음식점이다. 도망갔던 아이가 슬금슬금 다가와 나뭇가지로 내 몸 이곳저곳을 쑤신다. 신경이 무뎌졌는지 감각이 없다. 아이는 코에서 콧물이 계속 들락날락하고 앞니 두 개는 빠졌다. 비죽 웃음이 나온다. 말을 더럽게 안 들어먹게 생겼다. 아이가 팔뚝으로 코를 닦는다. 콧물이 쓸린 방향으로 볼에 묻어난다.

에이, 더러운 자식.

까무룩 잠이 든다. 아니, 의식을 잃은 건지도 모른다. 잠깐씩 눈을 뜬다. 그때마다 기절했다 정신이 든 건지, 잠에서 깬 건지, 꿈속인지, 흐릿한 눈에 들어오는 것들이 실제인지, 이곳이 이승인지, 저승인지 분간이 안 된다. 해의 위치가 바뀌었지만 그늘로 옮겨 갈 힘은커녕 손을 들어 햇빛을 가릴 기운도 없다.

누군가 어깨를 흔든다. 힘겹게 눈꺼풀을 밀어 올리니 주위가 캄캄하다. 집집마다 불빛이 새어 나온다. 나는 팔짱을 낀 채 웅크리고 있다. 여자가 물 사발과 전병을 들고 있다. 나는 전병을 낚아채 입에 쑤셔 넣는다. 여자가 뭐라고 하지만 나에게는 요령부득의 중얼거림일 뿐이다. 지나어기도 하거니와 지금은 먹는 게 우선이다. 단숨에 삼키고 물을 마신다. 여자가 물을 다시 갖다준다. 물을 다섯 사발이나 마신다. 좀 정신을 차리고 보니 나를 괴롭히던 아이가 여자 옆에 서 있다. 여자는 아이의 엄마다. 아이의 엄마가 말을 건다. 다정한 말투로 보아 나의 신상에 대해 묻는 것 같다. 왜 여기에 혼자 있느냐, 어디서 왔느냐 따위. 손짓으로 농아임을 알려준다. 고개를 끄덕인 아이의 엄마가 따라오라고 손짓한다.

아직 회복되지 않은 몸을 일으켜 대문 안으로 들어간다. 아이의 엄마가 대문에 빗장을 지른다. 주방을 지나니 작은 뒤꼍이 나온다. 물통 옆에서 아이의 엄마가 몸을 씻는 시늉을 하고 돌아간다. 바가지로 물을 떠 몸에 끼얹는다. 차가워도 오랜만의 목욕이라 상쾌하다. 가져다준 옷으로 갈아입는다. 넝마와 다름없는 내 옷은 코를 싸쥔 아이의 엄마가 집게로 집어 화덕에 넣는다.

그릇에 넘치게 담아준 국수를 먹고 밀짚 더미에 몸을 누인다. 각종 야채와 밀가루, 잡동사니를 넣어두는 헛간이다. 국수 한 그릇에 세상을 다 얻은 기분이다. 기분 좋게 올라온 트림을 음미한다. 바로 옆에서 키우는 돼지와 닭의 분뇨 냄새가 난다. 돌아누워 밀짚 더미에 코를 박는다. 밀을 키우던 흙냄새, 밀을 스치고 간 바람 냄새, 수확하려고 밀을 잡았던 농부의 손 냄새, 밀을 베어낸 낫의 쇠 냄새가 난다. 성긴 판자 틈으로 가장자리를 살짝 베어 문 비스킷 같은 달이 보인다. 내 얼굴을 부드럽게 어루만지는 달빛은 아주 먼 길을 달려왔다. 나 또한 먼 길을 왔다. 지금까지의 여정을 돌이켜 본다. 매 순간이 위기고 고비였다. 아직까지 살아 있는 게 신기하다.

얼마를 더 가야 할까.

내 한숨 사이로 깨어 있는 돼지와 닭의 기척이 들린다.


헛간 문이 열리는 소리가 난다. 눈이 떠지지 않는다. 몸은 천근만근이다. 추워서 몸을 웅크리고 있다. 아이의 엄마가 문 바깥에서 나를 부른다. 억지로 몸을 일으킨다. 잠결에 문 열리는 소리를 들었다. 이어 내 이마를 만지고 코끝에 손을 대보는 손길이 느껴졌다. 꿈이 아니라면 아이의 엄마가 새벽에 내가 살아 있는지 확인한 것이리라.

아이의 엄마가 내가 할 일을 알려준다. 물을 길어 와 큰 독을 채우고 음식점 안팎을 청소한다. 일손이 부족하면 주방에도 불려 간다. 손님이 주문한 음식이 나오면 나른다. 몸은 고단하고 일은 힘들지만 내 처지를 생각해 꾀를 부리지 않는다.

내가 오기 전까지는 아이의 엄마가 이 모든 걸 혼자 해냈

다니 정말 억척스럽다. 종업원을 더 쓰려고 했는지, 내가 불쌍해서 쓴 건지는 모른다. 원래 건강한 체질인지 잠도 서너 시간만 자지만 늘 활력이 넘친다. 목소리도 우렁차고 성격도 괄괄하다. 주방에서는 초로의 남자가 혼자 일한다. 주문을 받으면 손짓 몇 번에 뚝딱 음식을 만들어낸다. 맛도 기가 막히다. 아이의 여자가 쓰촨성 최고의 요리사라고 추켜세우는 것도 허언이 아니다.

내가 파악한 이 집의 가족은 일곱이다. 남편인 갑은 오십대 초반으로 아주 멋쟁이다. 늘 영국제 중절모를 쓰고 실크 양복 차림이다. 눈부시게 흰 셔츠에 나비넥타이를 매고 모본단 조끼에는 신사의 필수품인 회중시계 줄을 늘어뜨렸다. 집에는 어쩌다 한 번씩 들어온다. 한마디로 주색잡기를 좋아하는 한량이다. 갑은 주로 마작판에서 돈을 탕진한다. 아이의 엄마인 을은 이런 갑에게 한없이 너그럽다. 잔소리는 커녕 돈을 달라는 대로 내어준다. 딸 셋은 출가했고 아들 하나는 지나군에 입대했다. 나에게 오줌을 눈 아이인 병은 늦둥이다. 이놈은 온갖 말썽이란 말썽은 다 피우고 다니는 악동이다. 닭목을 잘라 그 닭이 길거리를 휘젓고 다니게 해 행인들을 기겁하게 만들고, 폭죽으로 장난치다 다른 집에 불을 낼 뻔했다. 지렁이에게 오줌을 눠 고추가 퉁퉁 부어서 오고, 지나가던 아가씨의 치마 속에 손을 넣었다가 그녀의 애인에게 흠씬 두들겨 맞았다. 내가 이 집에 정착한 단 일주일 동안 벌어진 일들이다. 자잘한 사건은 제외한 게 이 정도다. 악동보다는 작은 악마라고 불러야 더 어울린다.

## 27

일주일 만에 귀가한 갑이 들고 있던 조롱을 가게 입구에 놓는다. 횃대에 새 한 마리가 앉아 있다. 머리에 왕관처럼 깃을 세운 새는 낯선 곳이 불안한 듯 횃대 위를 왔다 갔다 한다. 을이 웬 거냐고 묻자 갑은 보통 새가 아니라며 새에게 말을 시킨다. 텐노헤이카 반자이(천황폐하 만세), 다이니혼데코쿠 반자이(대일본제국 만세), 칙쇼, 바카. 새의 부리에서 일본어가 술술 나온다. 신기하다. 말하는 새가 있다는 건 알지만 직접 보는 건 처음이다. 앵무새다. 깃털이 화려하고 부리 끝이 매처럼 구부러졌다. 몸집도 큰 편이다. 화려한 무늬로 장식된 조롱이 사치스러워 보인다. 부유한 일본인, 아니면 일본군 고위 간부가 버리거나 잃어버린 걸로 짐작된다. 피란민이 주워 여기까지 가져와 판 모양이다.

을이 갑에게 새가 무슨 말을 한 거냐고 묻는다. 갑이 대답하자 을은 사색이 되어 급히 주위를 둘러본다. 그러더니 목소리를 낮춰 갑에게 따지듯 말한다. 아마도 천황폐하 만세와 대일본제국 만세를 다른 사람이 들으면 어떡하느냐는 항변일 것이다. 갑은 태평하게 웃더니 지나어로 천천히, 한 자씩 힘주어 국민당 만세, 라고 말한다. 갑을 빤히 쳐다보던 앵무새가 말한다. 바카, 바카, 바카. 을이 허리를 젖히며 폭소를 터트린다. 벌레 씹은 얼굴이던 갑이 다시 국민당 만세를 또박또박 가르친다. 이번에는 앵무새가 칙쇼를 되뇐다. 몇 번 더 시도하던 갑이 뜻대로 되지 않자 조롱을 친다. 놀란 앵무새가 바카라고 하며 퍼드덕댄다. 깃털 하나가 떨어진다. 을은 눈물까지 글썽이며 웃는다. 얼굴이 벌게진 갑이 욕지거리를 하며 꼬챙이를 철망 사이로 넣어 쑤신다. 앵무새는 더 요란하게 날며 칙쇼와 바카를 반복한다. 앵무새의 대응은 갑의 화를 돋우기에 충분하다. 때마침 손님들이 들어선다. 웃음을 거둔 을이 흔연히 손님을 맞는다. 소동이 일단락된다. 을이 주문을 받아 주방에 전달한다. 나는 주방 입구에서 음식이 나오길 기다린다.

갑은 집에 올 때마다 앵무새를 길들이려 시도한다. 앵무새는 지나어를 하지 않는다. 긴 단어를 버거워하는가 싶어 두 음절짜리 단어를 가르쳐도 통 따라 하지 않는다. 그동안 조롱이 많이 찌그러졌다. 갑이 인내심이 바닥날 때마다 꼬챙이로 조롱을 두드린 결과다. 내가 보기에 갑의 행동은 지나친 데가 있다. 지나어를 가르친다기보다 못살게 구는 것에 더 가깝다.

갑의 노력과 열정에 반비례해 앵무새는 점점 활기를 잃어간다. 무기력하게 졸고 있을 때가 많다. 깃털에서 비듬 같은 가루가 떨어진다. 윤기가 없어진 깃털도 많이 빠진다. 갑이 십자매를 키우는 손님에게 들은 조언을 나에게 시킨다. 신선한 야채를 넣어주고 햇볕을 자주 쬐어준다. 똥도 자주 치워 조롱을 청결하게 유지한다. 지나어를 가르치다 포기한 갑은 무슨 생각에서인지 일본어를 시켜본다. 부리를 닫은 앵무새는 갑을 쳐다보지도 않는다. 갑은 고개를 절레절레 내두르며 화를 낸다.

나는 일하는 틈틈이 조롱을 들여다본다. 풀어줄까도 고민해 봤다. 나야 욕 한번 얻어먹으면 그만이지만 그건 너무 잔인한 짓이다. 사람에게 길들여진 앵무새가 낯선 환경에서 먹이를 구하는 것도 어렵고, 재수 없으면 맹금류의 먹이가 되기 십상이다. 조롱 안에서만 살아온 탓에 날개의 기능이 퇴화해 비행이 서툴 수도 있었다. 나는 말을 시키지도, 가르치지도 않는다. 누구 눈에 띌까 봐 그러지도 못한다. 그저 따뜻한 눈빛으로 어서 기운을 회복하라고 격려한다. 단조로운 일상에서 앵무새를 관찰하는 건 나만의 소소한 즐거움이

자 보람이다. 하지만 앵무새는 먹이를 잘 먹지도, 움직임이 활발해지지도 않는다. 이따금씩 나를 바라보는 앵무새는 슬픈 눈빛을 하고 있다. 나는 속으로 괜찮아질 거라고 위로한다. 병의 괴롭힘을 막는 것도 내 일이다. 한번은 조롱에서 꺼내 들고 다니는 걸 달래느라 애를 먹었다. 머릿속에 나쁜 생각들로 가득 찬 병이 또 무슨 해코지를 할까 싶어 조롱을 헛간으로 옮겨다 두었다. 다행히 병은 앵무새에게 별로 관심이 없다.

기침으로 하루를 시작한다. 충칭은 분지인 데다 양쯔강과 자링강이 합류하는 곳에 위치해 있어 습도가 높다. 인구가 많아 늘 악취가 고여 있다. 악취는 그저 후각으로 감지되는 게 아니라 생활의 일부가 되어버렸다. 가을에 들어서는 매일 안개가 껴 해를 보기 어렵다. 난방 연료인 석탄은 대기오염을 더욱 가중시킨다. 훗날 충칭은 악취와 기침으로 기억될 것이다. 매일 듣다 보니 지나어를 몇 마디쯤 알아듣게 되었다. 더듬더듬 해석해 보니 일본은 모든 전선에서 고전을 면치 못하고 있다. 집에 돌아갈 날이 머지않은 것 같다. 그때를 대비해 돈도 조금씩 모으고 있다. 충칭에서 고창까지 가는 여정도 녹록지는 않다. 육로를 이용해 조선까지 가는 건 불가능하다. 일단 동쪽에 가서 배를 타야 하리라. 조선 서해안을 마주 보는 지나 동해안에는 수많은 도시가 있을 테지만 내가 아는 건 톈진과 상하이밖에 없다.

무서리가 내렸다. 눈을 뜨면 맨 먼저 찾는 앵무새가 조롱 바닥에 누워 있다. 가슴이 덜컥 내려앉는다. 떨리는 손으로 조롱을 연다. 손끝에 닿는 깃털의 감촉부터가 다르다. 체온도 느껴지지 않는다. 조심스럽게 꺼낸다. 꼭 닫은 부리와 눈은 이 세상에 미련이 없는 듯하다. 하지만 발가락은 무언가를 움켜쥔 듯 꼭 오므리고 있다. 그 모양새에서 강한 생명력이 느껴지던 신생아의 주먹이 떠오른다.

무엇이 그리 애틋했을까.

깃털 두 개가 빠져 너풀거리며 떨어진다. 영혼이 빠져나간 앵무새는 가볍다. 비통한 내 마음은 그지없이 무겁다. 열대지방이 고향인 앵무새는 자신의 의지와는 무관하게 여기까지 와서 시달리다 말까지 잃었다. 앵무새의 신세가 나와 다를 바 없다는 생각이 든다. 앵무새는 나라도 슬퍼해 주지만, 이곳에서는 내가 죽어도 울어줄 사람 하나 없다. 목울대가 뜨거워지며 눈물이 흐른다. 최초의 눈물 한 방울이 마중물이 된다. 앵무새를 두 손에 받쳐 들고 엉엉 운다. 설움이 북받쳐 어깨까지 격하게 들썩인다. 어쩌면 앵무새의 죽음을 핑계 삼아 그동안 쌓였던 외로움과 그리움, 두려움 같은 감정을 눈물에 녹여내는 건지도 모른다.

을과 주방장이 달려온다. 무슨 큰일이 난 줄 알았다가 앵무새와 나를 번갈아 보고는 어이없다는 얼굴이다. 주방장이 일하러 가자고 등을 떠밀지만 나는 한 발짝도 떼지 않는다. 내가 너무 슬퍼하자 을이 주방장의 손을 슬며시 잡아끈다.

한참을 울고 나서야 진정이 된다. 머리와 목이 아프고 맥이 풀린다. 콧물을 훌쩍이며 볕이 잘 드는 담벼락 밑을 판다. 앵무새를 묻고 좋은 곳으로 가기를 빌어준다. 흙을 모아 봉분을 만들다 앵무새의 죽음이 자살이라는 데 생각이 미친다. 내가 각별히 보살폈음에도 먹이를 거부했다. 좁은 조롱에 갇혀 괴롭힘을 당하던 앵무새의 선택은 하나밖에 없었으리라. 한낱 미물에 불과한 앵무새가 억압과 굴욕에 저항한 것이다.


손님들이 한바탕 몰려왔다 빠진다. 턱 괸 팔꿈치를 탁자에 대고 앉아 거리를 내다본다. 건너편 건물 벽에 쓰인 글자가 눈에 들어온다.

愈炸愈强(유작유강).

글자 하나하나가 어린아이 크기만 하다. 일본군 항공대에 집중 폭격을 당할 시기에 항일 의지를 다지기 위해 써둔 문구다. 시내를 다니다 보면 곳곳에서 볼 수 있다.

'더 폭발할수록 더 강해진다.'

글자들이 비수가 되어 내 가슴을 찌른다. 날마다 보면서도 그 의미를 제대로 새겨본 적이 없다. 문자맹은 아니지만 문의맹이었던 셈이다. 글자들은 희미해졌다. 일부 획수는 지워지기도 했다. 벽에 바른 석회가 떨어져 나가 두 번째 유 자에서는 마음심이 사라졌다. 폭발을 비바람과 햇볕으로 대체하면, 벽에서 지워지지 않으려고 몇 년을 버텨온 글자들은 자신들이 의미하는 바를 몸소 실천하는 듯하다. 목숨을 버리며 자신을 지킨 앵무새와 유이치를 생각한다. 나는 무엇이 되고자 하는 작정 없이 살아왔다. 신분을 숨기고 가족과 만날 날만 기다리는 게 전부다.

가족이 보고 싶다. 승희도 보고 싶다. 어머니와의 약속을 지키고 싶다. 다음에는 가족과 함께 선운사 동백꽃을 보자던. 선운사 동백꽃은 아직 피지 않았을 시기다. 동백꽃은 나뭇가지에서 한 번, 땅바닥에서 두 번, 마음속에서 세 번, 누구는 진다고 하고 누구는 핀다고 한다. 피고 지는 게 꽃의 섭리니 반은 맞고 반은 틀린 말이다. 그래도 송이째 떨어지는 동백꽃의 속성을 정확하게 꿰뚫어 본 말임에는 틀림없다. 마지막으로 본 선운사 동백꽃이 떠오른다. 한겨울 모진 추위를 참고 견디어 피고, 큰 이파리에 가려 눈에 잘 띄진 않지만 수백, 수천 년 동안 늘 그 자리에 있었다. 동백꽃은 때를 알아 제 몸뚱이를 과감히 던질 줄 아는 기백도 있고, 땅바닥이나 눈밭에 떨어져도 쉬 시들지 않는 강단도 있다. 온순하고 순박할 때도 붉고, 분노하고 절망할 때도 붉다. 송이 하나하나가 할아버지고 큰외삼촌이고 이종사촌 우진이 형이다. 할머니고 외할머니고 큰이모다. 나도 그 동백꽃 중 하나다. 하지만 나는 줄곧 봉오리로만 맺혀 있다. 이젠 틔워야 한다.

음식점에서 나온다. 외발 수레로 항아리를 옮기는 중년 남자를 잡아 세우고 땅바닥에 한자를 써 보인다. 그가 고개를 홰홰 내저으며 가버린다. 까막눈인 건지, 모른다는 건지 알 수 없다. 길가에 서서 학식이 있어 뵈는 사람을 고른다. 네 번이나 실패하자 신중해진다. 글을 모르는 사람이 많다. 여러 명을 보내고 나서 양복 입은 남자를 발견한다. 머리 모양이 단정하다. 구두는 낡았지만 잘 닦여 있다. 온몸에서 인텔리겐치아의 분위기가 느껴진다. 머리가 깨지면 피가 아니라 먹물이 쏟아질 것 같다. 그에게 땅바닥을 봐달라는 시늉을 하고 쓴다.

조선인을 만나려면 어디로 가야 합니까.

"조선인은 왜 찾소?"

고개를 든다. 그가 나를 내려다보고 있다. 그의 입에서 나온 조선어가 먼먼 어느 나라의 언어처럼 낯설다. 이 짧은 조선어를 들으려고 충청까지 온 듯한 생각마저 든다. 반가움에 그의 손을 덥석 잡는다. 내 신분을 밝히려는데 말이 나오지 않는다. 오랫동안 말을 하지 않은 탓인가. 숨을 고르고 침착하게 입을 연다.

"어, 아, 어."

의도와는 다른 소리가 튀어나온다. 헛기침으로 목청을 가다듬고 말해보지만 마찬가지다. 발성기관이 퇴화할 정도로 오랫동안 말을 하지 않은 건 아니다. 그런데도 머릿속에서 만든 문장이 입 밖으로 나오질 않는다. 나의 실어가 황당하고 당황스럽다.

언제부터 말을 잃은 걸까.

마음을 가라앉히고 다시 입을 연다. 자음과 모음이 결합되지 않은 파편들만 흘러나온다. 안달하지 않기로 한다. 시간이 지나면 회복될 수도 있다. 검지로 땅바닥에 한 자 한 자 공들여 쓴다.

나는 고창 사람 신민규입니다.

조선어로 글씨를 쓰는 게 아주 오랜만이다. 내가 히타 출신 히라야마 히데오가 아니라 고창 사람 신민규라는 사실이 새삼스레 자각된다. 잃은 것이 많다. 되찾아야 할 것도 많다. 그게 무엇이든 이제부터 천천히, 하나씩 찾아오면 되리라.

〈끝〉

제3회 고창신재효문학상에 응모한 작품은 모두 26편이었다. 비록 편수는 많지 않다 해도 응모작 모두 만만치 않은 분량의 장편이었기에 어느 한 작품도 소홀히 여길 수 없었다. 한 편의 장편을 완성하기까지 고군분투하며 노심초사했을 작가들의 열정과 노고를 헤아리면 더더욱 그러했다.

다섯 명의 심사위원들은 한 달여에 걸쳐 응모작을 모두 읽은 뒤 각자 한 편 혹은 두 편을 선정해 본심에 추천했는데 복수 추천된 작품이 있었기에 본심에서 논의하게 된 작품은 모두 4편이었다. 예심 과정에서 살펴본 응모작들은 대부분 응모 기준에 부합하는 이야기들이었다. 고창의 역사, 자연, 지리, 인물, 문화 등을 소재와 배경으로 해야 한다는 응모 기준에 따라 고창을 소설적으로 형상화하려 애쓴 흔적을 엿볼 수 있었다.

예심 과정에서 느낀 점을 요약하자면 기대한 만큼 다양한 경향성을 발견할 수는 없었다는 점이다. 벌써 3회를 맞이하는 만큼 이전 수상작들에서 이미 다루어진 이야기들과 서사가 비슷한 작품도 있었고 고창의 현재보다는 과거를 다루는 작품들이 많은 편이기도 했다. 역사는 통시적인 관점에서만이 아니라 공시적인 관점에서, 즉 현재성을 부여받을 때 더욱 의미심장할 것이므로 고창의 역사를 과거의 사건들에 국한하여 다루려는 태도에서는 일말의 아쉬움을 느끼지 않을 수 없었다. 또한 해를 거듭할수록 비슷한 모티프와 서사를 지닌 작품들이 반복적으로 투고되는 경향 역시 두드러질 게 분명하므로 다양한 관점으로 고창을 형상화하는 노력이 앞으로 더 필요하리라는 점도 분명해 보였다.

본심에서 논의한 작품은 『갯메화 가(歌)』, 『중모리장단의 워킹』, 『푸리』, 『조선 사람 히라야마 히데오』, 이렇게 4편이 었는데 공교롭게도 『갯메화 가(歌)』와 『중모리장단의 워킹』 은 고창의 현재와 관련이 깊은 이야기였고 『푸리』와 『조선 사람 히라야마 히데오』는 고창의 과거와 관련이 깊은 이야 기였다. 의도한 건 아니었지만 본심에서 고창의 과거와 현 재를 다룬 작품들을 아울러 논의할 수 있게 되어 다행이었 다. 저마다 장단점을 지닌 방식이기에 어느 한 경향에 치우 치지 않고 서로를 견주면서 살필 수 있어서였다.

『갯메화 가(歌)』는 과거와 현재를 병치시켜 이야기를 전 개하는 소설이다. 갯메꽃을 좋아했으나 열여덟의 나이에 죽 은 누나를 아프게 추억하는 노인의 과거가 하나의 사연을 이루며 아픈 아들, 그리고 손녀와 더불어 살아가는 현재가 다른 하나의 사연을 이룬다. 온갖 불운을 견디며 살아온 한 노인의 삶을 바라보는 작가의 따뜻한 시선이 장점이다. 그 러나 과거의 사건과 현재의 삶을 연결하는 의미화 과정이 부족하고 노인의 갑작스러운 죽음이 서사의 자연스러운 흐 름을 해친다는 아쉬움이 있다.

『중모리장단의 워킹』은 소리꾼인 젊은이와 패션모델인 젊은이가 각자의 길을 찾아가는 과정에서 교감을 나누는 이야기다. 꿈을 이루지 못했으나 꿈을 포기하기에는 아직 젊은 그들은 고창이라는 공간을 배경으로 서로의 고통을 지켜보며 차츰차츰 자신이 가야 할 길을 깨달아간다. 여느 작품들과 달리 고창의 현재성을 가장 잘 살려낸 동시에 전통에서 새로운 길을 발견하는 젊은이들의 모습을 담백하게 그려냈다. 그러나 두 인물의 사연과 현재의 갈등이 유기적으로 결합되지 못했다는 점, 두 인물 사이에 사건이 발생하고 심화되는 방식이 아니어서 교감의 접점이 모호하다는 점 등은 약점으로 지적되었다.

『푸리』는 갑오농민전쟁에서 천민 부대를 이끌었던 홍낙관의 삶을 다룬 역사소설이다. 농민전쟁의 주역을 농민만이 아닌 천민으로 확대하여 소외당하고 억압받는 이들의 신신한 삶을 격조 있는 문장으로 재조명한다는 의의가 돋보이는 작품이다. 다만 실제 역사적 인물에 접근하는 방식이 지나치게 진중한 탓에 낮은 곳에서 역사를 떠받쳤던 이들의 삶이 생생한 언어로 형상화되지 못하고 단조로운 역사서로 읽힌다는 점이 아쉽다. 방대한 자료를 소화하여 고풍스러운 어조로 이야기를 직조해 낸 솜씨는 훌륭하지만 생생한 민중의 언어가 들리지 않는다는 점이 한계로 거론되었다.

『조선 사람 히라야마 히데오』는 본심에서 논의한 작품 가운데 가장 문제적인 작품이었다. 일본군 전투기 조종사인 조선인이 전투기 추락 사고에서 살아남은 뒤 천신만고의 여정 끝에 오랫동안 가슴에만 품었던 진짜 꿈을 실현할 수 있는 목적지에 이른다는 이야기다. 처음에는 일본인과 같은 대우를 받는다는 사실에 만족하지만 점차 현실을 인식하게 되면서 식민지 조선인의 고통과 슬픔을 배워가는 인물의 여정이 놀랍도록 구체적이고 사실적으로 묘사되어 있다. 무엇보다 한 장면 한 장면에 공을 들인 정교하고 치밀한 문장과 감정이 절제되어 있는 문장이 불러일으키는 간결하고 심오한 정서가 매력적이다. 다만 소설의 인물이 실제로 존재했던 역사적 인물이 아닌 터라 소설에서 묘사된 배경과 사건들마저 작위적으로 여겨진다는 점이 아쉬웠다. 그럼에도 불구하고 앞서 언급한 세 작품과 견주었을 때, 문체가 확실하게 존재하며 구성도 이음매가 보이지 않을 만큼 매끄러운 이 작품의 완성도에 마음이 기울지 않을 수 없었다.

심사위원들은 심사숙고 끝에 허구인 소설이 어떤 사실보다 진실에 가까울 수도 있다는 점을 잘 보여준 이 작품의 가능성에 손을 들어주기로 했다. 또한 식민지 조선의 젊은이가 겪어야 했던 고난의 여정은 단지 그 한 사람의 것이 아닌 우리 모두의 것이었음을 분명하게 환기시키며, 그에게 조선의 독립이란 고창이라는 고향을 회복하는 것과 다름이 아니라는 점 역시 설득력 있게 보여주었기에 고창신재효문학상의 의의에 부합한다고 판단했다.

응모하신 모든 분들에게 감사드린다. 또한 당선자에게는 격려와 축하를 드린다. 이처럼 밀도 높은 장편을 수상작으로 선정할 수 있게 되어 기쁘다는 말을 전하고 싶다. 당선자가 앞으로 펼쳐나갈 새로운 작품 세계에도 무한한 기대를 품고 신뢰를 보낸다.

심사위원장 : 김양호

심사위원 : 김홍정, 한창훈, 손홍규, 김별아

영화 「암살」에서 염석진은 왜 동지를 팔았느냐는 안옥윤의 다그침에 대답한다. 해방될 줄 몰랐으니까. 알면 그랬겠나. 거짓과 기만으로 점철된 삶을 살아온 염석진이 죽음을 앞두고 유일하게 솔직해진 순간일 것이다. 염석진과 안윤옥에 대해 생각한다. 일제강점기를 살았던 조선인들에 대해 생각한다. 그들은 항공모함을 스무 척 넘게 보유한 제국주의 일본을 어떤 시각으로 바라보았을까. 나라면 어떻게 살았을까.

일본인들의 폐쇄공포증은 태생적이고 운명적이다. 국토의 70~80프로가 산지이고, 지진과 쓰나미, 태풍 같은 자연재해가 끊이지 않으니 시선이 외부로 향하는 건 그들에게 자연스러운 일이리라. 한반도가 일본이 대륙으로 진출하는 길목에 위치한 건 불행한 일이다.

한반도는 대륙세력과 해양세력이 충돌하는 위치에 있다. 임진왜란, 청일전쟁, 러일전쟁, 한국전쟁 등이 그 예다. 한국전쟁은 끝난 지 70년이 되었지만 강대국들의 이해관계가 얽혀 여전히 정전 상태다. 미국과 중국, 중국과 대만의 대립으로 한반도는 물론 동아시아에서의 긴장은 날로 고조되고 있다. 미국은 중국을 견제하려고 일본의 군사 대국화를 암묵적으로 용인하는 상황이다.

대한민국 대내외에서 강제징용이나 위안부 문제 등에 대해 왜곡된 주장이 계속되고 있다. 일본의 진심 어린 사과가 있어야 끝날 문제들이지만 요원해 보인다. 이런 점에서 일제강점기는 현재에도 진행형이다. 대한민국의 위상이 예전과 다르다는 점을 감안하더라도 말이다. 불행한 역사가 반복되지 않길 바랄 뿐이다.

이 소설은 중일전쟁에 참전한 조선인을 통해 피식민지민의 고통과 한반도의 지정학적 운명을 돌아보고자 하는 의도에서 창작되었다.

고창신재효문학상을 제정해 주신 고창군, 그리고 글을 뽑아주신 심사위원들께 감사드린다. 작가가 자기를 구원하고 자기 존재를 증명하는 방법은 글을 쓰는 것이다. 좋은 글로 보답하리라 약속드린다.

2024년 2월

이준호

# 조선 사람 히라야마 히데오

**초판 1쇄 인쇄** 2024년 2월 28일
**초판 1쇄 발행** 2024년 3월 7일

**지은이** 이준호
**펴낸이** 김선식

**경영총괄** 김은영
**콘텐츠사업2본부장** 박현미
**책임편집** 임경섭 **책임마케터** 최혜령
**콘텐츠사업6팀장** 임경섭 **콘텐츠사업6팀** 한나래, 임고운, 정명희
**마케팅본부장** 권장규 **마케팅1팀** 최혜령, 오서영, 문서희 **채널1팀** 박태준
**미디어홍보본부장** 정명찬 **브랜드관리팀** 안지혜, 오수미, 김은지, 이소영
**뉴미디어팀** 김민정, 이지은, 홍수경, 서가을, 문윤정, 이예주
**크리에이티브팀** 임유나, 박지수, 변승주, 김화정, 장세진, 박장미, 박주현
**지식교양팀** 이수인, 염아라, 석찬미, 김혜원, 백지은
**편집관리팀** 조세현, 김호주, 백설희 **저작권팀** 한승빈, 이슬, 윤제희
**재무관리팀** 하미선, 윤이경, 김재경, 이보람, 임혜정
**인사총무팀** 강미숙, 지석배, 김혜진, 황종원
**제작관리팀** 이소현, 김소영, 김진경, 최완규, 이지우, 박예찬
**물류관리팀** 김형기, 김선민, 주정훈, 김선진, 한유현, 전태연, 양문현, 이민운
**외부스태프** 디자인 송윤형

**펴낸곳** 다산북스 **출판등록** 2005년 12월 23일 제313-2005-00277호
**주소** 경기도 파주시 회동길 490
**전화** 02-704-1724 **팩스** 02-703-2219
**이메일** dasanbooks@dasanbooks.com
**홈페이지** www.dasan.group **블로그** blog.naver.com/dasan_books
**용지** IPP **인쇄·제본** 상지사 **코팅 및 후가공** 제이오엘앤피

ISBN 979-11-306-5119-4 (03810)